rororo

Tante Robbie war immer stolz auf ihr Rosenbowlenrezept und stolz auf ihren Bauerngarten. Doch jetzt sitzt sie in der blühenden Laube, die Bienen summen, die Gläser stehen noch auf dem Tisch, und ihr Herz schlägt nicht mehr …

Elke Loewe ist beim Fernsehen seit langem als Spezialistin für das norddeutsche Küstenland bekannt. So hat sie das Buch zur Fernsehserie «Teufelsmoor» und zum einzigen plattdeutschen «Tatort» geschrieben.

Weiterhin lieferbar sind ihre Romane «Teufelsmoor» (rororo 23259), «Herbstprinz» (rororo 23396), «Simon, der Ziegler» (rororo 23516) und «Der Salzhändler» (rororo 23683).

ELKE LOEWE

KRIMINALROMAN

die rosenbowle

rowohlt taschenbuch verlag

Einmalige Sonderausgabe Oktober 2004
Veröffentlicht im Rowohlt Taschenbuch Verlag,
Reinbek bei Hamburg, Februar 2002

Umschlaggestaltung any.way, Cordula Schmidt
(Foto: Photonica)
Gesamtherstellung Clausen & Bosse, Leck
Printed in Germany
ISBN 3 499 23722 9

Die Rosenbowle

Eins.

Vor den Ereignissen im Mai dieses Jahres träumte ich von sechs Wochen Einsamkeit, die ich schreibend in der Bauernkate meiner Tante Robbie, etwa 80 Kilometer nördlich von Hamburg, verbringen wollte. Dabei hatte ich mir, nachdem ich das letzte Mal vor zehn Jahren zum Geburtstag meiner Tante dort gewesen war, fest vorgenommen, niemals wieder einen Fuß in diese unwirtliche Gegend zu setzen, deren Bewohner mir so wenig zusagten wie die Landschaft. Beiden haftete etwas Anachronistisches an, das näher zu ergründen ich damals keine Lust hatte.

Als Kind hatte ich mir schaudernd vorgestellt, nur hier hinter den Deichen und nirgendwo sonst könnte Erlkönig hausen, wo der Nebel bis mittags wie ein grau gewaschenes Leinentuch über den Wiesen und Weiden liegt und die wenigen Bäume vor dem stetigen Nordwestwind buckeln, wo die Wege dem rechten Winkel gehorchen und die schnurgeraden Gräben nur die eine Aufgabe kennen, ihre Fracht dem Fluss zuzuführen, ohne je von den Gezeiten gehört zu haben, die das Wasser noch unzählige Male flussauf- und flussabwärts treiben lassen.

Genau hier, davon war ich fest überzeugt, war der tief verzweifelte Vater mit seinem kranken Kind im Arm auf dem Pferd über den Deich geritten, und ich hatte mich als dieses heiße, fiebernde Kind gefühlt, geborgen und beschützt vor dem eisigen Zugriff Erlkönigs, der sich im Nebel, so hatte es mir meine Mutter vorgelesen, aus seinem weiten Umhang heraus die ungehorsamen Kinder greift, und nur ich allein wurde nach wilder Verfolgungsjagd vom heldenmütigen Vater gerettet, einen anderen Schluss hatte ich nicht zugelassen. Damals war mein Vater schon einige Zeit aus meinem Leben verschwunden. Er ist übrigens bis heute nicht wieder aufgetaucht.

Nun ist es Juli in Erlkönigs Land, und ich bin fest entschlossen zu bleiben. Ich will den Dingen auf den Grund gehen, die, um in der Sprache der Küste zu sprechen, noch auf und ab gehen wie das Wasser bei Ebbe und Flut. Sechs Stunden kommt es, sechs Stunden geht es, dazwischen steht es, lernen hier schon die Kinder. Und wenn das Wasser steht, wenn es für kurze Zeit sich nicht entscheiden kann, in welche Richtung es fließen soll, dann sagen sie Kenterwasser dazu. Es ist die Differenz zwischen der Fliehkraft der Erde und den Anziehungskräften von Sonne und Mond, die die anlaufenden Gezeitenwellen des Atlantiks einerseits durch den Ärmelkanal und andererseits an Englands Ostküste entlang in die Nordsee schiebt, vorbei an den Ostfriesischen Inseln und an den Nordfriesischen Inseln wieder hoch, und manchmal, besonders im Herbst, begünstigt von gelegentlich auftretenden Springfluten, zusammen mit dem gewöhnlichen Nordwestwind kraftvoll in die Flussmündungen von Weser und Elbe drückt. Bei brüchigen Deichen hatte dies früher zu häufigem Landunter geführt, wie sie es hier nennen, wenn das Wasser ihre aufgeschütteten Hügel, die Warften, umflutet, auf denen sie immer noch hausen, obwohl sie inzwischen neue, höhere Deiche gebaut haben. Diese Deiche, so hat Taxi-Enno es mir erzählt, sollen demnächst wieder erhöht werden, weil der Meeresspiegel seit der Eiszeit, in jüngster Zeit auch durch das Abschmelzen der Gletscher, immer noch ansteigt, während sich die Landmassen Skandinaviens, vom Druck des Eises befreit, langsam heben.

Die alten Leute behaupten hier übrigens heute noch, dass Tier- und Menschenkinder bei auflaufendem Wasser geboren werden, und wenn sie bei ablaufendem Wasser zur Welt kommen, dann kränkeln sie ihr Leben lang. Es ist auch so, dass sie über den Nordwestwind kein Aufhebens machen, der Ostwind hingegen ist der falsche Wind, der lässt die Bäume brechen, der ist allemal ein paar Worte aus dem Munde von Grete, der Imkerin, wert.

Ich ahne, dass mein Wissen zurzeit nur die Spitze des Eisbergs betrifft, allerdings einen von dem Kaliber, das die *Titanic* zum Untergang brachte. Trotzdem habe ich vor, aufzuschreiben, was ich hier erlebte. Als Vorsichtsmaßnahme will ich meinen Bericht als einen Roman verfassen, ich werde darin gegen meine Angst anschreiben, selbst ins Gras beißen zu müssen.

Das Dorf, von dem ich erzählen will, soll Augustenfleth heißen. Auguste, weil der zweite Vorname meiner Tante so lautet, und Fleth, weil das umliegende Land von einem dieser schnurgeraden, dort weit verbreiteten künstlichen Wasserläufe, Flethe, Rönnen oder Wettern genannt, in den tiefen Gezeitenfluss entwässert wird, der den Ort in zwei ungleiche Hälften teilt. Diesen Fluss möchte ich Stinte nennen, wie die kleinen Fische, die im Frühjahr zum Laichen den Fluss aufwärts ziehen und mit Kopf, Schwanz und Gräten gebacken in den umliegenden Gasthäusern serviert und verzehrt werden. Auf der Westseite des Flusses befinden sich Kirche, Gasthaus, Kaufleute, Handwerker und ein schlossähnlicher Gutshof, der nicht mehr bewirtschaftet wird. Auf der Ostseite, an einer schmalen Deichstraße, liegen durchweg kleine Bauernkaten, eine davon ist das Haus meiner Tante Robbie, der Gärtnerin aus Leidenschaft und Pflanzensammlerin aus Notwendigkeit, deren wirklichen Namen ich nicht preisgebe.

Selbstverständlich werde ich auch die Namen der anderen Dorfbewohner verändern, wenn ich über sie schreibe. Da wäre über Jonny Sonnenberg, den jungen Pastor, zu berichten, der ganz für sich allein einen aufmerksamen Schutzengel beschäftigt. Ich habe weiterhin vor, in der blauen Stunde den Tee gemeinsam mit Dr. Schlichting, dem allseits beliebten Landarzt, und seiner alten Freundin Freya von Maikowsky, der früheren Balletttänzerin, zu nehmen, auch will ich, ja muss ich sogar, den früheren Kriminalkommissar Lemke gebührend zu Wort kommen lassen. Nele, die Frau mit der silberhellen Stimme, werde ich über das Telefon und später auch persönlich kennen lernen, und ab und an werde ich Tante Robbies uralte Mutter Dora besuchen, bei der ich, während sie «Candle in the Wind» lauscht, meine Gedanken wie sonst nur am Ufer des Flusses frei schweifen lassen kann. Häufig soll auch die Rede sein von Tante Marga, der Bäckerin, die die besten Croissants östlich Frankreichs backt, und Wolfi Witt, der Nachbar und Rosenzüchter mit den Kräuterliköraugen, wird eine gewichtige Rolle spielen. Auch Enno Fitschen, der Taxifahrer, taucht auf und erzählt von früheren Zeiten und heutigen Plänen, nicht zu vergessen Rönndigs mit g und seinem Pauschalarrangement Nummer 3. Mortensen, der wortkarge Rosengärtner, kommt nur einmal zu Besuch, bei Jo, dem Hi-Fi-Verkäufer und Sohn des Kinobesitzers, werde ich einige aufregende Stunden verbringen, und Grete, die alte Imkerin mit dem zweiten Gesicht, will ich niemals vergessen, sie trägt schwer am Wissen der Welt.

Die Frau, die in das Dorf hinter dem Deich kommt und die an meiner Stelle den Ereignissen ausgesetzt sein wird, nenne ich Valerie Bloom. Während der Vorname ohne nachzudenken einfach da war, fand ich den Nachnamen im Telefonbuch, das für die Findung von Namen äußerst hilfreich ist. Bloom sprang mir sofort ins Auge, schließlich haben Pflanzen und besonders Heilkräuter, von denen ich vor meiner Reise, abgesehen von Pfefferminz- oder Kamillentee, nicht mal einen blassen Schimmer hatte, einen exponierten Platz in meiner Geschichte. Valerie Bloom, mit der Sie nun längere Zeit in Erlkönigs Land verbringen werden, lebt in München, wie ich. (Ich finde es praktisch, Valerie eine der meinen ähnliche Biographie zu geben, mit dem Erfinden bin ich nicht so schnell dabei. Ich verdiene meine Brötchen mit dem Schreiben für eine Lokalzeitung, hin und wieder wird mal eine Kurzgeschichte angenommen, auch ein Jugendbuch habe ich verfasst.) Valerie träumt von einem undefinierbaren Werk, das sie berühmt machen soll, sie schlägt sich recht und schlecht durch das Leben, und sie hofft, irgendetwas werde sie mal wieder aus diesem Alltag herauskatapultieren, wie schon einige Male in ihrem Leben geschehen. Valerie ist Mitte dreißig, eins siebzig groß und wiegt vielleicht fünfundsechzig Kilo. Sie trägt weder Kleider noch Röcke, sie trägt Hosen und die meistens schwarz, dazu häufig ein weißes Männerhemd, möglicherweise von einem ihrer Lover im Schrank vergessen. Sie hat eine schmale Nase und eine Narbe an der linken Schläfe, ein Relikt aus der Kindheit. Damals wurden Bullen noch auf Weiden gehalten und sie hatte allzu hastig einen Stacheldrahtzaun übersteigen müssen. Valeries hohe Wangenknochen sind das Erbe östlicher Vorfahren mütterlicherseits, zwischen den dichten dunklen Augenbrauen steht eine noch kleine, steile Zweifelsfalte. Die blauen Augen, mit denen Valerie in schneller Bewegung Dinge erfasst, die andere erst auf den zweiten Blick oder gar nicht sehen, diese manchmal auch traurigen Augen, die mit den Farben eines verhangenen Himmels zu beschreiben wären, bilden einen starken Kontrast zu ihren schwarzen lockigen Haaren, die sie kurz geschnitten trägt. Ein Wirbel am Haaransatz über der Narbe sorgt dafür, dass sich die Haare hier gern teilen, was Valerie oft so lustig aussehen lässt, als wäre sie gerade aus dem Bett gekommen. Sie hat ein Grübchen links vom Mund, die Lachfalten sind vorhanden als feine Linien, wahrscheinlich werden sie sich später vertiefen, alles in allem fehlt ihrem Gesicht die Harmonie, die Gleichmäßigkeit, es hat etwas Störrisches, Fremdes. Männer fürchten sich vor solchen Gesichtern, sie können es meist nicht begründen. Das mag dazu geführt haben, dass Valerie den Mann ihrer Träume noch nicht gefunden hat. So ist die Sehnsucht in ihren Augen geblieben, die so manchen dahinschmelzen lässt bis zur drohenden Selbstauflösung, weshalb sie dann lieber Zigaretten holen gehen wie Tom, der letzte Längergebliebene, mit dem bis dahin alles recht vielversprechend gelaufen war. Zu Valeries Charakter wäre zu bemerken, dass er ihr ins Gesicht geschrieben steht, es fällt ihr schwer, sich zu verstellen. Selbstbewusstsein trifft es nicht ganz, das wäre eine andere Abteilung, es ist etwas anderes, so eine Art von Bereitschaft, das Leben zu packen, wie es kommt. Mehr zu sagen wäre jetzt überflüssig. Sie werden im Laufe der Geschichte schon selbst herausbekommen, wen Sie da vor sich haben.

Falls mir während der Niederschrift in den nächsten Tagen weitere Erkenntnisse zu Ohren kommen sollten, werde ich diese in meinen Bericht einbeziehen. Ich bin mir absolut sicher in meinen Vermutungen, was Tante Robbie betrifft, da es mir aber zu diesem Zeitpunkt niemand glauben würde, weil ich vermute, dass ein paar Leute im gleichen Schlick stecken, den sie hier Kleiboden nennen oder – je nach Beschaffenheit – Dwarg, Maibolt oder Dwog, werde ich meine fertigen Aufzeichnungen alsdann bei dem Notar, der in meiner Geschichte sonst nur eine untergeordnete Rolle spielt, hinterlegen, weil ich befürchte, denken Sie nur an die Titanic, es könnte mir Ähnliches wie meiner Tante geschehen, was Pastor Jonny Sonnenbergs oberster Vorgesetzter, zumindest sein bereits erwähnter Schutzengel, verhindern möge. Wenn manches in meinen Bericht einfließen sollte, was nicht rein sachlicher Natur ist, bitte ich um Verzeihung, als Schreiberin bin ich es gewohnt, Atmosphäre zu schaffen und dadurch manchmal vom roten Faden abzuweichen, wenn die Lust am Ausschmücken hier und da größer ist als die Disziplin bei der Wiedergabe der Fakten.

Ich will nun dort beginnen, wo die Geschichte angefangen hat, in München. Ehrlich gesagt, die Postkarte meiner Tante kam genau zur richtigen Zeit, um zu verhindern, dass ich mich, wenn nicht in die steinige Isar, so doch immerhin ebenso aussichtslos in die Arme eines dieser hübschen italienischen Kellner stürzte, die in den Sommermonaten zuhauf meine Heimatstadt überschwemmen. Meinen Alltag beherrschte zu der Zeit jener Überdruss, der sich einstellt, wenn gerade keine Perspektive in Sicht ist. Diesen Zustand vom Nichtwissen, wie es weitergehen soll im Leben, den gebe ich nun auch Valerie mit auf die Reise. Ich weiß, das ist eine schwierige Ausgangssituation, aber warten Sie ab, wie Valerie das packt. Zunächst wird sie ganz schön aus der Bahn geworfen.

Zwei.

Am 10. Mai hatte eine Ansichtskarte aus Augustenfleth in Valeries Briefkasten gelegen, ein Deich, eine Schafherde und zwei Kopfweiden, die sich dekorativ gegen einen dramatischen Wolkenhimmel abheben. Ein Foto, das die Gegend da oben im Norden genau beschreibt, dachte Valerie, bevor sie die fahrige Handschrift auf der Rückseite las:

Liebe Nichte Valerie,

erinnerst Du Dich noch an mich, an Deine alte Tante Robbie? Hättest Du Lust, München mal den Rücken zu kehren und Ende Mai ein paar Wochen zu mir an die Küste zu kommen, um mein Haus einzuhüten? Es wäre mir sehr wichtig, daß gerade Du kommst. Wenn ja, dann ruf mich doch mal an.

Liebe Grüße von Deiner Tante Robbie.

P. S. Du hättest hier wirklich Ruhe zum Schreiben und einen PC und einen Drucker habe ich auch.

Tante Robbie! Natürlich erinnerte sie sich an sie. Wie hätte sie je den fünfzigsten Geburtstag vor zehn Jahren vergessen können? An dem Tag war gerade Tante Robbies beste Freundin Irina gestorben, sie hatte das Haus voller Gäste und Irinas Platz blieb leer. Valerie war sich vorgekommen wie im falschen Film, hatte keine Ahnung von den nun ablaufenden Ritualen im Dorf, fühlte sich überflüssig und reiste ohne Erklärung ab. Weiter zurück erinnerte sie sich an Tante Robbies grünen Daumen, der ihr als Kind vorgehalten wurde als leuchtendes Vorbild, wenn sie keine Lust hatte, Unkraut zwischen Kräutern und Kohl im Garten zu jäten. Also sorry, Tante Robbie, Valerie hat jetzt einfach keine Lust auf Erlkönigs Land, sie ist sowieso schon so traurig – und es hätte ja auch sein können, dass ausgerechnet in ihrer Abwesenheit Tom wieder auftauchte, der vor einem Vierteljahr, ähnlich wie Valeries Vater vor dreißig Jahren, Zigaretten holen ging. Valerie hatte danach übrigens wieder mit dem Rauchen angefangen, obwohl die nie geholten Zigaretten für Tom gewesen wären.

Die Deichschafkarte von Tante Robbie war in dem Holzkasten für Postkarten gelandet, dessen überquellender Inhalt seit Jahren von den ausgedehnten Reisen einiger Freunde zeugte. Valerie hatte sich vor ihren Laptop gesetzt und das Verzeichnis «Reise» aufgerufen, wo sie unter dem Dateinamen «Fuerteventura» seit drei Monaten schon versuchte, die letzte chaotische Reise mit Tom als einen komischen Roman zu beschreiben, der über die ersten fünfzig Seiten allerdings nicht hinauskommen wollte. So hatte sie es mal wieder, wie schon so oft, nach einer halben Stunde aufgegeben, um stattdessen ihre Wohnung zu putzen, deren Zuschnitt nicht weiter erwähnenswert ist, bis auf den Balkon. Er hat Ausblick auf eine Autobahn, auf der, besonders in Ferienzeiten, der Verkehr gen Süden vorbeibraust, was bei Valerie häufig zu einer unbestimmten, wahrscheinlich italienischen Sehnsucht führt.

Als sich dann aber am 10. Mai gegen Nachmittag immer wieder dieser dramatische Wolkenhimmel und die blökenden Schafe zwischen Staubsauger und Essigwasser gedrängt hatten und sonst, wie an allen anderen Tagen im Mai, nichts von Bedeutung geschehen war und weiterhin wohl auch nichts geschehen würde, da hatte Valerie abends doch bei Tante Robbie angerufen, eine halbe Flasche Dornfelder Roten und eine Packung Zigaretten neben dem Telefon. Es war ein langes Gespräch geworden über Tante Robbies geplante Reise nach England auf der Suche nach verschollenen alten Rosen, über Sonnen- und Schattenseiten des Lebens, auch Männer und Frauen wurden kurz gestreift, aber nicht ausführlich, dafür wäre später Zeit, hatte Tante Robbie gesagt, «wenn ich aus England zurück bin und wir noch ein paar Tage Zeit füreinander haben». Ja, und über die Ereignisse am Geburtstag vor zehn Jahren wäre inzwischen einiges zu berichten, nicht mehr Schlick von gestern, sondern höchstaktuell. An diesem Punkt des Gesprächs war Valerie neugierig geworden. Und während Tante Robbie noch beteuerte, es wäre jetzt die schönste Jahreszeit am Deich, es blüht und jauchzt und jubiliert, und Valerie würde diese Reise ganz bestimmt nicht bereuen, es gäbe ja nicht nur so viel zu reden miteinander, es wäre auch für sie, Robbie, von großer Bedeutung, wie auf der Karte schon angedeutet, wenn Valerie käme, darüber ausführlich ebenfalls später, hatte Valerie die Flasche Wein geleert und vier Zigaretten geraucht. Sie hatte sich Bedenkzeit erbeten und ihre Freundin Lisa angerufen, die immer angerufen werden kann, auch nachts, obwohl Lisa keine eigene Wohnung hatte, sondern seit Jahren schon von einem Typen zum anderen zog. Lisa aber hatte genau in diesem Augenblick nur Siggi, einen rothaarigen Programmierer, im Kopf, der mitnichten daran dachte, auch nur irgendetwas Verbindliches zur gemeinsamen Beziehung zu äußern. Als Lisa endlich ihren Frust losgeworden war, hatte Valerie von Tante Robbie erzählt und gefragt, ob Lisa Lust hätte, in den betreffenden sechs Wochen mal nach Augustenfleth zu kommen. Diese an sich harmlose Frage hatte wüste Beschimpfungen von Lisa zur Folge gehabt, von Flüchten oder Standhalten war die Rede, und wenn sie es hier nicht mit dem Schreiben packte, warum bitte schön in der friesischen Pampa? Auf Valeries Einwand, Augustenfleth sei weder in Ost- noch in Nordfriesland, sondern ein Dorf in einer Flussmarsch an der Nordsee dazwischen, hatte Lisa gefaucht, dies sei nun wirklich kein Diskussionsgrund im Gegensatz zur Geschichte mit Siggi, und eigentlich müsste sie, Lisa, unbedingt mit ihr, Valerie, darüber reden, aber nun würde Valerie ja in die Botanik entschwinden. Fast gleichzeitig legten sie den Hörer auf.

Valerie teilte dann Tante Robbie ihre Ankunftszeit mit, die darüber hocherfreut schien. Kurze Zeit später, auf dem Hauptbahnhof in München, fiel Valerie ein, dass sie kein Mitbringsel für Tante Robbie hatte. Das einzige freie Schließfach in der Bahnhofshalle war fast zu klein für Valeries Taschen, die eine voll Kleidung, die andere für den Laptop, weil es ja durchaus sein konnte, ja, sogar erwünscht war, dass die Reise nach Fuerteventura in Augustenfleth produktiven Niederschlag fand. Und während Valerie die Taschen in das Schließfach stopfte, lächelte ein freundliches männliches Wesen ihr zu, und Valerie lächelte zurück, und genau in diesem Moment fiel ihr ein, dass sie kaum einen Mann mehr angelächelt hatte seit Toms Aufbruch zum Zigarettenautomaten. Sie dachte an die letzten Monate, in denen das Leben an ihr vorbeigebraust war, wie Lisa es in eigenen Frustzeiten zu nennen pflegte, sie ahnte all die verpassten Momente, in denen sie hätte lächeln können, sie musterte ihre Spiegelung im Schaufenster, schwarze Hose, schwarzes Leinenhemd, schwarzer Rucksack, schwarze Schuhe, sagte sich, he, du verlassenes Ungeheuer, du solltest jetzt wenigstens Tante Robbie zur Freude ein Rosenbuch kaufen, um nicht mit leeren Händen dazustehen bei der Begrüßung nach so vielen Jahren, und einmal muss auch Schluss sein mit der Trauer um Tom.

In einer Telefonzelle zog Valerie Tante Robbies Deichschafe aus dem Rucksack, steckte ihre Telefonkarte in den dafür vorgesehenen Schlitz und drückte die Tasten. Es klingelte eine Weile und Valerie dachte, sie ist im Garten, um Unkraut zu jäten zwischen Möhren und Petersilie, doch dann meldete sich Tante Robbie mit ihrer rauen, schwingenden Stimme, untermalt von einigen dieser jubilierenden Singvögel, deren Namen Valerie, genau wie ich, nie auseinander halten kann.

«Moin, Moin, hier ist Roberta Bloom.»

«Tante Robbie, ich bin's, Valerie, ich komme genau zwei Stunden später als angekündigt.»

«Das macht nichts, ich hol dich ab, wie besprochen, ich hab schon eine Rosenbowle für uns angesetzt, ich freue mich auf dich, bis gleich.»

«Ich auch», sagte Valerie und dann, «danke», weil ihr nichts anderes einfiel.

Und Tante Robbie sagte: «Dafür nich.»

Diese zwei Worte würde Valerie später häufig noch von den Leuten aus Augustenfleth hören, manchmal auch in der Variante «nich dafür».

In der Buchhandlung lagen bunte Bücher über Gärten mit und ohne Rosen, die Coverbilder weckten keine Sehnsucht nach Harmonie, sie sahen nach unendlich viel Arbeit aus. Valerie konnte sich für kein Buch entscheiden, bis sich ein junger Verkäufer ihrer erbarmte, dem sie erklärte, sie bräuchte etwas ganz Besonderes für eine Rosenliebhaberin, und er grub, Valerie kurz taxierend, aus einem modernen Regal einen Rosenkatalog aus dem Jahre 1927 aus, nur 65 Mark, der einmal umsonst zu haben gewesen war, was wieder einmal die These aller manischen Sammler bestätigte, man dürfe nichts wegwerfen, es könnte ja einmal wertvoll werden. Valerie staunte, wie über eine einzige Pflanzengattung so viel geschrieben werden konnte und dass es weit über tausend namentlich registrierte Rosen gäbe. Sie kaufte und stellte sich Tante Robbie vor, wie sie noch heute Abend hocherfreut und anerkennend im zerfledderten Katalog blättern würde, der nicht eine einzige Farbseite aufwies.

Endlich im ICE sitzend, träumte Valerie von Tante Robbies Bauernkate im Garten, der jetzt sicher so idyllisch aussah wie die Cover der Bücher, für sechs Wochen schon gejätet, geputzt und geharkt. Sie würde Tante Robbies wichtige Mitteilung über den Geburtstag vor zehn Jahren hören und was es sonst noch gibt an Bedeutung im Leben von alten Tanten, wenn die Liebe nicht mehr ist, was sie, trügerisch von Anfang an, verspricht. Am PC würden sich Buchstaben zu Worten fügen, aus Worten sich Sätze formulieren, Sätze sich zu Seiten addieren, und angeregt durch die fremde Umgebung, würde sie, Valerie Bloom aus München, mit einem neuen Blick endlich ihren Reiseroman in den Griff kriegen und sich Tom aus dem Herzen schreiben, damit

Platz war für Neues. Vielleicht entstünden auch ein paar Geschichten hinter dem Deich als Briefe an die Zeitung. Städter lesen gern Berichte aus der heilen Welt, von der sie träumen, es gäbe sie noch, während sie sie zugleich verachten und fürchten. Überhaupt war alles jetzt offen und spannend wie schon lange nicht mehr. Sie müsste natürlich auch das Telefon abstellen, nichts sollte ihre Konzentration stören, und nach sechs Wochen in Tante Robbies Bauernkate hinter dem Deich würde sie mit vollen Dateien nach München zurückkehren und sich erheben aus dem Meer der Namenlosen.

«Wir erreichen in Kürze Hamburg-Harburg.» Valerie wachte erschrocken auf, zog ihre Taschen von der Gepäckablage, hängte sich den Rucksack um, klemmte den Rosenkatalog unter den Arm, stellte sich an die Tür. Der Bahnhof wirkte so zweitrangig wie sein Name, die Taschen glitten auf dem Band neben der ausgetretenen Treppe aufwärts. Reisende hatten Anschluss an regionale Schnellbahnen, die Heidebahn fuhr gerade ab, und die an die Nordsee stand schon da. Vielleicht steht sie immer da, setzt sich aber listig in Bewegung, wenn man eine Tasche hineinstellt und fährt mit ihrer Beute davon bis ans Meer. Valerie schwang vorsichtshalber sich und ihr Gepäck gleichzeitig hinein. Graue Gesichter auf bunt gekleideten Körpern stiegen nach und nach an den diversen Bahnhöfen aus, nur ein Oberstudiendirektor blieb sitzen und klärte Valerie über das größte Obstanbaugebiet Deutschlands in der fruchtbaren Marsch rechter Hand auf, während der Zug durch das alte Urstromtal der Elbe am früheren Steilufer entlang in die nächste Kreisstadt eilte.

«Sehen Sie», sagte der Oberstudiendirektor, «diese Erdgeschichte hat die Eiszeit geschrieben, jüngste Geschichte sozusagen, kaum einen Wimpernschlag her, erst vor circa zehntausend Jahren schmolz hier das letzte Gletschereis.»

Zehntausend Jahre, dachte Valerie, und meine Geschichte ist erst gut dreißig Jahre alt, und während der Oberstudiendirektor inzwischen bei schützenswerten Mooren als Ressourcen für kommende Generationen angelangt war, kam die Lautsprecheransage über die baldige Ankunft Valerie zu Hilfe. Der Oberstudiendirektor bedankte sich für das außerordentlich interessante Gespräch, Valerie bestätigte dies so freundlich, wie sie Oberstudiendirektoren gegenüber sein konnte. Viel zu früh stand sie nun mit ihrem Gepäck an der Tür zwischen den Abteilen und hielt sich fest, während die jüngste Erdgeschichte Reihenhaussiedlungen Platz machte und zögernd einen postmodernisierten Bahnhof freigab. Valerie schob rasch sich und ihre Taschen heraus, die regionale Schnellbahn, über die der Schaffner im Moment des Pfeifens die alleinige Macht hatte, ruckte an und fuhr ohne Beute ans Meer. In der Unterführung verwirbelte der Zugwind die Regierungserklärung von vorgestern mit dem Flugzeugabsturz von gestern und ließ beide zwischen einer Coladose und mehreren Kippen zu Müll von heute werden. Nachdem Valerie die Wartehalle mit dem Zeitschriftenladen passiert hatte, dem wie allen Zeitschriftenläden an allen Haltestellen der Welt die Aufgabe zukam, die Leere zwischen zwei Punkten aufzufüllen, trat sie durch die Drehtür ins Sonnenlicht und hielt Ausschau nach Tante Robbie.

Taxifahrer lehnten schwatzend an ihren Fahrzeugen, Busse fuhren geschäftig vor und zurück, Autos starteten und wendeten auf dem Weg zu Bier, Weib und Fernsehen, Jugendliche auf Rollerblades sausten vorbei, ein kleines Mädchen ließ seine Eistüte in den Staub der Bahnhofsstraße fallen und brüllte sein Leid in die Welt, die das aber nicht interessierte.

Fünfzehn Minuten gab Valerie Tante Robbie. Vielleicht ist der Keilriemen ihres Wagens gerissen, vielleicht ist eine alte Rose aufgeblüht, vielleicht ist Tante Robbie einfach nur schlampig mit der Zeit und biegt gleich um die Ecke. Könnte auch sein, wir haben uns nicht erkannt, die Zeit ist, während sie stillstand, unsanft umgesprungen mit mir, als ich auf Tom lauerte, von dem ich angenommen hatte, er käme ohne mich nicht klar, obwohl sie immer klarkommen, alle. Sie finden ganz schnell, schon nach der ersten Zigarette, wieder eine, die ihnen die Hemden bügelt.

Valerie schob ihr Gepäck in eine Telefonzelle und wählte die Nummer von der Deichschafkarte. Es klingelte viermal, dann meldete sich Tante Robbie vom Band.

«Moin, Moin, hier ist Roberta Bloom. Ich bin kurz zum Bahnhof und gleich zurück.»

Unermüdlich spuckte die Drehtür Menschen in den Feierabend aus, bis ein Taxifahrer auf Valerie zukam. Er hatte seine langen braunen Haare zu einem Pferdeschwanz gebunden, er roch nach Knoblauch und Fisherman's Friend, er trug eine Zimmermannshose mit Hosenträgern und über dem sauberen weißen Hemd eine schwarze Schornsteinfegerjacke, an den Füßen schwarze Dachdeckerstiefel mit Sohlen aus ausrangierten Autoreifen. Diese Kleidung würde er Valerie später einmal als besonders haltbar erklären, aber das sei nicht der eigentliche Grund, sie zu tragen, der eigentliche Grund sei vielmehr, dass man sich abheben müsse von der Masse, um eine Spur zu ziehen.

«Moin, Moin», sagte er, «Enno Fitschen mein Name. Sind Sie Valerie Bloom aus München?»

Valerie nickte. «Ja, das bin ich, was ist?»

Der Taxifahrer zögerte einen Moment.

«Robbie Bloom wollte mit mir fahren, weil ihr Wagen nicht in Ordnung ist, aber als ich sie abholen wollte, war sie nicht da. Ich fahr trotzdem zum Bahnhof, dachte ich, ist ja nicht so angenehm, wenn man aus München kommt und keiner ist da.»

«Genau», sagte Valerie.

Der Taxifahrer lud Valeries Gepäck in den Kofferraum, bat sie auf den Beifahrersitz, fuhr ab. Er kannte Augustenfleth ebenso gut wie Robbie Bloom hinter dem Deich, er erzählte gern und flüssig vom Deichbau heute und von der Holländerkolonisation früher, davon, wie einer, der die Deichlasten nicht mehr tragen konnte, einen Spaten in den Deich stecken musste, dann wurde er nicht nur von den Abgaben, sondern gleich auch noch von seinem Land befreit. So hätte Reichtum früher nicht selten auf der anderen Unglück gebaut, und so wären auch seine Vorfahren zu Land gekommen, weil tüchtig und sparsam, und das käme ihm heute zugute. Der Taxifahrer berichtete weiter von den Sturmfluten, vom Vergnügen der Kinder und dem Leid der Erwachsenen, wenn alles unter Wasser stand, Valerie hörte es sich an und dachte, sie erzählen alle von früher, weil es heute nichts mehr zu erzählen gibt, egal, ob Oberstudiendirektoren, die den Weg durch die Institutionen genommen, oder Alt-Freaks, die ihren eigenen Weg gefunden haben. Sie verriet nicht, dass sie als Kind hier an der Küste die

Ferien verbracht hatte und, nachdem ihre Mutter an gebrochenem Herzen gestorben war, verflucht seien alle Toms der Welt, Tante Robbies Haus hinter dem Deich während des letzten Schuljahres Valeries Zuhause gewesen war.

Robbie Bloom, sagte der Taxifahrer, hätte den schönsten Garten am Deich, und Spaziergänger und Radfahrer, von denen es eine Menge hier gäbe, ja sogar Autofahrer hielten an, ihn sich anzusehen, auch wenn die vielen Wochenendler hier Bauerngärten mit Buchsbaumhecken um ihre Katen herum anlegten, so wie Robbie bekämen sie das niemals hin.

«Es ist gut», sagte er weiter, «wenn jemand Fremdes zu Besuch kommt und sich umsieht.»

Er sah Valerie auffordernd an, um etwas zu hören, was er vielleicht dem nächsten Fahrgast erzählen konnte, aber Valerie stellte sich gerade in diesem Moment vor, wie sie Tante Robbie begrüßen würde. Grüß Gott, grüß dich, hallo, Tante Robbie!? Oder wie sonst begrüßt man alte Tanten, die vielleicht nach Kampfer oder, noch schlimmer, nach kölnisch Wasser riechen?

Die schmale Deichstraße zu Roberta Blooms Kate sei auf den letzten Kilometern nicht einfach zu meistern, erklärte der Taxifahrer weiter, hinter jeder Biegung könnte ein plötzlich hervorschießendes Auto lauern, desgleichen die erwähnten Fahrradfahrer in größeren Ansammlungen, welche die Angewohnheit hätten, zu dritt nebeneinander zu fahren, und womöglich ein Liebespaar Hand in Hand, dabei sah er Valerie grinsend an. Valerie, inzwischen tief in die Paläste ihrer Erinnerung eingetaucht, verriet ihm nicht, dass sie am Tag ihres achtzehnten Geburtstags Hand in Hand mit Mario, einem schwarzhaarigen Seemann, von hier nach Hamburg geflohen war, Mario, an dessen Künsten sie später all ihre Liebhaber gemessen hatte, und sie hatten ihm nicht standhalten können. (Könnte sein, er hat nach jenen vier Övelgönner Elbstrandnächten, statt Zigaretten zu holen, auf einem Seelenverkäufer angeheuert und wegen ein paar Dollars seine Seele verspielt, könnte sein. Manchmal denkt Valerie, beim Brötchenholen wäre dies nicht geschehen, aber an Brötchen haben sie damals einfach nicht gedacht.)

«Wir sind da», sagte der Taxifahrer und bremste abrupt die Erinnerung aus, die schon auf dem Weg von Mario zu Tom gewesen war. An einen Lattenzaun gelehnt stand ein schönes schwarzes Fahrrad, das Valerie sogleich gut gefiel, und sie dachte, hoffentlich wird es nicht geklaut, es ist ja nicht mal abgeschlossen. Die kleine Kate hinter dem Zaun erschien Valerie kleiner als früher, bei Gebäuden verfährt die Erinnerung anders als bei Menschen. Der Taxifahrer hatte Valeries Blick verfolgt, aber er konnte keine Gedanken lesen und erklärte, ja, Robbie habe angebaut und ausgebaut, die Dachgauben beispielsweise und das Gartenhaus, auch das Glashaus für das exotische Gemüse wäre neu.

«Grüßen Sie Robbie von mir», sagte er, «von Enno, brauchen Sie nur zu sagen, und ich käme demnächst mal vorbei, sie wüsste schon warum, wir werden uns bestimmt einig.»

Valerie nickte, warf in ihrem Rucksack Schminkbeutel, Füllfederhalter, Solartaschenrechner, Bank- und Krankenkassenchipcard, Spiegel, Taschenmesser, Lupe, Taschentuch und Brieftasche durcheinander, nahm sich noch während des Suchens vor, Ordnung zu schaffen, obwohl sie wusste, sie würde dann gar nichts mehr finden, bis sie endlich die Geldbörse fand. Enno Fitschen holte das Gepäck aus dem Kofferraum, er nahm kein Geld, das hätte Robbie schon gutgemacht, warf einen Blick auf den Rosenkatalog, pfiff anerkennend, reckte den Hals, ob er Robbie Bloom sehen würde, grüßte zum Nachbarn zur Linken hinüber, der gleich darauf hinter einem weißen Rosenbogen an seiner Gartenpforte verschwand, und fuhr los.

Valerie legte Enno Fitschen sogleich in einer freien Schublade ihres Gedächtnisses ab. Falls sie beim Schreiben mal einen besonderen Taxifahrer brauchte, würde sie sich seiner bedienen. Sie nahm ihr Gepäck und sah sich um. Links der Deich mit dem Schafsgatter, dahinter im Vorland bis zum Fluss die Kopfweiden und die Pappeln, deren Samen sie als Kind im Mai aufgefangen und Schmetterlingswolle genannt hatte. Später las sie in Fellinis Erinnerungen, dass er als kleiner Junge mit seinen Freunden genau das Gleiche getan hatte, bei ihm heißen die Samen Maninas.

In diesem Moment wehte ein warmer Windstrom Maninas über den Deich und in Valeries Hände und Haare hinein, und weit und breit kein Nebel und kein Erlkönig in Sicht, der früher im Vorland gelauert hatte. Mit dem Wind kam ein Modergeruch herüber, der Valerie sofort wieder vertraut war, Niedrigwasser, am Ufer Schlick, in der Sonne glänzend.

Die Gartenpforte quietschte noch wie früher in den Angeln, woran Valerie als Kind erkannt hatte, wann Tante Robbie, die gern abends nochmal ausging, nach Hause kam. Tante Robbie. War sie grauer geworden, dicker, dünner? Sie musste jetzt sechzig sein. Hatte sie noch so flinke Augen, diesen festen Gartenschritt und so erdige Hände, mit denen sie alles packte, auch das Leben, schnell und praktisch und ohne Zweifel an sich, ganz im Gegensatz zu ihrer großstädtischen Nichte, die nichts auf die Reihe brachte? Vor zehn Jahren hatten beide wenig miteinander anfangen können, vor siebzehn Jahren gar nichts.

Nur zu, Valerie, schreite unter diesem romantischen Rosenbogen durch, geh auf dem Weg mit den roten Klinkern, in deren Spalten Moos wächst, geradewegs auf die offene, blaugrau gestrichene Haustür zu, die sich schon seit 1853, wie der Balken darüber hübsch ausgemalt berichtet, krumm und schief in das weiß gestrichene Fachwerk einpasst. Halte dieses putzige Idyll bitte sechs Wochen lang aus, Valerie, vergiss Lisa, auch wenn es hier den Cappuccino nur mit Sahnehäubchen drauf gibt. Tante Robbie will nach England reisen, du kannst nicht mehr zurück.

«Tante Robbie?», rief Valerie fröhlich, als sie hineintrat und als Erstes über zwei Reisetaschen stolperte, die im Flur für die Abfahrt bereitstanden, sicher würde Enno Fitschen sich diese Fahrt zum Flughafen nicht nehmen lassen.

Das Haus war wie früher voll gestopft mit längst gestorbenen Dingen aus dem Garten und vom Strand, nur der Geruch war lebendig, Knoblauch und Olivenöl. Valerie stellte ihr Gepäck neben den Reisetaschen ab, ließ den Rucksack umgehängt, von dem sie sich selten trennte, und folgte dem Duft in die Küche. Auf dem Herd brutzelte eine Gemüsepfanne, Wasser sprudelte in einem großen Topf, frisch geschnittene Nudeln lagen auf einem Brett, ein paar Tomaten waren geviertelt auf einem Teller angeordnet, in einem Glas stand ein Kräuterstrauß, dessen Duft Valerie sofort an Insalata Caprese beim Italiener um die Ecke erinnerte.

«Tante Robbie?»

Zwischen alten, bunten Fliesen auf dem Weg hinter der Küchentür wucherte und duftete es verschwenderisch. Vor vielen Pflanzen standen halb versteckt kleine handgeschriebene Namensschilder, und Valerie nahm sich sogleich vor, in den kommenden Wochen keinesfalls ihr botanisches Nichtwissen in Wissen umzuwandeln, das würde nur vom Schreiben ablenken. Der Weg führte bis zu einem Gewächshaus, hinter dessen wasserbeperlten Scheiben Valerie grüne Tomaten, Paprika und kleine Auberginen erkannte, allerdings nicht so groß und glatt wie die vom Viktualienmarkt. Der Weg führte weiter vorbei an Beeten voller farbenprächtiger Blumen bis zu einer schwedischrot gestrichenen Gartenlaube mit weißen Fenstern und jubilierenden Vögeln in den knospenübersäten Rosenranken.

Und da saß nun endlich Tante Robbie mit dem Rücken zum Fenster im Gartenhaus und schlief. Ruhte sich aus vom Nudelschneiden und Gemüseputzen, hatte einfach die Zeit, den Taxifahrer vor der Tür und Valerie in der regionalen Schnellbahn vergessen, und es sah aus, als träumte sie vom Säen, Pflanzen, Jäten und Ernten. Auf dem Tisch, zwischen drei Weingläsern und einem bauchigen, mit einer rosa Flüssigkeit halb gefüllten Glasbehälter, bestimmt die Rosenbowle, von der Robbie gesprochen hatte, lag ein rot getigerter Kater auf einer kreuzstichbestickten, weißen Tischdecke, deren Fransen Valerie als Kind zu Zöpfchen geflochten hatte, statt Unkraut zu jäten, und dieser Kater sah unverwandt Tante Robbie an.

Wie ein Löwe, der ihren Schlaf bewacht, dachte Valerie gerührt, und in diesem Moment der Rührung hätte sie auch unüberlegt versprochen, in den nächsten sechs Wochen Unkraut zu jäten für diese alte Tante, deren blühendes Leben so offensichtlich vor ihr lag. Als der Kater Valerie entdeckte, faltete er seine Ohren eng an den Kopf. Sie legte verschwörerisch einen Finger auf den Mund, hielt dann Tante Robbie die Augen zu und flüsterte mit verstellter Stimme: «Rat mal, wer hier ist?»

Der fette Kater sprang mit einem Satz vom Tisch herunter und schoss aus dem Gartenhaus. Tante Robbies Kopf rutschte aus Valeries Händen und stieß gegen ein Weinglas. Die Arme fielen schlaff herunter, die Hände baumelten noch einen Moment unter dem Tisch neben einigen vergessenen Zopffransen der Tischdecke, die Valerie jetzt deutlich erkannte. Erschrocken hob Valerie Tante Robbies Kopf hoch, sie sah in die starren Augen, sie stand da, den Kopf in ihren Händen, wusste nicht, wohin damit, legte ihn vorsichtig auf den Tisch zurück, riss den Reißverschluss ihres Rucksacks auf, zerrte einen kleinen Spiegel aus dessen Tiefen und hielt ihn vor Tante Robbies Mund.

«Lieber Gott, mach, dass sie nicht tot ist», flüsterte Valerie zu dem, an den sie nicht glaubte. Der Spiegel beschlug nicht.

Drei.

Beim Telefon die Taste drücken, auf der Doc steht.

«Bitte kommen Sie sofort! Meine Tante ist ermordet worden, Robbie Bloom. Deichstraße 26.»

Grüne Gartenschuhe an der Tür neben einem Eimer voller Gemüsereste. Eine Samentüte mit Schmetterlingsblumen. Unter dem Kastaniengrün des Tisches ein taubenblauer Flickenteppich. Ein zerfleddertes braunes Adressbuch.

Das Telefon neben dem Anrufbeantworter klingelte. Es klingelte dreimal. Valerie starrte es an, mochte den Hörer nicht abheben.

«Moin, Moin, hier ist Robbie Bloom. Ich bin kurz zum Bahnhof und gleich zurück.»

«Hi, Robbie», sagte eine silberhelle junge Frauenstimme, «bei uns blühen schon die ersten Rosen, es ist ganz warm hier, sind deine auch schon aufgeblüht? Ruf mich gleich an, wenn du zurück bist, ich freu mich auf dich. Ciao.»

Stille. Ein flackerndes gelbes Licht auf einem Wagen. Die Gartenpforte quietschte. Valerie sah aus dem Fenster. Für einen Moment nur hatte sie gehofft, nun käme Tante Robbie mit Enno Fitschen, und alles wäre wieder gut. Gleich darauf eilte ein älterer Herr mit einer abgegriffenen Tasche in der Hand auf das Haus zu, hinter ihm ging noch jemand, der war auch nicht viel jünger. Vor der Tür blieben beide stehen und sprachen kurz miteinander, bevor sie hereinkamen.

«Schlichting, Moin, Moin», sagte der Ältere mit einer leisen, tiefen Stimme, «ich bin der Hausarzt, wo ist Robbie?» Er sah Valerie traurig aus braunen Augen an, wie einer aus den alten Western, die nachts im Fernsehen laufen, wie einer, der immer für den Helden besetzt wird, nicht für den Doc, volle, lockige graue Haare, tief zerfurchtes Gesicht und breite Schultern, und sie wusste, sie hatte ihn schon einmal gesehen, aber sie konnte sich nicht erinnern, wo.

«Im Gartenhaus», sagte Valerie und sah ihn an, als hätte er die Macht, Tante Robbie ins Leben zurückzuholen, «sie ist im Gartenhaus.»

Als er beim Öffnen der Tür, die zum Garten hinausführte, den Kuckucksruf hereinließ, dachte Valerie nur noch eins: Kuckuck, Kuckuck, wie viel Jahre leb ich noch, und sie konnte nicht aufhören, diese Frage zu denken und mitzuzählen, immer wieder von vorn.

«Kriminalkommissar i. R. Lemke, guten Abend», sagte der andere, der mit dem Doc gekommen war.

Er hätte ihr alt gewordener Vater sein können, groß und schmal, mit den kurzen festen Gesichtszügen eines Kindes, mit neugierigen grauen Augen und gut geschnittenen graubraunen Haaren. Er trug eine abgewetzte Manchesterhose und einen Pullover von unbestimmbarer Farbe; kein Wunder, dass sie ihn hinter Schlichting zuerst gar nicht wahrgenommen hatte.

Bestimmt glaubt dieses Babyface, ich hätte Tante Robbie ermordet, dachte Valerie erschrocken.

«Grüß Gott», sagte sie schnell, wie sie es zu Robbie hatte

sagen wollen, und ihr fiel ein, dass sie vergessen hatte, den Arzt zu begrüßen und sich vorzustellen.

«Ich bin Valerie Bloom, die Nichte von Robbie Bloom.»

Lemke kniff kurz und fragend seine Augen zusammen.

«Wie kommen Sie darauf, dass Ihre Tante ermordet wurde?»

Valerie spürte Fieberhitze im Gesicht. Gleich wird er seine Pistole aus der Hüfte ziehen und mich erschießen. Und dann alles wieder auf Anfang. Ruhe, bitte, Ruhe.

«Mir fiel vor Schreck nichts anderes ein.»

«Seit wann sind Sie hier?»

«Seit zehn Minuten. Ich bin eben hier angekommen, eben gerade, und meine Tante ist tot, einfach so tot», sagte Valerie.

«Wollten Sie länger bleiben?»

Valerie nickte.

«Sechs Wochen. Sie wollte verreisen.»

«Ich weiß, ich hatte vor, mich eben von Robbie zu verabschieden, nun wird es wohl ein Abschied für immer», sagte Lemke und wandte sich zur Gartentür.

«Bitte», sagte Valerie verlegen, «bitte bringen Sie mir meinen Rucksack mit, der liegt noch im Gartenhaus. Er ist schwarz.»

Lemke nickte und ging.

Inzwischen war Dr. Schlichting wieder hereingekommen. Sanft legte er seine Hand auf Valeries Arm, den sie sofort zurückzog. Er hatte Tränen in den Augen.

«Robbie ist tot.»

Da wusste sie auf einmal, woher sie ihn kannte. An Tante Robbies fünfzigstem Geburtstag hatte er hier in diesem Raum gestanden, vor lauter schwatzenden Frauen an einer Kaffeetafel, und hilflos gesagt:

«Irina ist tot.»

Tante Robbie hatte aufgeschrien: «Nein!» Und weinend den Doc geschüttelt. Er hatte auch geweint und sich schluchzend an ihr festgehalten. Danach war diese beklemmende Stille gewesen, wie Valerie sie vorher nur aus dem Kino gekannt hatte, wenn die Träume über den Jordan gegangen sind und nichts mehr ist wie vorher, wie sie es mit Worten in ihren Geschichten nie hinbekommen hatte.

«Es tut mir Leid, Frau Bloom», sagte Dr. Schlichting, «das war kein schöner Empfang für Sie.»

Tante Robbie ist tot. Kein Gespräch mehr über Männer und Frauen und die Sonnen- und Schattenseiten des Lebens.

«Ich hatte mich so auf meine Tante gefreut», sagte Valerie, obwohl sie sich in Wirklichkeit vor allem auf die sechs Wochen ohne Tante Robbie gefreut hatte.

«Es ist ein plötzlicher Hirnschlag gewesen», sagte Dr. Schlichting, «aber sie hat nichts mehr gespürt, nicht gelitten, nicht einmal gemerkt, dass es vorbei ist. Ihr Herz war schwach, schon lange, ausgelacht hat sie mich, wenn ich ihr etwas verschreiben wollte. Sie hat von der Gefahr gewusst, aber sie hat nicht danach leben wollen.»

Robbie ist tot.

«England», sagte Valerie, weil sie etwas sagen wollte, «Tante Robbie wollte nach England reisen.»

«Ja», sagte Dr. Schlichting, «es sollte eine allgemeine Gartenreise werden. Sie kennen ja aus München den schönen Englischen Garten, die Engländer verstehen etwas von Gartenkultur. Natürlich waren auch ein paar Privatbesuche bei Gärtnern oder Gärtnerinnen geplant.»

Robbie ist tot. Was ist nun mit der wichtigen Sache, über die sie am Telefon nichts hatte sagen wollen?

«Robbie Bloom war eine bemerkenswerte Frau», sagte Lemke zu Valerie, als er wieder hereinkam und den Rucksack neben den Küchentisch legte. «Es tut mir sehr Leid für sie, so plötzlich und unerwartet.» Er wandte sich ab und schneuzte in sein Taschentuch.

Dr. Schlichting nickte bedächtig. «Wir alle hier im Dorf haben sie sehr geschätzt.»

«Sie hatte ihr Herz auf dem rechten Fleck und nahm kein Blatt vor den Mund», sagte Lemke und steckte sein Taschentuch wieder ein.

Valerie tat die Anwesenheit dieser beiden alten Männer wohl, die so betrübt und mit so viel Achtung von Tante Robbie sprachen. Lemke verschwand hinter der Tür, die von der Küche abging. Er kam mit einer Flasche Cognac wieder heraus, nahm drei Gläser aus dem Küchenschrank und schenkte ein. Er gab Valerie zuerst ein Glas, dann Dr. Schlichting und nahm sich selbst eins.

«Auf Robbie», sagte er und alle drei tranken. Valerie war ihm dankbar, dass er so hilfreich und praktisch gehandelt hatte, wie Tante Robbie es sicherlich auch getan hätte. Während der Cognac die Kehlen hinunterrann, die Mägen erreichte und sie wärmte, trat ein Augenblick der Stille ein, den die jubilierenden Vögel sofort ausfüllten, ohne sich um den Tod ihrer Gastgeberin zu scheren.

«Würden Sie Robbies Mutter besuchen», fragte Dr. Schlichting, «und ihr die Nachricht überbringen? Dora Bloom wohnt hier in der Nähe in einem Seniorenheim.»

«Sie ist noch am Leben?», fragte Valerie und es war ihr unangenehm, dass sie nichts von ihrer Großtante wusste.

«Soweit ich weiß, gibt es sonst keine nahen Verwandten», sagte Dr. Schlichting, «es wäre besser, wenn Sie Frau Bloom das mitteilen. Unser Seniorenheim liegt am Ausgang von Augustenfleth, ein großer roter Backsteinbau. Sie brauchen von hier aus nur über die Brücke und dann auf der Pappelallee immer geradeaus. Sie können es gar nicht verfehlen.»

Dr. Schlichting setzte sich an den Küchentisch und öffnete seine Tasche. Er holte eine Mappe heraus, legte ein Formular auf den Tisch und füllte es aus.

«Hier ist der Totenschein», sagte er. «Der Tod dürfte vor etwa zwei Stunden eingetreten sein.»

Valerie sah auf die große, steil geschwungene, etwas altmodische Schrift. Vor zwei Stunden. Da hatte Robbie schon die Nachricht auf Band gesprochen. Und wollte gerade zum Bahnhof. Mit Taxi-Enno.

Dr. Schlichting drückte Valerie fest die Hand.

«Bleiben Sie noch ein bisschen bei uns. Jetzt im Frühsommer ist es die schönste Zeit hier, der Herbst und der Winter, die machen uns allen zu schaffen, wenn die Singvögel fort sind und die Wildgänse kommen und es draußen nicht mehr hell wird.»

Nicht nur dann ist Erlkönigs Zeit, dachte Valerie.

«Ich schicke Ihnen jetzt den Bestatter», verabschiedete sich Dr. Schlichting, «er kennt sich aus. Auf Wiedersehen, Frau Bloom.»

«Nein», sagte Valerie fest entschlossen, «wir werden uns nicht mehr sehen. Es gibt für mich keinen Grund, hier zu bleiben, ich kannte meine Tante kaum. Morgen reise ich wieder ab.»

«Das ist bedauerlich», sagte Dr. Schlichting, nickte tröstend und verließ den Raum.

«Wollen Sie sich wirklich nicht um die Beerdigung kümmern?», fragte Lemke.

«Ich kann für meine Tante nichts mehr tun», sagte Valerie.

«Dora Bloom kann es auch nicht mehr», sagte Lemke bedächtig, wobei er wieder seine Augen zusammenkniff, «Sie sollten es sich überlegen, Ihrer Tante zuliebe. Für Robbie wird der Tod noch kein Thema gewesen sein, der eigene, meine ich, sie wird nichts vorbereitet haben.»

Valerie war bereit, zu überlegen, nachzudenken, einen Entschluss zu fassen, nett zu sein angesichts des Todes, aber es fiel ihr nichts Passendes ein. Lemke schnupperte an den Kräutersträußen und betrachtete die blaue Vase mit dem Rosenstrauß auf dem Bild über dem Klavier.

«Bei uns zu Hause», sagte er, «hatten wir über dem Klavier ein in haushohen Wellen treibendes, sinkendes Schiff, ringsum im Wasser die ertrinkenden Matrosen. Ein Seestück, wie man hier sagt, Schicksale in Öl konserviert, das hat mich als Kind schwer beeindruckt.»

Valerie stellte sich Lemke sogleich als kleinen Jungen vor, in kurzer Hose und braunen langen Strümpfen, wie sie es von den Fotos ihrer Großeltern kannte.

«Als ich von München aus mit Tante Robbie telefonierte», sagte Valerie leise, «hatte sie noch acht Stunden zu leben. Ist das auch Schicksal?»

«Es kommt nicht darauf an, wie wir es nennen», sagte Lemke, «unser Leben lang sind wir bemüht, der Sinnlosigkeit dieses Lebens einen Sinn überzustülpen, aber der Tod beendet diese Überlegungen unwiderruflich, und das Nachdenken der Lebenden darüber lohnt sich nicht, es sei denn, man lernt daraus etwas für sich und bleibt auf der Hut.»

Valerie holte gleich darauf Worte heraus, die sie sich vor vielen Jahren ausgedacht hatte, und nun konnten sie gesagt werden, denn sie mochte nicht kaltherzig sein, obwohl sie nur fort von hier wollte.

«Jeder Mensch ist in jedem Augenblick seines Lebens der, der irgendwann stirbt.»

«Wüssten wir den Zeitpunkt des eigenen Todes, könnten wir uns gleich einen Strick nehmen, übrigens hierzulande die häufigste Selbsttötungsvariante, weshalb sie gewöhnlicherweise als natürliche Todesursache vermerkt wird», sagte Lemke.

Babyface, dachte Valerie, du bindest mir einen Bären auf, weil ich hier fremd bin.

«Wenn Sie besser auf sich aufpassen als Robbie, haben Sie noch ein langes Leben vor sich», sagte er noch.

Irgendwo mähte jemand seine Wiese, immer noch rief der Kuckuck. Valerie wollte auf der Stelle fort von hier, wo sie auf sich aufpassen musste, wenn sie ein langes Leben vor sich haben wollte. Lemke fand keinen weiteren Grund, seinen Aufenthalt zu verlängern. Er ging mit einem: «Tschüs, bis dann also, ich wohne übrigens auf der anderen Seite des Flusses, grad gegenüber von hier, dreimal die Sieben, ich meine, falls Sie mich brauchen, wenn Ihnen die Decke auf den Kopf fällt oder der Kopf platzen will, weil so viele Fragen offen sind.»

«Ciao», sagte Valerie und war wütend auf sich, weil sie diesem Fremden ihre Gedanken anvertraut hatte. Sie wollte sich für einen Moment auf das ausgeblichene grüne Sofa im Wohnzimmer setzen, um ihre weit verstreuten Gedanken aufzulesen und zu ordnen, da saß neben einer braunen Lederhandtasche schon der rote Kater.

«Wie heißt du?», fragte Valerie, kniete sich vor dem Sofa nieder und wollte ihn streicheln. Der rote Kater richtete sich auf, machte einen Buckel und sprang vom Sofa.

«Blödes Vieh», sagte Valerie.

Sie nahm das Sofakissen fest in die Arme, während das Pendel der hölzernen Uhr hinter einer Glastür unaufhörlich die Zeit vor sich her trieb.

Warum bin ich hierher gekommen, statt auf Lisa zu hören und in München zu bleiben? Wer war diese Tante Robbie, von der ich nichts weiß, aber die anderen viel, und was wird aus dieser toten Tante im Gartenhaus, was soll ich in diesem voll gestopften Wohnzimmer? Wie hat sie es hier aushalten können mit den Spinnweben zwischen den vertrockneten Kräutern an den blauen Balken, Tee für den Winter im Nebel? Fallen mir nun zuerst die Spinnen und dann die verstaubten Kräuter auf den Kopf und später die krummen Balken, wenn ich nicht aufpasse? Hat sie den rissigen Holztisch täglich gescheuert, und wer hat das Holz für den eisernen Ofen gehackt und ihn damit gefüttert? Hat der Ofen es mit Wärme gedankt oder nur CO_2 zum Schornstein herausgepustet? Hat sie dann die Kerze angezündet, um Strom zu sparen, und Briefe am wurmstichigen Sekretär beantwortet, frierend, in eine Decke gehüllt, mit Blick auf all diese ungelesenen Bücher für später, Bücher, die sie auch ohne ihren plötzlichen Tod nicht mehr gelesen hätte. Es gibt keine Zeitgutscheine für Versäumtes. Als Valerie bei dem Gedanken angelangt war, dass sie nie mehr eine Antwort auf ihre Fragen bekommen würde und dass Tom vielleicht gerade in München vor ihrer Tür … da sagte jemand: «Moin, moin», und Valerie sprang vom Sofa auf.

«Rönndigs, vom Bestattungsinstitut Rönndigs, Rönndigs mit g.»

Er ist um neun Uhr gekommen, sagte die Pendeluhr dazwischen.

Der Bestatter hatte ein rundes faltenloses Gesicht ohne besondere Kennzeichen, er war ordnungsgemäß gekleidet, hatte unter den linken Arm einen schwarzen Ordner geklemmt, hielt seinen Hut in beiden Händen, schob ihn in die linke Hand und musterte Valerie kurz. Sichtlich zufrieden, dass sie genau wie er bereits schwarz und damit passend angezogen war, streckte er Valerie die rechte Hand entgegen.

«Ich spreche Ihnen hiermit mein tief empfundenes Beileid aus, auch im Namen meiner Frau, wer hätte das gedacht …!»

«Grüß Gott», sagte Valerie.

«Sie sind die Nichte unserer teuren Verstorbenen?»

«Ja», sagte Valerie, «woher wissen Sie das?»

«Das weiß man hier so», sagte der Bestatter.

Die Buschtrommeln sind aber schnell in Augustenfleth, dachte Valerie.

Der Bestatter legte, «ich bin so frei», den Hut auf den Tisch, holte mit der rechten Hand den Ordner unter dem linken Arm hervor und öffnete ihn.

«Ich habe unseren Katalog mitgebracht, wenn Sie gestatten, Sie können aber auch ein Pauschalarrangement bei uns buchen, ganz wie Sie wünschen. Darf ich mich setzen?«

«Machen Sie es so, wie es hier üblich ist.»

Der Bestatter hörte dies gern, setzte sich auf das Sofa und klappte seinen Katalog auf.

«Wie Sie wünschen. Ich sag's nur der Ordnung halber,

wir empfehlen Ihnen unser Pauschalarrangement Nummer 3, sehen Sie hier. Ein Sarg mit Blumengebinde je nach Saison, wir verwenden keine Kunstblumengestecke mehr seit der neuen Friedhofsverordnung.»

Valerie nickte anerkennend. Beerdigte man in München auch schon so ökologisch?

«Suchen Sie uns ein Kleid heraus, oder sollen wir Ihre Tante einkleiden?»

Valerie nickte, ohne zu wissen, was sie benickt hatte, und der Bestatter fuhr fort: «Orgelspiel in der Kapelle, dreißig doppelseitige Karten mit Umschlag, wer soll als Leidtragende darunter stehen?»

«Dora Bloom», sagte Valerie, «als Mutter.»

«Auch für die Zeitung?», fragte der Bestatter.

Valerie nickte.

«Plötzlich und unerwartet, wäre das recht so? Sie könnten auch eine Gedichtzeile nehmen oder einen persönlichen Text, wie Spaten aus der Hand gelegt oder so ähnlich, eine Harke wäre auch passend.»

Oder eine Sense, dachte Valerie.

«Wie bitte hätten Sie es gern?», fragte der Bestatter, der schweigende Angehörige zu nehmen gelernt hatte, «wir stehen ganz zu Ihrer Verfügung.»

«Plötzlich und unerwartet, das ist sicher richtig.»

«Ist es übrigens recht so, Bewirtung wie üblich in der ‹Mühle›?»

Valerie nickte, stellte sich einen mehlbestäubten Müller vor, wie er Butterkuchen und Schnittchen unter die Gäste warf.

Der rot getigerte Kater strich um die Beine des Bestatters. Gleich würde das Vieh hinaufklettern, sich festkrallen und zubeißen. Rönndigs mit g würde den Hut aus den Händen legen, plötzlich und unerwartet.

«Möchten Sie einen Sarg aus Kiefer, Mahagoni gebeizt oder hätten Sie lieber ein dunkles Eichenmodell?»

«Einen Hut», sagte Valerie, «einen hellen.»

Der Bestatter nickte nachsichtig, er kannte die Verwirrung von Hinterbliebenen. «Fehlt noch das Blumengebinde. Für Sargschmuck und Hauptkranz schlagen wir grundsätzlich die gleichen Blumen vor, und wir achten darauf, dass Sargschmuck und Hauptkranz von anderen Blumenzuwendungen nicht übertroffen werden.»

Valerie war angetan von dieser Vorsichtsmaßnahme. Und mit welchen Mitteln wurde die Gärtnerin gefügig gemacht?

«Morgen um 11 Uhr», sagte Rönndigs weiter, «können Sie bei uns in der Halle gleich neben dem Bäcker die Verstorbene noch einmal sehen. Dann sind auch die Karten fertig, also bis dann, oder, moin, moin, wie wir hier sagen, sie hat ein gutes Leben gehabt und so ein schnelles Ende, wer von uns wünscht sich das nicht? Wir alle hoffen darauf, nicht wahr, wenn es so weit ist, dass es schnell geht. Die Beerdigung könnte in vier Tagen stattfinden, ist das recht so?»

«Ich habe volles Vertrauen zu Ihnen», sagte Valerie.

«Unser Pastor wird kommen und mit Ihnen über die Trauerrede sprechen.»

Gehörte der Pastor mit zum Pauschalarrangement?

«Ich weiß nicht viel über meine verstorbene Tante.»

«Das macht nichts», beruhigte der Bestatter, «unser Pastor wird das schon wissen.» Er nahm seinen Hut und gab Valerie mit einer tiefen Verbeugung die Hand.

Fall bloß nicht um, dachte Valerie, ich lache, wenn Männer mir zu Füßen liegen, sie gehen trotzdem irgendwann Zigaretten holen.

«Wir nehmen Frau Bloom dann gleich mit», sagte Rönndigs.

Spann deinen Diesel an, Enno Fitschen mit dem Pferdeschwanz, bevor Rönndigs mit g mich auch einsargt, fahr mich nach Hause, nach München, ich will hier nicht länger bleiben.

Der Bestatter ging mit einem aufmunternden Lächeln, Katalogvorschrift: Wie verabschiede ich mich von dem trauernden Hinterbliebenen. Das Pauschalarrangement Nummer 3 enthob Valerie nun jeder weiteren Verantwortung. Sie hörte schwere Schritte und leise Kommandos, für einen Moment war es still, dann kreischte die Gartenpforte für Tante Robbie zum letzten Mal.

Valerie wollte sich die Hände waschen. Sie erinnerte sich an ein früher vorhandenes rosa Badezimmer und fand es auch hinter einer Tür der Eingangsdiele, offensichtlich neu hergerichtet, es roch nach frischer Farbe. Es hatte schöne weiße Kacheln mit einem schwarzen Fries, eine große Badewanne und ein rundes Waschbecken, gestapelte weiße Handtücher in einem weißen Regal und eine Toilette. Das Fenster zum Deich hin war geöffnet und ließ das Hörspiel «Ein Sommerabend auf dem Land» herein. Buch und Regie: der liebe Gott. Ton: Insekten, Vögel, Hunde, Rasenmäher, Autos, Motorräder und Trecker.

Valerie wusch sich die Hände und betrachtete sich im Spiegel, den sie anhauchte. Das Glas wurde milchig, sie putzte es schnell wieder ab. Sie wusste nicht mehr weiter und fand sich in der Küche wieder, sie wusste auch hier nicht mehr weiter, und das Gemüse in der Pfanne war längst gestorben. Jemand hatte den Herd ausgeschaltet. Valerie aß die Tomaten, nahm die Pfanne und ging zum offenen Komposteimer, blieb stehen, griff sich ein Stück Brokkoli heraus und steckte es in den Mund, aß noch ein Stück Brokkoli und noch eins und noch mehr, was nicht mehr als Gemüse zu erkennen war, sie aß den Rest vor dem Komposteimer stehend aus der Pfanne, schon lange nicht mehr hatte sie so etwas Köstliches geschmeckt. Stand da mit der leeren Pfanne und setzte sie wieder auf den Herd, wollte die Flasche Rotwein öffnen, aber der Korken war schon herausgezogen worden von Tante Robbies gastfreundlichen Händen, bevor sie sich ins Gartenhaus gesetzt hatte, wo der Tod auf sie wartete. Valerie trank ein Glas Rotwein und gleich darauf noch ein zweites und hatte ein Bedürfnis, sich bei irgendjemanden anzulehnen, nicht mehr allein zu sein. Ich muss sofort Lisa anrufen, dachte sie, Lisa soll kommen und mich abholen, Lisa ist so praktisch wie die Leute hier, und das Problem mit Siggi wird sich inzwischen, wie immer, im Bett erledigt haben.

Als Valerie Lisas Nummer in München wählte, meldete sich der Anrufbeantworter. «Hi, hier sind Siggi und Lisa, Sie können ein Fax schicken oder die Nummer 0171 2 97 56 wählen.»

Und als Valerie die Handynummer wählte, meldete sich eine Mailbox mit der freundlichen Aufforderung, eine Nachricht zu hinterlassen.

«Lisa, Lisa, bitte komm, meine Tante Robbie ist tot», sagte Valerie hastig, «ich bin ganz durcheinander. Sie war erst sechzig und hatte ein schwaches Herz, und sie war schon tot, als ich kam, plötzlich und unerwartet. Die Nummer hier ist 449, bitte such dir die Vorwahl von Augustenfleth heraus.»

Valerie legte den Hörer auf, sagte leise: «Scheiße» und nochmal laut: «Scheiße». Sie verdammte diesen Tag, der nicht ihr Tag gewesen war, aber auch nicht Robbies, sie verfluchte alle Toms dieser Erde, die Zigaretten holen gegangen waren und noch gehen würden, und alle Lisas dazu, die sich hinter ihren Mailboxen versteckten. Und dann weinte sie endlich. Sie weinte in das rot karierte Geschirrtuch, das nach kaltem Herd roch, sie weinte und weinte um sich und ihre verdorbenen sechs Wochen auf dem Land, bis alle Tränen in die Gräben, in den Fluss und in das Meer geflossen waren, wo das sinkende Segelschiff über dem Klavier von Lemke nun auch noch gegen die salzige Flutwelle ihrer Tränen anstampfen musste.

Im Westen stand hinter dem Deich eine kleine rosa Wolke am Himmel, da, wo die Erde aus dem Sonnenlicht ins Dunkel geglitten war, bis sie sich am nächsten Morgen erneut ins Licht drehen würde. Noch viereinhalb Milliarden Jahre lang würde sich dieses Spiel wiederholen bis zum letzten Verglühen. Der Fluss floss seinen Weg zum Meer und machte sich in seinem Bett ganz schmal, das Mondlicht schimmerte auf dem Schlick zwischen den Reethalmen und auf den Blättern der Pappeln. Kibitze riefen sich ausdauernd ihre jeweiligen Nestpositionen zu, ein warmer Wind wehte Kuhgeruch herbei, der Kirchturm ragte in die Höhe und verbreitete elf Glockenschläge über das Land. Es war das Bild einer Welt, in der man träumt, dass sie wirklich so wäre.

Auf dem Deich stand eine alte Frau in langen schwarzen

Männerhosen, darüber einen dunkelblauen Pullover, den sie hier Troyer nennen. Sie trug einen Schleierhut auf dem grauen Zopfknoten, stand da, als hätte sie auf Valerie gewartet, warf den Schleier zurück und entblößte ein schmales faltiges Gesicht mit kleinen Augen, aus denen sie Valerie mit festem Blick ansah.

«Ich hab es den Bienen schon erzählt.»

«Den Bienen erzählt?»

«Robertas Tod», sagte die alte Frau und ging auf dem Deich davon.

Robertas Tod. Was haben die Bienen damit zu tun? Ist das die alte Nachbarin, deren Name mir jetzt nicht einfällt? Die schon alt war, als ich bei Regen den Deich hinunterrutschte, ohne mich um die Verbote der Mutter zu kümmern.

Irgendwo reden. Jetzt nicht allein sein müssen. Lemke! Fragen, ob er immer noch denkt, ich hätte Robbie ermordet. Dreimal die Sieben, hat er gesagt! Auf der anderen Seite des Flusses.

Hinter den geschlossenen Fenstern der Häuser waren inzwischen die blauen Blumen in den Wohnzimmern aufgeblüht. Unter seinem Rosentor stand der Nachbar und verschwand. Lemke hatte etwas Besseres vor, als sein Telefon abzunehmen, nicht mal einen Anrufbeantworter besitzt er. Wahrscheinlich ist er Zigaretten holen gegangen, oder er liegt keuchend bei einer dieser grünen Witwen, deren Kinder in der gesunden Landluft aufwachsen und deren Männer erst am Wochenende, ihre Sekretärinnen in der Stadt lassend, in die Idylle zurückkehren, um zwischen Buchsbaumhecken und Bauerngärten das Leben auf dem Lande zu spielen.

Valerie wollte nach diesem vergeblichen Versuch, mit jemandem zu reden, nur noch schlafen. Sie öffnete aufs Geratewohl eine Tür, die von der Küche abging, und fand den Lichtschalter. Der Raum war voll gestopft mit ausrangierten Möbeln und Kleidern, ein blinder Spiegel wartete aufs Hineinsehen, fest verschnürte Kartons harrten des Öffnens, und ein Gartenzwerg bewachte das Ganze, allzeit bereit, mit seiner Schubkarre aufzuräumen. Auf seinem Kopf trug er einen Schleierhut, genau wie die alte Frau auf dem Deich. Jetzt wusste sie auch wieder ihren Namen. Grete, Grete-Trompete mit den Bienen. Valerie schloss leise die Tür und ging ebenso leise die ausgetretenen Stufen der Holztreppe hinauf. Oben schaltete sie das Licht ein. Es gab zwei Türen, eine weiße und eine grüne.

Auf dem abgetretenen Holzfußboden hinter der weißen Tür lag ein blaugrauer Flickenteppich, dahinter stand ein geschwungenes altes Holzbett mit einem Himmel darüber. Die Bettdecke hing über dem Fußende, und das Laken erwartete Tante Robbie mit dem Abdruck ihres Körpers von der Nacht zuvor. Valerie schüttelte erst sich und dann das Bett auf, legte die Bettdecke darüber, die blaue Streifen hatte, verschob sie so lange, bis die Streifen gerade waren, und drehte das Buch auf dem Nachtschrank um, auf dessen Titelseite «Alte Rosen» stand. Über dem Bett hing ein kleines Tafelbild mit einem gemalten Schmetterling darauf, gleich würde er davonfliegen wie Robbies Seele vor ein paar Stunden. Valerie öffnete das Fenster und sah hinaus in einen wild blühenden Garten. Sie schloss die offene Tür eines großen, alten, holzfarben gestrichenen Kleiderschranks, warf einen Blick hinüber zu dem kleinen Tisch, unter dem zwei Kartons standen, verließ das Schlafzimmer und ging zu ihren Reisetaschen, die immer noch neben Tante Robbies Taschen in der Diele standen. Sie nahm den Rosenkatalog heraus und legte ihn im Schlafzimmer auf das hergerichtete Bett.

«Schlaf schön, Tante Robbie», flüsterte sie.

Hinter der grünen Tür, die Valerie weit offen stehen ließ, stand ein frisch bezogenes Bett, auf dem Kopfkissen lag eine Praline. Der Mohnblumenstrauß auf dem Tisch mit der gehäkelten Decke hatte ein paar seiner roten Blätter um sich herum verstreut, daneben stand eine volle Flasche Mineralwasser und ein sauberes Glas. Valerie zog alles aus, was sie auf dem Körper trug, stopfte sich die Praline in den Mund, löschte das Licht der Deckenlampe und legte sich auf dem Rücken in das Bett. Die Decke zog sie bis zur Nase hoch. Draußen fuhr ein Auto vorbei. Die Scheinwerfer leuchteten das Zimmer aus, streiften das Ackerblumenstilleben an der Wand und wanderten über den Mohn. Dann klingelte das Telefon.

«Moin, Moin, hier ist Robbie Bloom. Ich bin kurz zum Bahnhof und gleich zurück.»

Valerie wühlte sich aus dem Bett, suchte den Lichtschalter und fand ihn nicht, stolperte die Treppe nach unten, und eine Frauenstimme sagte: «Hi, ich bin's nochmal, Nele, was ist los, Robbie, du wolltest mich doch noch anrufen, bevor du losfährst.»

Valerie nahm den Hörer ab und sagte: «Hallo?», aber die Anruferin hatte schon aufgelegt. Valerie tastete sich wieder nach oben, die Treppenstufen knarrten, sie zog die Bettdecke fest über ihren Kopf und als genau in dem Moment ein Käuzchen rief, dachte sie, wenn ein Käuzchen ruft, stirbt einer im Haus, aber Tante Robbie ist schon tot, muss ich nun auch sterben? Und sie schwor sich, in aller Herrgottsfrühe heimlich zu verschwinden. Bevor sie gleich darauf in einen tiefen und unerwarteten Schlaf versank, dachte sie noch, gleich kommt der Abspann und alles ist nicht wahr. Sie ging mit federnden Schritten, wie Winona Ryder unter den Schlusstiteln, hinein in eine wunderbare Zukunft, und während Taxi-Enno mit Johnny Depp vorbeibrauste, der sich lässig aus dem Fenster lehnte und seinen Rehblick tief in Valeries Augen versenkte, saß sie schon im Café mit Lisa, Babyface und Doc, und Rönndigs mit g servierte elegant eine mahagonifarben gebeizte Birkentorte. The end.

Vier.

Es war nicht das südliche Brausen der Autobahn und nicht die ländliche Sonne, die Valerie weckte, es war auch kein krähender Hahn aus Augustenfleth, es war ein Klopfen an der Haustür und eine sanfte männliche Stimme. «Frau Bloom?»

Der Mohn in der Vase hatte alles Rot abgeworfen und reckte seine Samenkapseln nackt in das Zimmer. Die Ackerblumen auf dem Bild waren verdammt, bis in alle Ewigkeit zu blühen. Woher kommt das Pralinenpapier?

«Frau Bloom?» Diesmal etwas lauter.

Valerie warf die Bettdecke beiseite, kroch aus dem Bett, stolperte zur Tür, öffnete sie einen Spaltbreit.

«Einen Augenblick, bitte, ich komme sofort.»

Sie dachte, ich lebe ja noch und das mit dem Käuzchen ist Unfug, zog sich die Kleidung von gestern über, fuhr sich mit beiden Händen durch die Haare, dachte an heißen Kaffee und trank einen Schluck Mineralwasser, trank einen zweiten, spülte sich damit den Mund, wusste nicht, wohin damit und spuckte es in die Vase zu dem verblühten Mohn. Sie ging die Treppe hinab, und da stand er, da stand leibhaftig Johnny Depp, über Nacht aus Hollywood eingeflogen. Er trug einen Konfirmandenanzug, hatte auswärts gerichtete Füße und ein mitfühlendes Lächeln im Jungengesicht unter widerborstigen blonden Haaren. Er streckte Valerie seine rechte Hand entgegen und blitzte sie aus grünen Augen unverbindlich an. Es dauerte einen langen Moment, bis sie ihre Fassung und er seine Worte fand.

«Guten Morgen, ich bitte um Verzeihung für die frühe Störung. Ich bin der Pastor der Gemeinde Augustenfleth, Sonnenberg ist mein Name, Jonny Sonnenberg.»

Valerie unterdrückte eine mächtig aufsteigende Heiterkeit, sagte: «Grüß Gott», gab dem Pastor Jonny Sonnenberg die Hand. Bat ihn in das Wohnzimmer, zeigte auf das grüne Sofa und setzte sich selbst auf einen Stuhl, dessen Sitzfläche hart geflochten war. Später würde sie von Grete-Trompete erfahren, dass Gretes Vater ihn für Robbie geflochten habe, ja, dass er der Einzige im Dorf gewesen wäre, der Binsenstühle noch hätte flechten können, nun sei diese Fertigkeit mit dem Tod ihres Vaters ausgestorben, Pfingsten vor sechsundzwanzig Jahren.

«Ich möchte Ihnen mein Mitgefühl aussprechen, Frau Bloom», sagte der Pastor mit warmer Stimme, und während er sich setzte, sprang sogleich der rote Kater vom Sofa.

«Paddy, bleib sitzen.»

«Paddy», sagte Valerie, «Paddy, endlich weiß ich seinen Namen.»

«Er hat sie sehr geliebt», sagte der Pastor, als würde er von einem Menschen sprechen. Danach sah er Valerie an und senkte gleich darauf seinen Blick.

Valerie dachte, hübsche Wimpern hat er, und was um Himmels willen gibt es mit mir hier denn zu bereden, ich weiß ja nichts über meine Tante?

Es ist ja so, dass Valerie hineinkatapultiert worden ist in das Leben mit einer Toten. Sie kann zurzeit nicht ausweichen, sie muss die Dinge auf sich zukommen lassen, sie ist eine Hinterbliebene, ob sie es will oder nicht, sie ist zuständig für die weitere Abwicklung außerhalb des Pauschalarrangements. Nun sitzt sie da in einem schief geknöpften Hemd, braucht dringend einen Milchkaffee, und Johnny Depp starrt sie an.

«Ich weiß nichts über meine Tante», sagte Valerie, «ich habe sie zehn Jahre nicht gesehen.»

«Was wissen wir schon über uns und andere», sagte der Pastor, ohne seinen Blick zu heben, «es ist doch nur das Äußerliche, was ankommt, das andere bleibt tief eingeschlossen, und die meisten Menschen nehmen es mit hinüber in die andere Welt, von der wir glauben, dass es sie gibt, und nur wenige von uns hinterlassen einen sichtbaren Abdruck ihres Lebens.»

Valerie dachte an das ungemachte Bett von Tante Robbie, schob gleich darauf ihre profanen Gedanken beiseite und bemühte sich um einen angemessenen Satz, aber den machte Paddy für sie, er sprang aus dem offenen Fenster.

Du magst mich nicht, dachte Valerie, ich habe dir nicht einmal etwas zu fressen gegeben. «Sagen Sie in Ihrer Trauerrede, wie Tante Robbie gelebt hat und wie glücklich sie gewesen ist, und wenn Sie es nicht wissen, dann fragen Sie Paddy, der sieht so aus, als ob er alles wüsste, und traurig scheint er auch zu sein.»

Der Pastor hatte jetzt einen Blick in den Augen, den Valerie ungefähr so interpretierte, dass er genau dies gern tun würde, aber wegen der Würde seines Amtes nicht kann, so, wie er auch nicht schreien oder streiten darf oder gar schmutzige Wörter denken, denn alles, was auf Erden geschieht, hört und sieht sein himmlischer Arbeitgeber.

«Sie haben Recht», sagte der Pastor, «Paddy ist der wirklich Leidtragende, der, der das Leid mit sich trägt. Alle anderen freuen sich, dass sie davongekommen sind, das erlebe ich auf jeder Beerdigung. Das Bejammern dient nur dem eigenen Ego, das von dem Verstorbenen allein gelassen wurde, es ist Selbstmitleid in reiner Form, perfekt getarnt von der Trauer und in Rituale verpackt, die nicht nur Blumengeschäften ihr Überleben sichern, oh nein, bald schon werden sich Versandhäuser in diese Lücke drängen, das Mach-es-selbst-Begräbnis, morgens bestellt, abends schon geliefert, diskret und clean, und die Verpackung ist gelbersackkompatibel.»

Nach diesen Worten sah der Pastor Jonny Sonnenberg richtig erschrocken aus.

Valerie sagte, weil sie nichts hinzuzufügen hatte: «Genau.» Sie dachte, er ist ganz schön einsam, alle sind wir einsam und reden aneinander vorbei, reden um unser Leben unser Leben lang, sie lächelte ihn an, und er hielt diesem Blick Valeries in seine Augen stand, und gerade, als es Valerie einfiel, weil ihr sonst dazu nichts einfiel, denn es war einfach noch zu früh zum Denken, als es Valerie also einfiel, sie sollte vielleicht einen Kaffee kochen, reichte er Valerie seine Hand.

«Ich bedanke mich für die Anregung mit Paddy und auch dafür, dass Sie mir keinen Kaffee gekocht und keine Plätzchen angeboten haben. Sie sind eine bemerkenswerte Frau, Frau Bloom.»

Das war haarscharf, dachte Valerie, aber nun bleibe ich eine bemerkenswerte Frau. Sie sagte: «Servus», und gleich darauf war ihr dieser Abschiedsgruß unangenehm und sie setzte den Satz fort mit dem in ihrer Wahlheimat ebenso gebräuchlichen: «... oder Adieu, Herr Pastor Sonnenberg.»

Er ließ sich nichts anmerken: «Ich freue mich, Sie kennen gelernt zu haben, auch wenn der Tod kein Anlass zur Freude ist.»

Ohne weitere Worte verließ er hastig das Haus. Valerie hörte einen Motor anspringen und sah aus dem Fenster. Pastor Jonny Sonnenberg fuhr auf einem Motorroller geradewegs auf einen Trecker mit Anhänger zu und bremste im letzten Moment des Erkennens, während sein Schutzengel mit ausgebreiteten Flügeln über den Deich davonsegelte.

Wer würde um dich trauern, Jonny Sonnenberg? Du siehst nicht aus, als ob eine Frau dich liebte und Kinder auf dich warteten. Und weshalb bin ich eine bemerkenswerte Frau, wie auch Tante Robbie von Lemke genannt wurde, wo ist da die Ähnlichkeit? Du bist verdammt nochmal genau der Typ, dem ich immer wieder auf den Leim gehe. Aber ich bin nicht Tante Robbie, ich will auch niemals so werden wie sie.

Valerie suchte Kaffee, öffnete Schachteln und Dosen, Tüten und Türen, aber es gab in diesem Haus nur Kräutertees in allen Variationen, Minze und Baldrian, Melisse und Angelika, Brom- und Johannisbeeren, auch Johanniskraut- und Salbeiblätter. Valerie schüttelte sich vor der vertrockneten, eingetüteten Gesundheit, die den Tod von Tante Robbie nicht hatte verhindern können. Um 11 Uhr bei Rönndigs mit g. Keine Chance, nach München zu entkommen.

Valerie nahm das schwarze Fahrrad und fuhr los. Vorbei an dem Rosentor des Nachbarn, der sogleich wieder in seinen Dschungel entschwand. Weiter die schmale Deichstraße entlang, da stand Grete-Trompete mit dem Schleierhut auf dem Kopf und einer Pfeife im Mund, aus der es in dichten Schwaden qualmte. Sie stand neben einer wäschebehängten Leine vor einer Reihe bunter Kästen und drehte sich nach Valerie um.

«Grüß Gott, Grete», sagte Valerie, erfreut, dass diese Erscheinung auf dem Deich nun einen Namen hatte und ein wirkliches Wesen gewesen war.

Grete sagte: «Moin.»

Weiter links der Deich mit grasenden und blökenden Schafen, darüber dieser Postkartenhimmel, rechts, etwas abschüssig, Gärten mit Häusern darin, klein und geduckt, manche noch mit einem Reetdach wie Robbies Haus, manche fein herausgeputzt mit blanken roten Ziegeln und grünen oder blauen Fenstern. Es gab weiterhin Blumenrabatten, Lattenzäune, ein weißes Tor, Gras wuchs im aufgesprungenen Asphalt, ein alter Mann harkte seinen Garten, seine Katze sonnte sich auf der Straße, ein Jagdhund verbellte die Langeweile hinter dem Maschendraht.

Weiter über die Brücke, wo Jonny Sonnenbergs Kirche fest und rot mitten im Dorf steht und vom Turm die Zeit ausruft. Seit 1783, sagt das Portal. Ein Ziegelweg führte Valerie einmal um die Kirche, eine Bank lud ein zum Sitzen, immergrüne Büsche bewachten den Frieden des Herrn, und hinter der backsteingemauerten, schön verzierten Deichmauer floss der Fluss vorbei zur Quelle. Ließ auf seinen Wellen ein Ruderboot reiten, im Schlepp eine Angel, die mit einem Ruck auf das Boot gehievt wurde von einem glücklichen kleinen Jungen. Gleich wird er den Fisch töten, dachte Valerie, den beschützt kein Schutzengel, Tante Robbie auch nicht, da hat Jonny nicht aufgepasst. Ob er wohl seine Kirche liebt, den dicken Backsteinturm und die Fundamente aus runden Findlingen, und ob Tante Robbie wohl sonntags in die Kirche gegangen ist?

Gegenüber der Kirche der Bäckerladen mit einer viel benutzten Tür und einem großen Schaufenster, da lehnte Valerie das Fahrrad an, ging auf den abgetretenen Stufen in den Laden. Der hatte einen runden Tisch und eine Kaffeemaschine. Der Bäcker trug ein geblümtes Kleid mit einer geblümten Kittelschürze darüber und war eine runde Bäckerin mit roten Apfelbäckchen und kleinen Fältchen um die Augen. Sie hieß Tante Marga.

«So schnell kann es kommen, Tante Marga. Warum ausgerechnet sie, verstehst du das, so plötzlich und unerwartet?», sagte eine Kundin.

«Ist wohl wahr», antwortete Tante Marga.

«Grüß Gott», sagte Valerie.

Tante Marga sah aufmerksam in Valeries Gesicht und sagte: «Valerie Bloom? Ich hab dich gleich erkannt, du bist nur größer geworden. Ich darf doch noch du sagen, wie früher, nicht wahr?»

Als Valerie überrascht nickte, streckte Tante Marga Valerie ihre warme weiche Hand entgegen.

«Mein herzliches Beileid. Ist es nicht traurig? Ich kann es gar nicht fassen. Und du bist nun extra aus München gekommen, um einzuhüten, so was aber auch.»

Sie hat gute Augen, dachte Valerie, wie sie das so sagt, so meint sie das auch. Sie fragte nach einem Paket Kaffee und dem Bestattungsinstitut Rönndigs, und Tante Marga zeigte über Kekspackungen und Brotdekoration hinweg aus dem Schaufenster.

«Gleich schräg gegenüber dem Lebensmittelladen,

möchtest du vorher eine Tasse Kaffee und ein Stück Gebäck?»

Und während Valerie Tante Margas köstliches Croissant in den heißen Kaffee stippte und ihren Magen wappnete gegen die unausweichlichen Dinge des heutigen Tages, sagte Tante Marga in die Stille des Ladens: «Sie war doch noch nicht dran, sie war überhaupt nicht dran.»

«Wie meinst du das?», fragte Valerie.

«Robbie war ein guter Mensch», sagte Tante Marga, «das hätte der liebe Gott wissen müssen. Nun bleibt Dora allein zurück.»

Mein Gott, ich habe Dora Bloom vergessen. Weiß sie schon, dass ihre Tochter tot ist?

«Robbie ist jeden Tag mit dem Fahrrad zu ihrer Mutter gefahren», sagte Tante Marga, «jeden Tag einmal.»

Aus und vorbei, dachte Valerie und bezahlte das Paket Kaffee. Von dem Geld für das Croissant und für die Tasse Kaffee wollte Tante Marga nichts wissen. Sie kam um den Ladentresen herum, drückte Valerie mütterlich die Hand und ein zweites Croissant hinein.

«Nun geh mal zu Dora», sagte Tante Marga, «du kannst das Altenheim gar nicht verfehlen, eben an der Schmiede links vorbei und dann ganz die Pappelallee runter.»

Es steht nicht mitten im Dorf, dachte Valerie, während sie auf der Pappelallee fuhr und in das zweite Croissant biss, es steht nicht mitten im Dorf, wie es schön für die Alten wäre, damit sie noch etwas vom Leben mitbekämen und die Kinder lachen hörten, die auf ihren Fahrrädern in den Sommer sausen. Es steht nicht mitten im Dorf, wie es gut für die Alten wäre, damit sie den Klatsch im Vorübereilen aufschnappen und dem Klopfen aus der Schmiede lauschen könnten, weil der Schmied Überstunden macht, seitdem ihn seine Frau nicht mehr ins Schlafzimmer lässt. Nein, es steht nicht mitten im Dorf, es steht diskret abseits, damit die Alten vor der ewigen Ruhe schon ihre Ruhe haben, die sie nach einem erfüllten Leben nicht brauchen, nichts dringt von außen hinein, nicht mal der Kuckuck.

Valerie klingelte an der Tür und stellte sich einer freundlichen Pflegerin vor, die, nachdem sie Valerie gemustert hatte, sagte: «Verzeihen Sie, Ihre Bluse sitzt schief», und der das alles sehr Leid tat mit Frau Roberta Bloom, und während Valerie verlegen das Hemd neu knöpfte, sagte die Pflegerin: «Wir haben ihr übrigens die Nachricht vom plötzlichen Tod der Tochter noch nicht überbracht», öffnete die Tür und begleitete Valerie in den zweiten Stock des ebenso freundlichen Hauses, wo sie durch eine Tür ging, ohne anzuklopfen.

Am Fenster in einem Lehnstuhl saß in eine Decke gehüllt ein Vögelchen, spitz und grau, hatte Kopfhörer auf den großen flachen Ohren und schien tief versunken in das, was es da hörte.

«Oma Bloom», sagte die Pflegerin und nahm ihr die Kopfhörer von den Ohren, ohne zu fragen, «Oma Bloom, Ihre Großnichte ist da, wollen Sie ihr nicht guten Tag sagen?»

Das Vögelchen – oder war es eine Spitzmaus? – grabschte nach den Kopfhörern, zeterte mit einer weinerlichen Kinderstimme und sah die Pflegerin wehklagend an. Die legte energisch die Kopfhörer auf den blanken Tisch, nickte Valerie aufmunternd zu und ging hinaus.

So saß Valerie nun ihrer Großtante gegenüber, die kein

lachendes Kind zur Großmutter erkoren hatte, und bemühte sich um einen der Situation angemessenen Ausdruck.

«Tante Dora, kennst du mich noch, ich bin's, Valerie aus München, die Tochter des Bruders von Robbie, ich meine, die Tochter von dem Sohn deines Mannes aus erster Ehe. Tante Dora, ich bin gekommen, um dir etwas zu sagen. Deine Tochter Robbie ist gestorben.»

«Robbie», sagte Tante Dora mit einem ganz weichen b und lächelte in sich hinein, und dann begann sie zu singen, ganz hoch und fast ohne Melodie.

«Wenn bei Capri die rote Sonne im Meer versinkt, ziehn die Fischer mit ihren Booten aufs Meer hinaus ...»

Dann war das Lied fort, das Lächeln auch, Dora Bloom zeigte so lange und ausdauernd mit ihren Knochenfingern besitzheischend auf die Kopfhörer, bis Valerie sie nahm und ihr behutsam auf die großen Ohren setzte. Das Vögelchen lehnte sich zurück in den Sessel und versank tief ins rote Meer.

Irgendetwas ist falsch, dachte Valerie, es ist nichts zu hören, nichts, dann sah sie es, die Schnur baumelte in der Luft, sie hatte nicht mal einen Stecker. Valerie stand auf, nahm das Vögelchen vorsichtig in den Arm und spürte durch die Decke die spitzen Knochen. «Ich komme wieder, Tante Dora.»

In der freundlichen Eingangshalle geleitete die freundliche Pflegerin einen alten Mann zu einem der freundlichen Zimmer und Valerie wartete, bis sie zurückkam.

«Schließen Sie Frau Dora Bloom bitte den Kopfhörer an und legen Sie ihr eine Kassette ein, irgendetwas, ich bringe später ein paar andere Kassetten vorbei.»

Die Pflegerin schob einen offiziellen Ausdruck in ihr Gesicht.

«Ja, wissen Sie denn nicht, dass Oma Bloom den Alzheimer hat?»

«Den Alzheimer?», fragte Valerie erschrocken.

«Die merkt nichts mehr», sagte die Pflegerin, «seit fünf Jahren merkt die nichts mehr. Die Kassette können Sie sich sparen.»

Valerie setzte sich fröstelnd auf eine Bank in der Sonne. Ein blankes Metallschild verkündete, diese Bank habe Freya von Maikowsky gespendet. Warum hat Tante Robbie dieses kleine Vögelchen, das nicht mehr allein die Schwingen heben kann, einfach so zurückgelassen? Dreifach isolierte Lärm- und Wärmeschutzfenster, nichts dringt von innen nach außen, wenn sie hier erst zwischengelagert sind.

Ein chromblinkender alter Cadillac knirschte die Kieseinfahrt zum Seniorenheim hinauf. Aus dem Wagen stieg Dr. Schlichting, einen Lederhut auf dem Kopf. Ein warmes Gefühl für ihn durchströmte Valerie, sie winkte ihm zu. Er kam sofort und drückte ihr zur Begrüßung mit beiden Händen die rechte Hand.

«Wie hat Dora es aufgenommen?»

«Sie zeigte keine Reaktion.»

«Wir wissen nicht, was in unseren Patienten vorgeht, sie scheinen nicht mehr von dieser Welt zu sein. Manchmal denke ich, sie haben sich verabschiedet, weil sie das Leben nicht mehr ertragen konnten, und nun beobachten sie alles um sich herum, ohne sich rechtfertigen zu müssen.»

«Sie wird behandelt wie ein Kind.»

«Es gibt nicht genügend Pflegepersonal.»

Er verabschiedete sich von Valerie mit einem liebevollen Lächeln, in seinen Augen saß versteckt die Trauer. Es muss seltsam sein, dachte Valerie, das Leben eines Landarztes. Leben ans Licht holen und Leben ins Dunkle begleiten. Und dazwischen der graue Übergang. Er kennt alle hier, bestimmt, ohne Ausnahme. Wie gut zu wissen, dass es ihn gibt.

Der Weg zurück auf der Pappelallee. Warum riecht es hier so nach Friedhof? Ist es die immergrüne Hecke mit den weichen duftenden merkwürdigen Blättern? Alle Friedhöfe haben diese immergrünen Hecken. Was sind das für Pflanzen? Tante Robbie hätte es bestimmt gewusst. Valerie öffnete das schmiedeeiserne Tor zur Endstation nach allen Reisen. Verborgen unter Stiefmütterchen alle Hoffnungen, alle Pläne, alle Träume. In Stein gehauen die Inschriften auf den Gräbern, die mitteilten, wer da zur ewigen Ruhe gebettet worden war. Meta und Martha, Johannes und Engel, ja Engel, Sebastian und Nicole. Valerie vergaß die Namen gleich wieder, die ihr nichts sagten, bis auf einen, der stand geschrieben auf einem großen Naturstein und über dem Namen eingemeißelt der nicht enden wollende Schmerz: Denn die Liebe währet ewiglich. Irina Schlichting, geborene … Von einer rot blühenden Rose überdeckt, wie sie als Mädchen geheißen hatte. «Und wenn ich dann gestorben bin, pflanz Rosen auf mein Grab», hatte einer vor langer Zeit gesungen. Irina Schlichting, geboren am 21. Juni 1955, gestorben am 5. November 1990. Das war an Tante Robbies Geburtstag. Irina Schlichting, die Frau vom Doc, geboren am Anfang des Sommers, gestorben mit fünfunddreißig Jahren in der nebelgrauen Zeit.

Die Halle, in die Rönndigs Valerie führte, war kühl und schmucklos weiß. Das einzige kleine Fenster unter der Decke hatte es sich in diesem Moment zur Aufgabe gemacht, Valeries Blicke und Gedanken mit den Strahlen der Mittagssonne auf Tante Robbies blasse gefaltete Hände zu leiten, die alles erzählten von dem Leben vor dem Tod, rosenzerstochene, gartenerprobte Hände mit Schwielen und kurzen Nägeln, die nie mehr in der Erde wühlen würden. Das Laken verdeckte einen kurzen runden Körper, oberhalb des Lakens trug der Körper eine weiße Bluse, die am Hals mit einer Schleife fest verschlossen war. Der Kopf ruhte schwer auf dem Kissen mit dem zeitlos friedlichen Ausdruck, der den Toten zu eigen ist. Ruhe steht in den Todesanzeigen, er, sie oder es hat plötzlich oder unerwartet seine, ihre Ruhe gefunden, wird zur letzten Ruhe gebettet. Warum nur müssen wir unsere Ruhe finden, warum suchen wir im Leben immer nach der Ruhe? Um uns zu rüsten für den Tod, der doch die ewige Ruhe ganz umsonst beschert?

Die Mittagssonne hatte jetzt Tante Robbies Gesicht erreicht. Es ist das letzte Tageslicht auf deinem Gesicht, von nun an ist Dunkelheit. Bald wirst du im Paradies sein, du bestimmt, alte Rose von Augustenfleth, der Garten Eden wartet schon auf dich. Aber ich, ich werde wieder in München vor dem PC hocken, statt sechs Wochen lang in deiner Kate zu schreiben. Warum musstest du ausgerechnet jetzt sterben, Tante Robbie, hättest du nicht warten können, bis du aus England zurück und ich wieder in München mit der Reise nach Fuerteventura im Laptop und Tom aus dem Kopf? Ich wäre bestimmt zu deiner Beerdigung gekommen, vielleicht auch nicht, ich weiß es nicht, ich weiß es wirklich nicht, aber eins weiß ich genau, sterben will ich noch nicht.

«Die Karten wären jetzt fertig», sagte der Bestatter.

Valerie streichelte mit der Hand über Tante Robbies glücklich geschundene Hände.

«Schlaf schön, Tante Robbie.»

Dann ging sie hinaus in die Sonne vor der Halle und verstaute die Karten, die Rönndigs ihr in einem Karton überreicht hatte, im Gepäckkorb auf dem Fahrrad und sah in das große Schaufenster des Ladens. Es gab königliche Schokobananen, dazu Wasser aus fürstlicher Quelle, auch ein gekröntes Kaffeedepot hielt sich hier auf, und ff-Aufschnitt verlangte hundertgrammweise nach Hause getragen zu werden. Weiter gab es Ansichtskarten mit Gruß aus Augustenfleth zu kaufen, die man nach München hätte schicken können, Deichschafe mit Kopfweiden, die Kirche in Augustenfleth und den hohen Wolkenhimmel über der Marsch, dazu Briefmarken von der gelben Post, die hier eingezogen war. Nebenan der Fernsehladen pries wahlweise backsteinrote oder zaungrüne Satellitenschüsseln an.

«Grüß Gott.»

«Guten Tag», sagte der Verkäufer, der gerade vorsichtig das Gehäuse von einem alten Dampfradio abnahm. Er hatte schwarze Locken und eine braune Hautfarbe, als wären hier vor fünfundzwanzig Jahren die Römer durchgezogen. Er sah Valerie freundlich, fast entschuldigend an.

«Dies hier ist noch ein altes Röhrenradio von der Firma Braun, ein wunderbarer Klang. Was kann ich für Sie tun?»

In München würden sie dafür viel Geld ausgeben.

«Ich hätte gern ein Kabel für einen Walkman und ein paar Kassetten», sagte Valerie.

Der freundliche junge Verkäufer griff in ein Regal und gab Valerie sogleich das passende Kabel, dann zeigte er auf eine Grabbelkiste.

«Wenn Sie hier mal hineinsehen möchten?», sagte er.

In der Kiste lagen «Die schönsten Heimatlieder», «African Rhythm» und «Chöre aus Don Giovanni» und einiges mehr.

Valerie entschied sich für «Baroque im Dreierpack», das Vögelchen sollte Abwechslung haben.

«Sie sind wohl nicht von hier?», fragte der Verkäufer. «Sind Sie zu Besuch hier?»

«Ja.»

«Gefällt es Ihnen hier bei uns in Augustenfleth?», fragte der Verkäufer.

«Das weiß ich noch nicht», sagte Valerie, «ich bin gestern Abend erst gekommen.»

Der Verkäufer vernetzte blitzschnell alle eingegangenen Informationen von gestern bis heute.

«Sie sind eine Verwandte der verstorbenen Frau Bloom?»

Valerie wollte sagen, nein, und was geht Sie das an, aber sie nickte mit dem Kopf.

«My heart will go on», sagte der Verkäufer leise, streckte seine Hand aus und drückte die von Valerie.

«Mein herzliches Beileid. So plötzlich und unerwartet.»

«Danke», sagte Valerie.

«Man kann gar nicht vorsichtig genug sein», sagte der Verkäufer, «Immunschwäche, Verkehrsunfälle, Rinderwahn, Terroranschläge, plötzlicher Kindstod, Schiffbruch, je mehr wir wissen, desto näher rückt der Tod. Apropos Tod, wir haben übrigens noch einen Posten ‹Candle in the Wind› damals nachbestellt, aber da hatten schon alle die Gedenk-CD der Rose von England. Ich wäre bereit, Ihnen einen Rabatt zu geben, wir haben auch noch preiswerte CD-Player der ersten Generation, möchten Sie gern einen dazu?»

So kam es, dass Dora Bloom, zwei Stunden nach Valeries erstem Besuch, in eine Decke eingehüllt in ihrem Lehnsessel lag und Elton John von einem CD-Player hörte, hingegen «Baroque im Dreierpack» auf Kassette verschmähte. Valerie saß eine Weile neben ihr und dachte, warum ist der Tod so ungerecht und holt sich die, die noch nicht dran sind, und warum lässt er die am Leben, die nicht mehr unter den Lebenden weilen, die nichts mehr sagen können, weil sie in eine andere Welt gegangen sind, deren Sprache ich nicht verstehe.

Der Fluss floss zum Meer, als Valerie auf dem Weg zur Deichstraße die Brücke überquerte. Springt der Fisch des kleinen Jungen auf dem Ruderboot nun zurück von der Angel und schwimmt davon? Ist das Vögelchen Dora schnell zurückgeflogen oder hat es Jahre gedauert, bis es wieder in der Kindheit angekommen war?

Grete in der Deichstraße hatte ihren Schleierhut über den Ast eines Baumes gehängt und nahm gerade die Wäsche ab, die sie sorgfältig in eine gelbe Plastikwanne legte. Das Gras im aufgesprungenen Asphalt war weiter gewachsen, der alte Mann hatte es aufgegeben, seinen Garten zu harken, die Katze sich getrollt, der Jagdhund verbellte immer noch das Nichts. Als Valerie das Fahrrad wieder da an den Zaun lehnte, wo sie es fortgenommen hatte, drängte sich ihr das Gefühl auf, nach Hause zu kommen. Sie saß lange am Tisch in der Küche und schrieb aus Tante Robbies zerfleddertem Telefonbuch Adressen ab und auf die schwarz umrandeten Briefumschläge, entdeckte, dass einer sogar nach England reisen sollte, zu einer Frau mit dem schönen Namen Nele Leonhard, dachte, das ist die Frau vom Anrufbeantworter, die Robbie in England besuchen wollte, und nun kommt nur eine schwarz umrandete Nachricht. Als alle Umschläge beschriftet waren mit Namen, die ihr ebenso wenig sagten wie die auf dem Friedhof, bis auf den von Irina, da sprach Valerie auf Lisas Mailbox den Termin der Beerdigung in der vagen Hoffnung, Lisa würde kommen.

Paddy tauchte maunzend auf, schmuste um ihre Beine, und Valerie sagte: «Ach Paddy, ich bin froh, dass es dich gibt.»

Das Telefon klingelte und Valerie nahm schnell den Hörer ab.

«Valerie Bloom.»

«Hier ist Nele Leonhard», sagte die silberhelle, jetzt leise schluchzende Stimme, «ich habe eben die Nachricht von Robbies Tod erhalten.» Sie machte eine kurze Pause.

«Hast du sie noch gesehen?»

Valerie schluckte ihre aufsteigende Trauer hinunter.

«Nein, ich kam zu spät. Robbie ist an plötzlichem Herzversagen gestorben, der Arzt hat gesagt, sie hätte nicht gelitten.»

«Ich weiß», schluchzte Nele, «mein Vater hat es mir schon selbst erzählt.»

«Dr. Schlichting?», fragte Valerie.

«Ja, er ist mein Vater.»

Nele weinte. Valerie wusste nicht, wie sie trösten sollte.

«Rufst du aus England an?», fragte Valerie, bekam aber keine Antwort. Nele hatte das Gespräch beendet. Valerie legte verwirrt den Hörer auf. Dr. Schlichting der Vater von Nele?

In dieser Nacht schwieg das Käuzchen und Valeries Magen knurrte. Nach längerem Suchen in der Küche fand sie den Rest der Pralinen in der Schachtel zwischen Rosenkatalogen und Gartenzeitungen, aß fünf Nougatstücke auf einmal und eine mit Kirschwasser. Im weiteren Verlauf der Nacht folgten Lemke im Peterwagen, Enno Fitschen im Taxi, Tante Marga in einem Brötchen, neben sich das Vögelchen mit ausgebreiteten Flügeln, sowie der Doktor im Cadillac, Robbies Sarg im Leichenwagen, Rönndigs mit g am Steuer, während der Hi-Fi-Verkäufer lächelnd eine Endlosschleife von ‹Candle in the Wind› abspulte und ein müder Schutzengel mit Jonny Sonnenberg auf dem Rücken über allen Augustenflethern seine Runden zog, auch über dem Gartenhaus, in dem Tante Robbie noch vergnügt von der Rosenbowle trank, während ihr Herz sich schon von der Gartenwelt verabschiedete.

Das Telefon klingelte. Valerie sprang aus dem Bett und legte sich nach den ersten Worten wieder hin.

«Hi, Valerie, guten Morgen, ist doch klar, dass ich zur Beerdigung komme, mach dir keine Sorgen, ich nehme Siggis Auto, dann können wir zusammen zurückfahren. Ciao.»

Valerie lächelte und kuschelte sich in die Kissen zurück. Lisa, die Gute, sie würden nach der Beerdigung gemeinsam nach München zurückkehren und alles würde so sein, als wäre nie etwas gewesen.

«Frau Bloom?»

Valerie sprang zum zweiten Mal an diesem Morgen aus dem Bett. Sie ging ans Fenster und sah hinunter. Vor der Haustür stand ein kleiner Mann in einem grauen Kittel und grünen Hosen, eine Stofftasche in der Hand, trat mal vor, mal zurück, sah in die unteren Fenster und nach oben. Er hatte schüttere Haare, eingezogene Schultern und machte auch sofort den Eindruck, als wolle er sich dafür entschuldigen, überhaupt auf der Welt zu sein. Valerie öffnete das Fenster.

«Hallo?»

«Moin, Moin», sagte der kleine Mann, «ich wollte nicht stören, ich bin der Nachbar, also Wolf Witt ist mein Name, ich wohne nebenan, ich wollte aber wirklich nicht stören.»

«Schon gut», sagte Valerie.

Warum kommen die Leute aus dem Dorf immer morgens? Am Tag ist so viel Zeit, aber nein, sie stehen am frühen Morgen vor der Tür und begehren Einlass, obwohl sie nicht stören wollen. In München steht nie jemand morgens vor der Tür, in München eilen sie geschäftig vorbei, den Tag über die Runden zu bringen, damit sie wieder schlafen können, um von einem neuen Tag zu träumen.

Wolf Witt wartete, bis Valerie die Tür öffnete, dann putzte er seine Schuhe ab, die sauber waren.

«Ich bin so frei.»

Für einen Moment gab es keine Worte, bis der kleine

Mann sagte: «Mein aufrichtiges Beileid. Wer hätte das so plötzlich erwartet? Robbie und ich waren immer so gute Nachbarn. Ich wollte auch nur die Brötchen bringen.»

«Das ist nett», erwiderte Valerie steif, weil sie nicht wusste, worauf der Besuch hinauslaufen würde, denn die Brötchen schienen eine Ausrede zu sein.

«Marga hängt die Brötchen immer an die Tür, wenn keiner da ist», erklärte Wolf Witt, «und vorgestern Abend wollte Robbie zum Bahnhof und hat die Stofftasche für Marga hingehängt. Marga kommt immer mittwochs.»

«Ich habe sie nicht gesehen», sagte Valerie.

«Die Tüte hing an den Rosen», sagte Wolf Witt, «nun können Sie die Brötchen an die Schafe verfüttern oder Paniermehl daraus machen.»

Brötchen, die ich gestern essen sollte, dachte Valerie, warum zum Teufel bringt er keine frischen Croissants von Marga mit?

«Wir haben beide Rosen gezüchtet», sagte Wolf Witt, «und gern getauscht.»

«Kommen Sie herein.»

Wolf Witt stapfte in die Küche, setzte sich unaufgefordert an den Küchentisch und legte den Stoffbeutel mit den Brötchen auf den Tisch.

«Was darf ich Ihnen anbieten?», fragte Valerie.

Wolf Witt griente verlegen.

«Ich will ja nichts sagen, aber Robbie hatte immer so'n Lütten für mich, den hat sie selbst angesetzt.»

Ohne zu zögern, zeigte er auf eine Flasche mit einer dunkelgrünen öligen Flüssigkeit in dem Regal über sich. Valerie nahm die Flasche heraus, in der die verschiedensten Kräuter untergetaucht waren, stand auf, holte zwei

Schnapsgläser aus dem Schrank und stellte eins vor ihn und eins vor sich und schenkte ein.

«Denn man Prost», sagte Wolf Witt. Er hob sein Glas. Valerie hob auch ihr Glas. Warm und schmeichelnd, wie spanischer Hierbas, dachte sie, als der Kräuterlikör sich im Magen verteilte und sich mit dem Rest der Pralinen vereinigte. Was für eine bemerkenswerte Frau war diese Robbie nur. In diese Gedanken hinein sagte Wolf Witt: «Sie hat Wolfi zu mir gesagt, wir waren gute Nachbarn, will ich mal sagen.»

Valerie sah Wolfi in die Augen und da sah sie den Kräuterlikör in der Iris schwappen.

«Wissen Sie, ob Robbie krank gewesen ist?»

«Nee», sagte Wolfi Witt entschieden, «sie war sogar putzmunter, wenn ich das so sagen darf. Wolfi, hat sie gesagt, ich bring uns aus England eine feine Rose mit, da kriegst du einen Steckling mit drei Augen.»

«Mit drei Augen?», fragte Valerie.

«So war es», sagte Wolfi Witt, «mit drei Augen, aber es gab keine Anzeichen für ihren Tod.»

Wolfi Witt goss sich noch ein Glas bis an den Rand voll und Valerie schob ebenfalls ihr Glas zur Flasche. Er zwinkerte ihr zu und füllte es, trank sein Glas in einem Zug aus und sah zum Fenster.

«Vielleicht war es ein Versehen.»

«Wie bitte?», fragte Valerie erschrocken. «Ein Versehen? Wie meinen Sie das, Herr Witt?»

«Wir duzen uns hier alle», sagte Wolfi Witt.

«Was war ein Versehen?», fragte Valerie.

«Ich meine», sagte Wolfi Witt, «ein Versehen vom Herrn über Leben und Tod.»

Valerie dachte an Jonny in der Backsteinkirche. Wieder

fühlte sie dieses wunderbar warme Gefühl im Magen, dachte, ich werde hier noch zur Alkoholikerin, wenn das so weitergeht. Und weil sie dabei lächelte, erschien auch ein Anflug von Lächeln auf Wolfi Witts betrübtem Gesicht.

«Und ich habe gedacht, nun gibt es keinen Lütten mehr in Robbies Küche.»

Und dann schenkte er sich selbst noch ein Glas ein und hob es hoch und die Sonne brach sich darin.

«Auf Robbie», sagte Wolfi Witt, «ich wünschte mir, sie wäre jetzt bei uns.»

«Ich auch», sagte Valerie, und beide tranken ihre Gläser in einem Zug aus. Wolfi Witt stand auf, gab Valerie die Hand und wendete sich schwer zur Tür, öffnete und drehte sich noch einmal um.

«Nichts für ungut, aber was hat denn der Doc für eine Todesursache festgestellt?»

«Herzversagen», sagte Valerie leise, «er hat gemeint, dass sie ein schwaches Herz hatte und nicht danach leben wollte.»

«Und was soll nun werden?», fragte Wolfi Witt und ließ die Tür nicht los.

«Ich weiß es nicht», sagte Valerie.

«Ich meine, mit dem Haus hier und dem Garten?», fragte Wolfi Witt. «Und mit den Rosen?»

«Tante Dora wird erben», sagte Valerie, «soweit ich weiß, erben die Eltern von den Kindern.»

«Dora», sagte Wolfi Witt, «Dora hat nie was von Gartenarbeit gehalten, das hier ist alles Robbies Werk.»

«Ich versteh auch nichts davon», sagte Valerie. Sie wollte das Vögelchen verteidigen.

«Dann will ich mal gehen.»

Wolfi Witt ließ endlich die Tür los, und Valerie stand auf und begleitete ihn hinaus.

«Ich wollte, ich könnte ihr sagen, ich hab dich nicht unter der Erde haben wollen, ich nicht. Das ist so wahr wie Ebbe und Flut.»

«Wie meinen Sie das nun wieder?», fragte Valerie, «ich meine, was willst du damit sagen?»

«Wie ich das gesagt habe», sagte Wolfi Witt, «genauso.»

Als Wolfi Witt fort war, nahm Valerie die Brötchen und warf sie über den Zaun den Schafen zu, die sie sofort zwischen ihren Kiefern zermalmten. Sie packte die Karten in den Gepäckkorb des Fahrrads, schob es auf die Straße und fuhr am Deich entlang. Sie blieb auf der Brücke stehen und hörte die Kirchturmuhr viermal schlagen, sah weiße und graue Wolken auf der Reise sich zu einem Konvoi verbinden und träumte von einem Schiff, das sie mitnehmen sollte weit bis ans Ende der Welt, wo niemand plötzlich und unerwartet starb, bevor man ihm die Hand geben konnte, wo es keine Fragen mehr gab und keinen Kräuterlikör, der das Hirn vernebelte. Valerie bekam eine unbändige Sehnsucht, das Meer zu sehen.

Am Gemischtwarenladen warf sie die Karten in den Postkasten, immer zehn auf einmal, bekam etwas später bei Tante Marga unaufgefordert ein liebes Lächeln, einen Kaffee, ein Croissant und eine Wegbeschreibung, die Valerie nicht brauchte.

«Du kennst ja den Weg, immer am Deich lang», sagte Tante Marga, «an der alten Fährstelle und am Sperrwerk vorbei, bis der kleine Fluss in den großen Fluss mündet.»

Valerie nickte.

Tante Marga hatte noch mehr zu sagen: Nur an besonders klaren Tagen könne man das andere Ufer sehen, grad wie im Leben, wo ja auch manchmal ganz schön Wolken aufziehen, denn das Leben an der Küste hier sei wie Ebbe und Flut, läuft auf, läuft ab, oder, wie wir hier sagen, löpt op, löpt daal, dazwischen Stillstand, da sinkt alles Organische zu Boden und bildet Schichten, so wäre aus dem Schlick die Marsch entstanden. Das hätte sie aus einem Buch, sagte Tante Marga, ein Buch, das ein Lehrer aus Augustenfleth geschrieben habe, aber der sei nun schon lange auf dem Kirchhof.

Valerie stemmte sich tapfer gegen den Wind und in die Pedale, im Kopf die Schichten von Tante Marga, geordnet wie ein Baumkuchen, und sie dachte, Tante Robbie war noch nicht dran, und dass der Wind einmal von vorn, dann von hinten und dann von der Seite kommt, das liegt an den Windungen des Deiches, aber meistens kommt er bei mir von vorn, nicht nur, weil ich in den Norden fahre, sondern weil ich durch Tante Robbies Tod meinen Weg verloren habe, genau an dem Punkt, an dem ich ihn gefunden hatte, zumindest für sechs Wochen. Für einen Moment noch hatte sie eine Idee von Schubladen, die sie öffnen müsste, danach war nichts mehr. Der aufkommende Sturm nahm Valeries Gedanken mit sich, warf sie gegen die Bäume im Binnenland und ließ sie zerplatzen. Es gab nur noch einen Wasservogel, der gegen den Wind kreuzte, und später, viel später, hüpfte ein rostbuntes Schiff voller Container schwer auf den Wellen zum Meer.

Valerie lehnte ihr Fahrrad an eine Weide, entdeckte Brennnesseln, die zwischen den jungen Weidentrieben wuchsen, kletterte über einen Zaun, stapfte zu Fuß weiter, jagte eine Schafherde auf und versuchte Ordnung in ihre Gedanken zu bringen, während die Flutwellen des Containerschiffes sich an den Ufersteinen brachen.

Robbie hatte noch den Anrufbeantworter besprochen und Brötchen bestellt, umsichtig den Korken aus der Rotweinflasche gezogen und das Gemüse auf dem Herd brutzeln lassen. Weshalb war sie dann noch einmal ins Gartenhaus zu der Rosenbowle gegangen? Weshalb hatte sie Enno Fitschen nicht mehr gehört, als er nach ihr rief?

Ich fühle mich schuldig am Tod von Robbie. Ich bin eine, die sich gern so etwas anzieht, die sich den Kopf zermartert, anstatt den Moment zu genießen, wenn die Steine reden, während die Wellen sie überrollen. Warum nur habe ich diesen verdammten Rosenkatalog gekauft und bin einen Zug später gefahren?

Ich hasse dieses Land, dachte Valerie, ich wusste, weshalb ich hier nicht her wollte. Ich hasse Spaziergänger, die mir entgegenkommen, und tote Tanten, die ich beerdigen muss, und Kräutertees hasse ich auch, ich hasse es, in Trauer über einen Menschen zu verfallen, den ich kaum gekannt habe, ich hasse es, wenn mein Gefühl die Oberhand kriegt und ich nicht mehr durchblicke.

«Was machen Sie denn hier?», rief Lemke erfreut, die Hände tief in den Taschen seines Mantels vergraben.

«Ich musste einfach raus», sagte Valerie.

«Da ging es Ihnen so wie mir», sagte Lemke.

Ohne ein Wort verließ er seine Richtung, wie der Fluss auch einfach seine Richtung wechselt, und schloss sich Valerie an, und so stapften sie eine Weile nebeneinander her ohne weitere Worte, die der Sturm ohnehin verschluckt hätte. Als der auch noch Regen und Sommergewitter brachte, sagte Lemke: «Ich kenne eine kleine Kneipe auf dem Deich, da gibt es im Mai zwar keinen steifen Grog, aber vielleicht zwei Pharisäer mit Schuss für uns beide.»

Valerie wusste nicht, ob sie mit Lemke in einer kleinen Kneipe sitzen wollte, konnte sich auch unter den versprochenen Pharisäern rein gar nichts vorstellen, aber sie sträubte sich nicht. Als sie dann an einem blanken Resopaltisch saßen, die Haare nass, die Wirtin freundlich und der Pharisäer ein Kaffee war, heiß und süß mit Whiskey und Sahnehäubchen, da hatte Lemke etwas von einem alten Freund an sich, mit dem sie schon eine Geschichte verband.

«Früher hieß der Gott des Meeres und des Sturms Jan Rasmus», sagte Lemke, «einfache Gemüter nannten ihn auch Blanker Hans, der kam pünktlich im November und brachte den Nordwest, heute ist auf nichts mehr Verlass, weder auf die Menschen noch auf das Wetter, heute heißt es, El Niño hat Schuld.»

Valerie durchsuchte schnell ihre Erinnerung, irgendwo hatte sie etwas über El Niño gelesen, aber wo? Lemke grinste, als er sah, wie Valerie angestrengt nachdachte, das ärgerte sie. Er gab sich keine Mühe, sie aufzuklären. Sein vom Wind gerötetes Gesicht zeigte straffe Falten.

«El Niño ist unschuldig, dass die Dinge nicht nur beim Wetter aus den Fugen geraten sind», sagte Lemke. «Gefährlich sind die, die uns ihre eigene Moral lehren wollen.»

«Haben Sie konkrete Anhaltspunkte dafür?»

«Ja», sagte Lemke.

«Und warum unternehmen Sie nichts?»

«Ich habe keine Beweise für ungesetzliche Handlungen.»

Valerie überlegte, worauf Lemke wohl hinauswollte.

«Gehörte meine Tante etwa zu jenen?»

Lemke schüttelte den Kopf.

«Nein, Robbie liebte die Menschen, sie hat sie nicht missionieren wollen.»

«Ich weiß nicht viel über meine Tante», sagte Valerie.

«Ich könnte Ihnen viel von ihr erzählen», sagte Lemke, «Sie sollten die vorgesehenen sechs Wochen in Augustenfleth bleiben.»

«Nein!», sagte Valerie.

«Warum nicht?»

Lemkes Frage kam sehr schnell. Wie aus der Pistole geschossen, dachte Valerie, da hat er ja Übung.

«Ich habe hier nichts verloren.»

«Ich ging im Walde so für mich hin», sagte Lemke, «und nichts zu suchen, das war mein Sinn.»

«Es gibt auch nichts zu suchen», sagte Valerie, froh, das Zitat identifiziert zu haben, «und bei Goethe schon lange nicht, alles ist klar.»

Und dann ärgerte sie sich, dass sie Lemke ihre Bildung hatte beweisen wollen, womöglich war es auch Schiller gewesen, der das gesagt hatte.

«Vielleicht gibt es doch etwas», sagte Lemke, «wir müssen es nur erkennen. Auch wenn es unbequem ist. Vielleicht», und dann zögerte Lemke einen Moment, «vielleicht sollten wir gemeinsam auf die Suche gehen, ich meine, falls Sie hier bleiben.»

Die Wirtin kam an den Tisch, erlöste Valerie von allen Fragen, Antworten und Zweifeln und sagte entschuldigend: «So ein Wetter gibt es bei uns sonst nie im Mai, es kann nur besser werden. Sie werden bestimmt noch ein paar schöne Urlaubstage haben.»

Valerie lachte: «Versprochen!» Und dachte: Was mache ich hier eigentlich? Ich werde als Touristin angesehen und unterhalte mich mit einem alten Kommissar über die Suche nach irgendwas, und sie nahm sich vor, Lemke nichts, aber auch nichts mehr über sich zu verraten, besonders nicht über ihre absurden ersten Gedanken vom Mord an Tante Robbie, das würde sie bei diesem Kommissar nur lächerlich machen. Und als hätte Lemke ihre Gedanken gehört, bezahlte er gleich darauf bei der Wirtin. Danach sagte Valerie mit entschlossener Stimme, nächstes Mal würde sie bezahlen, und Lemke fragte: «Wann ist nächstes Mal?»

So hätte sie das nicht gemeint, sagte Valerie und ärgerte sich, diesmal über ihre Gedankenlosigkeit.

Als Lemke ihr Fahrrad nach zwei Stunden Rückweg in sein Auto packte, zwei Stunden, in denen sie wegen des Sturms kaum gesprochen hatten, erzählte er Valerie, dass er seit fünf Jahren ausgeschieden wäre aus dem Polizeidienst, weil man ihn in Rente geschickt hätte aus vielerlei Gründen, die er ihr später mal mitteilen würde. Valerie hatte gedacht, du Optimist, wofür hältst du dich eigentlich, es wird kein Später geben.

In dieser und den folgenden Nächten schlief Valerie tief und traumlos. Sie vergaß El Niño und alle falschen Moralisten. Niemand klopfte in den nächsten Tagen und begehrte Einlass, Sonne und Regen wechselten sich ab, und Valerie war froh über das Pauschalarrangement Nummer 3 von Rönndigs mit g, das es ihr erlaubte, am Fluss zu sitzen und ihre Gedanken auf die Reise zu schicken. Zweimal ertappte sie sich beim Blick in Jonny Sonnenbergs Augen und verglich sie mit denen von Tom. Neben ihr räkelte sich Paddy, aber wenn sie ihn ansprach, stellte er seinen Schwanz steil, tänzelte davon und trieb sich von Erduntergang bis Erdaufgang zwischen den Mauselöchern im Garten umher. Robbie schien er bereits vergessen zu haben.

Fünf. Am Tag der Beerdigung jubilierten die Vögel im Rosenstrauch vor der Gartenlaube, spielte Paddy zum Frühstück ausdauernd mit zwei Mäusen, zeigte silbern glänzend die Erde, was sie an den Tagen zuvor geschluckt hatte. Strahlend holte die Sonne weiße Dampfschwaden aus den Gräben herauf und verteilte sie als frisch geschlagene Sahne über den aufblühenden, süß duftenden gelben Rapsfeldern. Erlkönigs Land machte sich fein für den letzten Weg von Roberta Bloom.

Auf dem Friedhof hinter der duftenden Hecke war ein Kampf der Gräber um die schönsten Stiefmütterchen ausgebrochen. Blaue Holländische Riesen und Bunte Prachtmischungen wetteiferten ein letztes Mal, morgen würden sie blühend herausgerissen werden, um den blassrosa Eisbegonien Platz zu machen, die den Sommer über dem Friedhof eine rosarote Stimmung geben würden.

Grete stand im Eingang der Kapelle. Sie drückte Valerie fest die Hand und sagte leise: «Die Bienen wissen alles.»

Und während die Glocken läuteten und die Trauergäste vor der Kapelle eintrafen, ihre Beileidskarten der stillschweigenden Grete in die Hand drückten, die sie geschickt unter ihrer schwarzen Schürze verstaute, sich in der Kapelle in das bereitliegende Kondolenzbuch eintrugen, danach ihre durchweg dunkle Kleidung kurz richteten, sich einer nach dem anderen mit gefalteten Händen vor dem blumengeschmückten Sarg von Roberta Bloom aufstellten und still ein Gebet murmelten, oder, wenn sie aus der Kirche ausgetreten waren, zumindest so taten als ob, da dachte Valerie an süßen Honig von den allwissenden Bienen als Mitbringsel für Lisa, die nicht gekommen war, obwohl sie es versprochen hatte. Valerie saß allein in der vordersten Reihe, die den engsten Verwandten vorbehalten war, hinter sich die Blicke der Trauergäste einzeln im Rücken, vor sich Rönndigs Pauschalarrangement Nummer 3. Sargschmuck und Hauptkranz ergänzten sich wie versprochen, die vielen weiteren Kränze und Gestecke priesen auf weißen Schleifen ihre Verbundenheit mit Robbie, etwas unauffälliger, ebenfalls wie versprochen. Valerie war bereit, alles auszuhalten, das Gemurmel und Gescharre, das Räuspern und Wispern, das Schluchzen und Schnauben, nur noch heute, morgen würde der Spuk vorbei sein.

Endlich der erste Ton der Orgel, klagend stimmte sie ein auf die Würde von Ort und Anlass. Musik ist eine Hure, dachte Valerie unentwegt, sie manipuliert Stimmungen, sie lässt sich kaufen und missbrauchen.

Pastor Jonny Sonnenberg stand im schwarzen Talar an einem kleinen Pult neben dem Sarg, sah auf die Trauergemeinde, schob einen Zettel zurecht und wartete auf das Ausklingen der Orgel. Valerie verspürte ein Herzklopfen, wie sie es schon lange nicht mehr gekannt hatte. Johnny Depp, dachte sie, tu, was du zu tun hast, spule schnell dein Beerdigungsritual ab, denn du kannst nicht anders.

«Liebe Frau Bloom, liebe Trauergäste», begann er, «wir sind hier zusammengekommen, um Frau Roberta Bloom aus Augustenfleth zu ihrer letzten Ruhe zu begleiten. Und weil alle, die wir hier versammelt sind, denken, Robbie gut gekannt zu haben, ich aber meine, wir wissen nichts über sie, da habe ich Kater Paddy gefragt, wie es denn so gewesen ist in der Kate hinter dem Deich mit dem blühenden Garten.»

Valerie sah erstaunt in Jonny Sonnenbergs Jungengesicht, das ganz selbstverständlich daherkam, während die Trauergäste noch nichts mitbekommen hatten von dem, was ihr Pastor da gesagt hatte und noch sagen würde, weil es üblich ist, in Kirche oder Kapelle nicht zuzuhören.

«Also, ich will mal so sagen: Die Robbie Bloom war okay. Es gab immer ordentliches Fressen bei ihr, allerdings musste ich mir den Nachtisch selbst fangen, da bestand sie drauf, schließlich habe ich dich dafür angeschafft, sagte sie oft zu mir.»

Aus der Stille sahen ein paar erstaunte Augen zu dem Pastor, der unbeirrt weitersprach, ohne seinen Zettel auch nur ein einziges Mal zu benutzen.

«Morgens gab sie mir von ihrem Müsli ab, manchmal für meinen Geschmack mit zu viel Rosinen drin, aber das war ja ihr Ding, mittags meistens Reste vom Vortag, aber abends, da feierten wir oft ein Fest mit frischem Fisch und herrlichen Gräten und Panzern, die ich gut verschleppen konnte. Seitdem sie nicht mehr in der Apotheke arbeiten konnte, werkelte sie den ganzen Tag im Garten und scheuchte Mäuse auf, für meinen Geschmack zu viel Spitzmäuse, die ich auf den Tod nicht leiden kann, aber jeder hat ja so seine Macken, sie natürlich auch, und hatte ich mal Appetit auf so ein Federvieh, vertrieb sie mich mit lautem Gezeter, obwohl ich den Unterschied zwischen Mäusen und Vögeln bis heute nicht einsehen kann und will. Robbie ließ nie jemanden ohne Fressen aus ihrem Haus gehen, kochte Minzentee, buk Zucchinipfannkuchen und Kräuterplätzchen, rauchte Friedenspfeifen und hörte allen zu, und die meisten Zweibeiner gingen fröhlicher hinaus, als sie hineingegangen waren, in der Hand oft ein Tütchen mit Blättern oder Samen aus ihrem Garten. Überhaupt ihre Pflanzen, manchmal fand ich es etwas übertrieben, wie sie mit ihnen sprach, dann sprang ich dazwischen, um sie zu ärgern. Ehrlich gesagt, finde ich das heute etwas gemein, dann scheuchte sie mich weg und schimpfte mit ihrer tiefen Stimme, Paddy, du alter Rotschopf, sei nicht so eifersüchtig, und ich habe meinen Schwanz hochgestellt und bin beleidigt davongegangen, um im nächsten Moment wieder zwischen ihre Finger zu springen und mich an ihren Händen zu reiben. Wir beide verstanden uns auch ohne viel Worte, am schönsten waren die späten Nachmittage, wenn wir gemeinsam auf dem Sofa saßen, sie nannte das die blaue Stunde, wenn sie nach Fliegen klatschte und ich mich an ihrer Hand festkrallte. Nie vergessen werde ich die gemeinsamen Spaziergänge auf dem Deich, wenn die Schafe vor uns in großen Sprüngen davonrannten und ich versuchte, von Maulwurfshügel zu Maulwurfshügel zu springen, ohne zwischendurch das Gras zu berühren. Alles in allem kann ich wohl sagen, dass Robbie eine gute Mitbewohnerin war, auch wenn sie mir nach meinen nächtlichen Streifzügen auf die umliegenden Höfe manchmal die Leviten las. Eins will ich noch sagen, Robbie war auf der Suche nach vergangenen Zeiten, nicht nur nach alten Rosen, sie hat wenig darüber geredet mit mir und mit anderen schon gar nicht, sie wollte niemanden belästigen mit ihren Gedanken, an denen sie in letzter Zeit immer schwerer trug. Leider hat Robbie das Aufblühen der alten Rose nicht mehr erleben dürfen, die sie im letzten Jahr in der Hecke am Friedhof fand, von der sie glaubte, sie wäre die verschollene weiße Marschenrose. Ich schlage hiermit vor, dass viele Kräuter auf ihr Grab gepflanzt werden, und in der Mitte soll Jahr für Jahr die alte weiße Rose blühen. Miau, liebe Robbie, wir sehen uns im Himmelsgarten wieder.»

«Jawoll», rief eine männliche Stimme laut in die Stille hinein, die daraufhin noch stiller wurde, sozusagen totenstill. Alle Trauergäste reckten ihre Hälse nach Wolfi Witt, der das gesagt hatte. Das Licht der bunten Fenster spielte mit den Pflanzen auf dem Sarg. Und weil die Stille nur im Tod unendlich währt, hub nach der langen Schrecksekunde ein gewaltiges Klatschen in der Kapelle an, immer mehr Trauergäste beteiligten sich, nur einige wenige Zögernde steckten noch erschrocken ihre Nasen in die Luft, bis auch sie mitgerissen wurden, sodass der Organist sich beeilen musste, seine Pfeifen zum Jubeln zu bringen, und während einige der Trauergäste noch im Takt klatschten, sang die Gemeinde in einem gewaltigen Chor: «So nimm denn meine Hände und führe mich, bis an mein Lebensende …»

Würdevoll schritten die Träger nach vorn, nahmen ihre Mützen ab, verneigten sich vor dem Sarg, setzten ihre Mützen fast gleichzeitig wieder auf, nickten sich gegenseitig zu, hoben den Sarg an und trugen ihn unter dem nach und nach verebbenden Gesang hinaus, gefolgt von Pastor Jonny Sonnenberg, der sich umdrehte und Valerie an seine Seite holte. Sie sagte leise: «Ich hoffe, Sie werden jetzt nicht strafversetzt, nach dieser schönen Predigt.»

«Das geht gar nicht», flüsterte der Pastor, «hier ist das Ende der bewohnbaren Welt.»

Ich mag dich, Johnny Depp, dachte Valerie, ich mag dich sogar sehr.

Die Trauergäste hüstelten und räusperten sich nun nach Herzenlust, ohne auch nur eine einzige Träne in die extra eingesteckten sauber gebügelten Taschentücher zu vergießen. Die Prozession über den Friedhof, vorbei an den Blauen Riesen und Bunten Prachtmischungen, den Buchs- und Lebensbäumen, vorbei an den Wasserbrunnen mit den aufgehängten grünen Gießkannen und den blank gesessenen Bänken verlief schweigend, als schämten sich alle ihrer nicht geweinten Tränen. Am geöffneten Grab ließen die Träger den Sarg hinunter, der Pastor sah in die Kuhle und sprach sein Abschiedsgebet. Lemke trat an das Grab, und Valerie dachte, nun geht es los mit dem Kondolieren und ich habe feuchte Hände. Er sah Valerie mit einem langen Blick an, ließ dann seine Augen über die Trauergäste schweifen, die in Grüppchen vereint um das offene Grab herumstanden, und rief laut und mit fester Stimme, wobei er die Augen mehr als sonst zusammenkniff: «Liebe Robbie, wir alle werden dich sehr vermissen, deshalb möchte ich uns allen deinen Lieblingsspruch von Ringelnatz mit auf den Weg geben: Kinder weinen. Narren warten. Dumme wissen. Kleine meinen. Weise gehen in den Garten.»

Die Trauergemeinde nickte synchron zu den Worten von Lemke, die sich tief in Valeries Kopf eingruben. Jonny Sonnenberg gab Roberta Bloom seinen letzten Segen, und als er die erste Hand voll Erde auf den Sarg geworfen hatte, warf Valerie die zweite und Lemke die dritte, und sie sagte zu ihm: «Danke» und Lemke sagte: «Dafür nich.»

Danach schüttelten die vorbeidefilierenden Trauergäste

Valerie die Hand, und Valerie sah niemanden wirklich. Warum wollte Tante Robbie nach England reisen, statt weise in den Garten zu gehen, wer sind die Narren und worauf warten sie, was wissen die Dummen und was meinen die Kleinen und warum weinen die Kinder?

Vor der nachfolgenden Bewirtung im «Gasthaus zur Mühle» drückte Karin, die Wirtsfrau, adrett in Schwarz geblümt gekleidet, Valerie mütterlich die Hand.

«Der Tod ist ein Meister und lässt sich nicht in die Karten blicken», flüsterte sie und wischte sich eine Träne aus dem Auge.

Als endlich alle Trauergäste um die Tische herum saßen, ging Karin mit einer großen blauen Thermoskanne von Platz zu Platz und schenkte Kaffee ein, und als es nur noch eine Frage der Zeit war, bis der Butterkuchen und die belegten Brötchen in den Mägen verschwunden sein würden, da überwand Valerie sich und ihre Beklommenheit vor den vielen Menschen, stand auf und sah in die Runde der Gesichter, die nun auf einmal sich erinnerten, zu welchem Anlass sie gekommen waren.

«Ich danke Ihnen allen, und ganz besonders im Namen von Dora, die das nicht mehr kann, ich danke Ihnen, dass Sie gekommen sind, um von Robbie Abschied zu nehmen. Ich glaube, dass Robbie in ihrem Leben so weise war, in den Garten zu gehen, auch wenn sie sich ganz bestimmt den Tod im Gartenhaus nicht gewünscht hat, so ist sie doch dort gestorben, und ich hoffe, sie war glücklich bis zum letzten Moment, denn sie hat nichts von ihrem Sterben gewusst, so hat es mir Dr. Schlichting gesagt.»

Valerie wollte eigentlich noch mehr sagen über den

plötzlichen und unerwarteten Tod vor der Reise nach England, aber es saß ein dicker Kloß in ihrer Kehle, und sie konnte nur noch vier Worte herausbringen: «Bitte greifen Sie zu.»

Die Trauergäste nickten und ließen sich nun nicht weiter nötigen, sie erschienen Valerie gleich darauf wie ein einig Volk von Schwestern und Brüdern, einzig und allein zu dem Zwecke gekommen zu sein, den Butterkuchen und die belegten Brötchen zu verspeisen, für die das Gasthaus zur Mühle berühmt war, literweise Filterkaffee zu trinken, Schnäpse in sich hineinzukippen und in Valeries Gegenwart darüber zu reden, was Robbie für ein wunderbarer Mensch und wie gut der Herr Pastor dies gerade ausgedrückt hätte, und auch die Worte von Kommissar Lemke wären so passend gewesen, während sie, wenn Valerie sich abwandte, schnell zum nächsten Hackbrötchen griffen, ihre Köpfe zusammensteckten und Blicke schweifen ließen. Gesichter und Namen glitten an Valerie vorüber, die sie sich nicht merken konnte, einige Trauergäste kamen nach der Bewirtung an Valeries Platz und gaben ihr noch einmal die Hand, nickten aufmunternd und beteuerten noch einmal die Lebensfreude der Tante. Auch Wolfi Witt kam, der hatte seinen Kräuterlikörblick und feuchte Gartenhände, mit denen er Valeries rechte Hand umschloss und sagte, Robbie wäre ihm eine gute Nachbarin und Vertraute gewesen, da gäbe es nichts dran zu rütteln, und als Valerie ihm zuzwinkerte, zwinkerte er zurück. Auch Enno Fitschen, der heute eine tiefschwarze Krawatte als Ausdruck seiner Trauer über dem weißen Hemd trug, drückte Valerie die Hand und schluckte seinen eigenen Kloß herunter, als er sagte: «Wer hätte das gedacht, dass Robbie schon tot war, als wir uns kennen lernten.»

Tante Marga brachte einen Duft von frischen Croissants mit, als sie Valerie mütterlich umarmte, und Dr. Schlichting schob in einem Rollstuhl eine feine ältere Dame an Valeries Tisch, die trug auf dem Kopf einen großen Hut mit einem schwarzen Schleier.

«Nun haben Sie fast alle aus dem Dorf kennen gelernt, Frau Bloom», sagte er freundlich. «Darf ich Ihnen Frau von Maikowsky vorstellen?»

Valerie nickte abwesend, sah sich auf der gestifteten Bank vor dem Seniorenheim, reichte Frau von Maikowsky die Hand, ein fester Händedruck kam zurück, und Valerie traf ein scharfer Blick, den sie aus einem längst vergessenem Film kannte. Sie schrak zusammen, entschuldigte sich aber sofort in Gedanken bei der alten Dame, die so hilflos zart wie das Vögelchen im Rollstuhl saß und mit lauter Stimme sagte, sodass alle im Saal es hören konnten: «Robbie hätte es verdient gehabt, noch lange unter uns zu bleiben.»

«Ich danke Ihnen», flüsterte Valerie, während Dr. Schlichting den Rollstuhl davonschob. Lemke sagte vom Platz gegenüber, Frau von Maikowsky sei eine früher sehr berühmte Tänzerin gewesen, die einen schweren Unfall erlitten habe; bei ihr zur blauen Stunde zum Tee eingeladen zu werden sei eine ganz besondere Auszeichnung, und Valerie werde sie bestimmt kennen lernen und im Übrigen, so sagte er zwinkernd, sei der Pharisäer auf dem Deich besser gewesen als der Beerdigungskaffee hier und sie müssten bald mal wieder dort hin.

Bagger mich nur an, Alter, dachte Valerie, auch wenn

du einen so schönen Spruch am Grab gesagt hast, morgen bin ich weg, und sie überlegte, wie sie unauffällig den Kaffeesaal verlassen konnte, um endlich ihren Kloß loszuwerden, da hörte sie zwei Plätze weiter, wie eine junge Frau sagte, Frau von Maikowsky hätte kürzlich erst dem Kindergarten die Herrichtung des Spielplatzes finanziert, einschließlich einer neuen Rutsche. Danach kam ein großer schmaler Mann auf Valerie zu, gab ihr die Hand und stellte sich vor.

«Moin, Moin, Jens Mortensen ist mein Name, ich habe Frau Bloom gut gekannt und bin tief betrübt über ihren plötzlichen Tod, ebenso meine Familie, wir haben uns gegenseitig durch manch eine Rose bereichert.»

Valerie nickte unverbindlich, aber Jens Mortensen war noch nicht fertig.

«Ich habe eine Bitte an Sie. Frau Bloom hatte eine Rose gefunden, voriges Jahr im Herbst, sie wartete auf die Blüte jetzt Ende Mai oder Anfang Juni, dürfte ich mit Ihnen kommen und sehen, ob sie blüht?»

«Meinen Sie die weiße Marschenrose, die Paddy auf dem Grab haben möchte?», fragte Valerie.

Jens Mortensen nickte langsam und bedächtig, und als Valerie zusammen mit ihm den Saal verließ, traf sie Jonny Sonnenberg, der gerade seinen Motorroller startete.

«Ich werde Sie nicht mehr an Ihrem Arbeitsplatz besuchen können, Herr Pastor», sagte Valerie, «ich fahre morgen wieder fort.»

«Vielleicht kommen Sie ja zurück», sagte er und riss seine Augen hoffnungsvoll auf, «aber kommen Sie nicht erst zu Weihnachten, dann ist die Kirche voll.»

Valerie sah ihm nach, wie er davonfuhr, dachte, ich bin

ja voll verknallt in dich, und als hätte er Valeries Blick gespürt, drehte er sich auf dem Motorroller um, und in diesem Augenblick flog sein Schutzengel über ihm und wies ihm energisch den Weg nach vorn. Valerie schluckte endlich den Kloß herunter und stieg lächelnd in Jens Mortensens weißen Pick-up. Grün ist Leben, las sie auf einem Schild an der Ladefläche. Mortensen hatte sich inzwischen in einen Gärtner verwandelt und einen grünen Overall über die schwarze Hose gezogen, das Jackett lag hinter seinem Sitz.

«Sind Sie Rosenzüchter oder Rosensammler?», fragte Valerie.

«Beides», sagte Mortensen.

«Und was war meine Tante?», fragte Valerie.

«Sammlerin», sagte Mortensen, «zum Züchten hätte sie keine Geduld gehabt. Sie holte sich alle alten Sorten von mir, wie ich schon sagte, wir haben auch getauscht, sie war eine Entdeckerin von längst verschwundenen alten Rosen. Friedhöfe waren ihre liebsten Fundorte, es ist ein Jammer, dass sie nun verstorben ist.»

Mortensen bog in die Deichstraße ein und hielt vor Robbies Haus. Valerie kletterte aus dem Pick-up, der Postbote kam und hielt an und wünschte Valerie aus dem Auto heraus sein herzliches Beileid. Robbie, er verbesserte sich, Frau Bloom hätte stets schon auf ihn gewartet und wenn sie nicht da gewesen wäre, dann hätte er die Post für sie einfach auf den grünen Tisch in der Küche gelegt, und sie hätte ihrerseits ihre zu versendende Post dort deponiert, die er dann bei Bedarf auch frankiert hätte, und ob das in Zukunft auch so sein solle?

«Ja», sagte Valerie gedankenlos, und daraufhin fuhr er

weiter, um bei Wolfi Witt anzuhalten, der schon am Gartenzaun auf ihn wartete.

Mortensen wartete auch, bis Valerie die Tür aufgeschlossen hatte, er blieb draußen stehen, als wolle er nicht stören, die Hände in den Taschen seines Overalls, bis Valerie ihm zuwinkte.

Tante Robbie hatte also nie abgeschlossen, okay.

Sie gingen durch die Küchentür in den Garten, und Valerie fragte Mortensen nach den vielen Schildern vor den Pflanzen.

«Sie hatte es sich in den Kopf gesetzt, alle Pflanzen aus dem ‹Capitulare de Villis› in ihrem Garten anzubauen», sagte Mortensen, und ehe Valerie nachfragen konnte, rief er, als sie vor dem stark duftenden, weiß blühenden Busch standen: «Das gibt es doch nicht, das kann ja wohl nicht wahr sein, hier vor dem Philadelphus hat sie gestanden, letzte Woche noch!»

Mortensen sah fassungslos auf ein Beet, an dem Valerie nichts, aber auch gar nichts erkannte, und zeigte auf eine kleine, graue Kuhle.

«Wer hat hier gestanden?», fragte Valerie.

«Die alte Rose», sagte Mortensen, «und jetzt ist sie weg.»

Mortensen warf noch einen Blick auf den Boden, dann drehte er sich um und schneuzte sich in ein riesiges kariertes Taschentuch.

«Vielleicht hat Robbie sie selbst ausgegraben, sie hat geblüht und es war eine völlig unbedeutende Rose, die wir alle kennen, eine moderne Neuzüchtung womöglich, so wird es gewesen sein. Auf Wiedersehen, Frau Bloom.»

«Auf Wiedersehen, Herr Mortensen», sagte sie und begleitete ihn noch vor die Tür, merkwürdig berührt durch seinen schnellen Abschied.

Als sie wieder ins Haus ging, tänzelte Paddy vorbei, die Schmetterlingssamentüte fiel um, Paddy ging zu seinem leeren Fressnapf und maunzte. Valerie kippte Trockenfutter in den Napf und goss Wasser in eine Schüssel.

«Wenn du willst, nehme ich dich mit nach München.»

Paddy schnupperte kurz und wendete sich ab, als hätte er dieses völlig unpassende Angebot sofort abgelehnt, stellte seinen Schwanz steil und verschwand in den Garten. Valerie seufzte, nahm die Schmetterlingssamentüte, riss sie auf und ging aus der Küche zu dem Platz, wo die alte Rose gestanden hatte, hinter dem Busch, den Jens Mortensen Philadelphus genannt hatte, da kam Paddy zurück und legte sich mitten hinein in die warme Kuhle, streckte und reckte sich, und Valerie verspürte den Wunsch, auch so einen warmen Ort für sich zu finden.

«Paddy», sagte Valerie, «sie haben geklatscht in der Kapelle, stell dir vor, sie haben alle geklatscht.»

Paddy maunzte und verließ die Kuhle. Valerie riss die Tüte auf und streute die Samen aus, sie stellte sich vor, wie die bunten Schmetterlinge, die auf der Tüte über ebenso bunten Blüten abgebildet waren, hier ein und aus flattern, wenn sie längst wieder in München war, doch wann würde das sein, wer würde hier leben, wer Paddy versorgen?

Sie hörte ihn aus dem Gartenhaus maunzen, und sie traute sich zum ersten Mal nach Robbies Tod wieder hinein, da saß Paddy auf dem leeren Tisch. Irgendwas ist anders, dachte Valerie. Die Rosenbowle ist leer. Die drei Gläser sind weg. Keine Scherben unter dem Tisch, keine

Spuren. Wer hat die Rosenbowle ausgegossen und die Gläser mitgenommen? Wo steht der Container, in dem alles längst zersprungen ist in kleine Scherben?

Der erste Verdacht drängte sich ihr wieder auf, so ungeheuerlich, dass sie ihn nicht weiterzudenken vermochte. Sie sah sich in dem blinden Spiegel an der Wand, den längst die Spinnen erobert hatten, sie sah sich an und schrie.

«Ich bin so dumm, so blöd, so hirnrissig bescheuert, ich Idiotin, ich müsste dreimal gefedert und gerädert werden.» Sie schlug mit den Fäusten in den Spiegel, weil sie ihr Bild nicht mehr ertragen konnte, die Spiegelscherben fielen herunter und ihre Hände bluteten.

«Alles klar», sagte eine vertraute Stimme hinter Valerie, «du hast schon das Erlkönigs-Land-Syndrom, wird Zeit, dass wir nach Hause fahren.»

Valerie drehte sich erschrocken um. Da stand Lisa mit zerzausten Haaren, ganz in Schwarz, einen Rucksack umgehängt, eine Zigarette in der Hand.

«Meine Tante ist ermordet worden», flüsterte Valerie.

Lisa schaute mitleidig und gab Valerie ein Taschentuch.

«Mit dir geht mal wieder die Phantasie durch.»

«Nein, ich hatte von Anfang an ein komisches Gefühl, aber nun weiß ich es genau.»

«Du hast mich nicht einmal begrüßt.»

Valerie fiel Lisa in die Arme. Lisa roch nach München und einer langen Autofahrt, Lisa roch nach Siggi und dem Italiener um die Ecke, Lisas Anwesenheit versprach das aus dem Lot geratene Gleichgewicht wiederherzustellen.

«Dumme wissen, im Juni gibt es hier sonst nie Regen, aber Kleine meinen, El Niño hat Schuld.»

«Okay, okay», sagte Lisa liebevoll. «Und nun erzähl mir was.»

«Ich weiß nicht, wo ich anfangen soll. Ich sag dir einfach alles, was mir aufgefallen ist.»

Valerie nahm sich hastig eine von Lisas Zigaretten und zündete sie an.

«Erstens», sagte Valerie und sprach so schnell, als hätte sie längst alles in ihrem Kopf geordnet, was da jetzt heraussprudelte, «erstens, die Rosenbowle wurde ausgegossen und die Gläser sind fort. Als ich Tante Robbie hier im Gartenhaus fand, genau dort, wo du jetzt sitzt, waren die Gläser noch da.»

«Da hat inzwischen jemand aufgeräumt.»

«Zweitens», sagte Valerie, ohne auf Lisas Einwand zu reagieren, «jemand hat die alte Rose aus dem Garten geklaut.»

«Fällt bei so viel Rosen doch gar nicht auf.»

«Drittens: Lemke hat gesagt, Weise gehen in den Garten …»

«Wer ist Lemke?»

«Der Kommissar Lemke. Er hat gesagt, sehr nachdrücklich hat er gesagt, ich sollte mich kümmern und außerdem besser auf mich aufpassen als Tante Robbie auf sich. Und dass die Welt aus den Fugen geraten ist, nicht nur wegen El Niño.»

«Fall nicht auf Derrick-Typen rein, Valerie, oder hast du dich zur Abwechslung mal wieder in einen Kerl verknallt?»

Valerie warf Lisa einen einzigen Blick zu, den Lisa sehr wohl verstand, dann sprach sie schnell weiter.

«Viertens: Dr. Schlichting hat gesagt, sie hat von der Gefahr gewusst, aber nicht danach leben wollen.»

«Wir alle schrammen ständig haarscharf am Tod vorbei.»

«Fünftens: Tante Marga hat gesagt …»

«Wer, um Himmels willen, ist Tante Marga?»

«Die Bäckersfrau. Sie hat gesagt, Robbie wäre noch nicht dran gewesen.»

«Na ja, das ist alles relativ, mit sechzig ist man schon jenseits von Gut und Böse.»

«Sechstens: Wolfi Witt, der Nachbar, er hat gesagt, er hätte das nicht gewollt, das wäre wohl ein Versehen vom Herrn über Leben und Tod.»

«Wer will schon, dass jemand stirbt.»

«Siebtens: Rönndigs mit g, der Bestatter, schlug vor, plötzlich und unerwartet!»

«… die übliche Ausdrucksweise.»

«Achtens: Die Kundin bei Tante Marga sagte: Ausgerechnet sie!»

«Das denkt man immer!»

«Neuntens: Nele, die Frau auf dem Anrufbeantworter, zweimal hat sie angerufen und nach der Rose gefragt, sie schien sehr beunruhigt zu sein, und dann hat sie wieder angerufen und geheult, sie ist die Tochter von dem Doc und der hat es mir nicht gesagt, dass Robbie zu ihr wollte.»

«Muss er das?»

«Zehntens: Der Hi-Fi-Verkäufer: Je mehr wir wissen, desto schneller kommt der Tod.»

«Dorfphilosophie.»

«Elftens: Mortensen hat gesagt, sie hat die Rose selbst ausgebuddelt, der ist Gärtner und hat was Verschlagenes.»

«Wer wird schon freiwillig Gärtner», sagte Lisa, «Gärtner durften als Kinder nicht im Dreck spielen, die haben eh alle einen Schaden. Gärtner sind nie die Mörder.»

«Zwölftens: Die Tänzerin. Sie hat ausgesehen wie die Schwiegermutter von, du weißt schon, die bei Hitchcock, die später den Dingsbums da umbrachte.»

«Alle Schwiegermütter sehen so aus!»

«Dreizehntens: Der Tod ist ein Meister, er lässt sich nicht in die Karten sehen, hat die Wirtin vom Gasthaus zur Mühle gesagt.»

«Das hab ich schon mal gelesen.»

«Vierzehntens: Johnny Depp …»

«Danke!»

«Jonny Sonnenberg hat gesagt, hier ist das Ende der bewohnbaren Welt, er ist hier Pastor, aber schwer in Ordnung und irgendwie durchgeknallt.»

«Genau wie du!»

Valerie sah Lisa enttäuscht an.

«Ich entwickle hier eine Mordtheorie mit vierzehn Punkten, da musst du aber bitte schön zugeben, dass alles sehr, sehr merkwürdig ist, besonders wenn alle sagen: ‹Plötzlich und unerwartet!›»

«Alle?», fragte Lisa.

«Fast alle», sagte Valerie, «nur der Doc hat es nicht gesagt, der schien damit gerechnet zu haben, wegen ihres schwachen Herzens. Er war eng befreundet mit ihr.»

Lisa schien nicht mehr bereit, auf Valeries Theorien eingehen zu wollen.

«Du hast Halluzinationen!», sagte sie. «Wir ziehen uns jetzt was rein, schlafen aus und morgen fahren wir zurück nach München.»

«Und was soll aus dem Vögelchen werden?», fragte Valerie.

Lisa stand auf und umarmte Valerie liebevoll.

«Wir könnten mal wieder nach Fuerteventura fliegen», sagte sie tröstend, «ich gebe ja zu, dass ich mich wegen Siggi nicht um dich gekümmert habe, aber dass dein Alleinsein solche Auswirkungen hat, hätte ich nicht gedacht!»

Valerie sah Lisa lange und stumm an.

«Ich fliege nie wieder nach Fuerteventura», sagte sie.

Während Lisa unter der Dusche stand, kippte Valerie Vollkornnudeln in einen Topf mit sprudelndem Wasser und ließ die Stimmen darin aufkochen, briet El Niño, Knoblauch, Moralisten, Paprika, eine Aubergine und Pharisäer in Olivenöl, zerpflückte Narren und Weise zusammen mit dem Basilikum in Fragewörter, und als Lisa nach einer Weile in Tante Robbies flauschigen, dunkelblauen Bademantel gehüllt wieder auftauchte, fragte Valerie fast entschuldigend: «Und wie geht es dir mit Siggi?»

Lisa winkte müde ab. «Wie immer.»

«Das heißt, du hoffst, in einem Vierteljahr steht er wieder vor der Tür.»

Lisa nickte.

«Diesmal machst du ihm nicht auf!»

Lisa seufzte.

«Er war so zuverlässig in seiner Rückkehr, weshalb sollte ich unser Ritual durchbrechen? Es war so schön, immer mal wieder eine Weile allein zu leben, danach war er besonders scharf.»

«Wann wirst du endlich lernen, dass es besser ohne Kerle geht.»

«Ich werde mir an dir ein Beispiel nehmen», sagte Lisa, «beim nächsten Mal. Bist du wirklich in den Pastor verknallt?»

«Wie kommst du denn darauf?», fragte Valerie genervt, «außerdem habe ich durchgeknallt gesagt.»

«Ich wusste es», sagte Lisa und gähnte, «kaum bist du aus deiner vertrauten Umgebung fort, suchst du schon wieder nach einem Kerl. Hast du ein Bett für mich?»

In dieser Nacht schlief Valerie lange nicht. Während sie zu jeder Stunde die Schläge von Jonny Sonnenbergs Kirche zählte und Lisa auf dem grünen Sofa schnarchen hörte, dachte sie, kein Wunder, dass Siggi sich immer wieder aus dem Staub macht.

Sie suchte weiter in allen Andeutungen einen Anhaltspunkt, an dem sie ihre Gedanken festmachen konnte, etwas, was verbindlich war, so breit und fest wie der Deich vor dem Haus, so wahr wie Ebbe und Flut da draußen, aber die Gedanken liefen auf und ab, ohne zu kentern, und sie fragte sich zermartert, wann ist Stillstand? Jonny Sonnenberg kam auf dem Rücken seines Schutzengels angeflogen, und Valerie zog ihn zu sich ins Bett und schlief mit ihm, plötzlich und unerwartet, ohne den Segen seines Arbeitgebers, und dies machte Valerie gegen Morgen ganz vergnügt.

Als sie aufwachte, duftete es nach Kaffee. Lisa war inzwischen bei Tante Marga gewesen, hatte Kaffee und Croissants besorgt, Lisa hatte schon Pastor und Kirche besichtigt und den Cadillac vom Doc fahren sehen, Lisa hatte mit Wolfi Witt geratscht und eine Kassette fürs Auto in dem Hi-Fi-Laden gekauft, Lisa hatte überhaupt an diesem Morgen halb Augustenfleth kennen gelernt. Vielleicht, sagte sie, seien die Menschen hier ein wenig degeneriert, womöglich im November auch schwermütig, weil die Landschaft so melancholisch und alles so platt und ohne Veränderung und irgendwie schon am Ende der Welt, aber, und das sagte Lisa nachdrücklich, alle wären ganz normal, nett und freundlich.

Valerie wollte das nun auch so sehen, sie beschloss, den praktischen Menschenverstand und die Fürsorge von Lisa einfach anzunehmen.

«Nimm den Totenschein und den Ausweis deiner Tante mit», sagte Lisa, «du kannst die Sachen nicht einfach hier im Haus herumliegen lassen.»

Valerie öffnete die Handtasche von Tante Robbie. Ein Flugticket nach London, Heathrow, und der Ausweis sowie ein zerfledderter Führerschein steckten zusammen in einer Hülle vom Reisebüro.

«Nimm am besten die Tasche mit», sagte Lisa und Valerie stopfte die Tasche in ihr Reisegepäck.

Als Paddy dann wie vom Erdboden verschwunden blieb, ging sie zu Wolfi Witt hinüber, gab ihm den Hausschlüssel und bat ihn, er möge Paddy versorgen.

«Das ist aber schade!», sagte Wolfi Witt, «dass Sie abreisen wollen, wir hätten noch viel zu erkunden gehabt.»

Kleine meinen!

«Erkunden?», fragte Valerie.

«Im Garten meine ich», sagte Wolfi Witt. Und sein Gesicht sah so ehrlich aus, wie er es aussehen lassen konnte, seine Schultern verrieten seine Trauer.

Weise gehen in den Garten!

Und dann wollte Wolfi Witt noch wissen, ob Valerie wiederkäme und was aus Robbies Haus würde.

«Enno hat auch schon nachgefragt, der soll ja wohl vorhaben, eine Feriensiedlung zu bauen, da braucht er Land.»

Valerie zuckte nur mit den Schultern. Wolfi Witt ließ den Hausschlüssel oben links unter dem Reetdach an einem Nagel verschwinden. Auf Valeries erstaunte Frage sagte er schlicht: «Das machen wir hier bei uns so.»

Und Valerie schwor sich an dieser Stelle neben Wolfi Witt, nie wieder hierher zu kommen, um den Schlüssel hervorzuholen, aber das sagte sie nicht, das dachte sie nur. Als Valerie und Lisa abfuhren, stand Wolfi Witt am Gartentor und winkte ihnen so lange nach, bis sie um die nächste Kurve des Deichs verschwunden waren.

«Ist Wolfi ehrlich?», fragte Lisa.

«Ist das noch wichtig?», fragte Valerie.

Sie fuhren noch auf dem Gemeindeamt vorbei, wo man geschäftig bereit war, mit einem Notar Kontakt aufzunehmen, schon allein wegen Dora Bloom. Dora Bloom. Der Name brannte Scham in Valeries Gesicht, aber sie mochte nicht mehr zu ihr, «Candle in the Wind» müsste reichen, bis das Vögelchen seine kraftlosen Schwingen fallen ließ. Valerie wollte die Handtasche von Robbie auf der Gemeinde deponieren, aber eine freundliche Angestellte lehnte dies mit dem Hinweis auf Haftung ab.

Und als Jonny Sonnenberg auf dem Motorroller vorbeifuhr, ohne seinen Schutzengel über sich, sah Valerie schnell weg und sagte zu Lisa: «Fahr los, fahr los, so schnell du kannst, sonst geschieht noch ein Unglück.»

«Hübsch», seufzte Lisa, «ich hatte noch nie einen Diener Gottes.»

Die anschließende Fahrt mit Lisa von Augustenfleth nach München hatte keinerlei weiter bemerkenswerte Höhepunkte gebracht. Lisa hatte sich mit Siggi beschäftigt und

Valerie die Tage in Augustenfleth rekapituliert, Lisa und Valerie hatten aneinander vorbeigeredet und waren damit zunächst vollauf zufrieden gewesen. Im ersten Stau auf der A 7 hatten sie Pianoworks von Grieg gehört und im zweiten Stau African Rhythm, beides aus der Grabbelkiste vom Hi-Fi-Laden, und beim dritten Stau hatte Lisa das letzte Konzert der Rolling Stones bereit, damit sie nicht einschlief. Während der Film von der Reise nach Augustenfleth sich langsam zurückspulte, dachte Valerie, kann in sieben Tagen so viel ablaufen, ein ganzes Leben, von dem ich keine Ahnung hatte und nun nie mehr eine Ahnung bekommen werde?

Aus meiner heutigen Sicht weiß ich, es war mehr als eine Flucht vor meinen Gedanken, es war die pure Angst vor dem Unbekannten, die mich davontrieb. Jonny hatte sich in meinen Kopf geschlichen, und, ich gebe es zu, auch Lemke hatte sein Gesicht und seine Worte in mir verankert, ohne dass ich sie löschen konnte, selbst Nele, von der ich nichts kannte, außer ihrer silberhellen Stimme, spukte in meinen Gedanken herum, und ich beneidete sie um diesen Vater, der eine Stimme hatte, wie ich sie bei Männern liebe, dunkel und warm wie Margas Croissants, die ich schon während der Fahrt nach München vermisste, als ich nur an sie dachte. Je weiter wir uns von Augustenfleth entfernten, desto mehr schämte ich mich, unter diesen einfachen Menschen einen Mörder oder eine Mörderin vermutet zu haben, Menschen, von deren Leben ich vor dem Tod von Tante Robbie keine Ahnung hatte, die auch ohne mich weiter existierten, und die Gutes und Böses taten wie wir alle. Immer wieder ließ ich ein Bild im Film Augustenfleth still stehen, um mich zu vergewissern, was die Leute gesagt hatten, bis ich alles auswendig konnte und nichts mehr fand, was ich nicht schon kannte. Ich überließ mich Lisas Fahrkünsten. Den riskant überholenden holländischen und dänischen LKW-Fahrern wünschte ich rosa Eisbegonien auf die Gräber.

Sechs. In München wiederholte sich der Alltag alle Tage, ich kam mir vor wie im falschen Film. Während ich an der Reise nach Fuerteventura schrieb, drängte sich klammheimlich die andere Reise zwischen die Zeilen, die ich hatte vergessen wollen. Sitzt Jonny Sonnenberg abends am Ufer des Flusses, sinnierend über das Leid der Welt, von dem er weiß, dass er es nicht aufhalten kann, ob mit oder ohne Glauben? Kreist dann sein Schutzengel über ihm, breit aus, die Flügel beide, damit Jonny mit seinen Zweifeln nicht ins Wasser fällt? Wie viel Krankenkassenchips hat der Doc inzwischen im Seniorenheim an Rönndigs mit g abgeben müssen und wie viel hat er dazubekommen? Wird Paddy von Wolfi Witt gut versorgt, weil der ein schlechtes Gewissen hat? Backt Tante Marga immer noch so köstliche Croissants, tagaus, tagein bis an ihr seliges Ende, das sie gewiss mit einem warmen Lächeln im Gesicht erleben wird? Hat Jens Mortensen vielleicht eine neue alte Rose gefunden oder hat er doch die alte alte Rose vor der Beerdigung geklaut? Und sind die Tränen von Nele in die Themse geflossen und von da aus in den Atlantik, den auch das Wasser des Flusses irgendwann in homöopathischer Verdünnung erreicht? Baut Taxi-Enno schon seine Feriensiedlung, auch ohne Tante Robbies Land? Langweilt sich Babyface Lemke, oder ist er schon dabei, den Tod von Tante Robbie im Zusammenhang mit den falschen Propheten aufzuklären? Und das Vögelchen, dessen Geist längst davongegangen ist wie anderer Leute Herzen, kennt es noch mehr Lieder als nur die Fischer von Capri?

Als ich an diesem Punkt der Abschweifung angelangt und meine Konzentration gänzlich über den Jordan war, schlug ich mir an diesem 20. Juni, der ein sonniger Tag zu werden versprach, beide Reisen aus dem Kopf, die fiktionale und die erinnerte, dachte an die Isarauen und ein feines Feuer mit netten Freunden zur Sonnenwende, es würde zu den üblichen Gesprächen über Kultur, Politik und die jeweils neue Homepage kommen, man kannte sich, wusste, was der oder die zu sagen hätte, sagte selbst, was einen gerade bewegte oder bewegen sollte, und fühlte sich sicher aufgehoben in der Nische einer lockeren Gemeinschaft. Froh über diese Idee mit dem Feuer, das zumindest für einen Abend die Gedanken an Augustenfleth im Rauch aufgehen lassen würde, wollte ich gerade telefonieren und den Abend organisieren, da ging die Türklingel.

«Die Postleitzahl war falsch», sagte die Postbotin vorwurfsvoll und sah auf den Absender, ohne zu sagen, hoffentlich kriegen Sie jetzt keine Scherereien, denn in der Stadt kümmern sich die Postboten wenig um die persönlichen Probleme ihrer Kunden.

Mein Herz begann schneller zu klopfen, ich hielt den Brief des Notars ungeöffnet in den Händen und dachte: Werde ich jetzt verhört wegen des plötzlichen und unerwarteten Todes von Tante Robbie?

Ich brühte mir Kaffee auf und zündete mir eine Zigarette aus der versteckten Packung an, das Rauchen hatte ich seit der Abfahrt aus Augustenfleth aufgegeben, drehte den Brief ein paar Mal, holte tief Luft und öffnete ihn.

«Sehr geehrte Frau Bloom», stand da, «ich bitte Sie, am 22. Juni um 15 h wegen der Testamentseröffnung der Roberta Bloom, geboren am 5. November 1939 in Augustenfleth, in unserer Kanzlei vorzusprechen. Bitte bringen Sie die Geburts- und die Todesurkunde der Verstorbenen und deren Personalausweis sowie Ihren eigenen mit.

Hochachtungsvoll, gez. Notar.»

Valerie dachte sofort an die Handtasche mit den Papieren Robbies, danach jagten ihre Gedanken sich gegenseitig, taumelten im Kreis, spielten Verstecken und Hüpfen und mittendrin Stillstand. Tante Robbie hat ein Testament gemacht. Wegen der Gefahren, die überall lauern, Rinderwahn und Rosendiebe, Trecker, die aus Seitenwegen hervorschießen, falsche Propheten und Pharisäer, als Kaffee in der kleinen Kneipe auf dem Deich getarnt. Oder warum sonst macht man ein Testament? Etwa wenn man an seinen baldigen Tod denkt, plötzlich und unerwartet? Hat sie vielleicht einen Hinweis auf ihren Mörder versteckt?

Siggi war am Apparat mit seiner unglaublich sympathischen Telefonstimme. Valerie legte auf, ohne etwas zu sagen, sie hatte keine Lust, sich Klagen über Lisa und Frauen im Allgemeinen anzuhören. Während sie weiter über das Testament nachdachte, plante sie schon die Reise nach Augustenfleth. Wenn sie morgen den Frühzug nähme, könnte sie es schaffen, abends wieder hier zu sein, spätestens. Sie könnte allenfalls noch eben bei Jonny vorbeischauen und bei Tante Marga Kaffee trinken und ein Croissant essen. Vielleicht auch Lemke und den Doc und das Vögelchen besuchen. Valerie ertappte sich beim fröhlichen Pfeifen, die

Aussicht, all die Menschen in Augustenfleth wiederzusehen, schaufelte unerwartet Erwartungsstimmung in den Tag, die bis in den Abend anhielt und die Planung des Sonnenwendfeuers in den Isarauen vergessen ließ.

Lisa kam gut gelaunt und ohne Anruf vorbei und behauptete, es geahnt zu haben, dass Valerie Post vom Notar bekommen hätte. Sie schob dies auf die wundersame Gedankenübertragung zwischen Freundinnen, was eigentlich sonst nicht ihre Denkweise war. Bei einem Kaffee rückte sie damit heraus, dass sie vielleicht mit Siggi nach Jamaika ginge, er hätte da ein Angebot vom Goethe-Institut und wann käme sie sonst schon nach Jamaika, wo die Jungs alle die hübschen Dreadlocks tragen. Valerie hatte wegen ihrer eigenen bevorstehenden Reise keinen Kopf für Rastahaare, sie warnte Lisa bloß vor zu viel Überschwang, vor Siggi und den Männern im Allgemeinen.

«Falls du die Hütte da oben erbst», fragte Lisa, «wer kriegt dann deine Wohnung hier?»

«Ich weiß nicht, ob ich sie erbe», sagte Valerie, «und das mit Siggi und Jamaika seh ich auch nicht.»

«Think positive», maulte Lisa und gab dann zu, «wenn ich mit nach Jamaika ginge, dann wäre ich natürlich total abhängig von dem Kerl und meinen Job hier wäre ich auch los.»

Valerie und Lisa hatten nach diesem Gespräch beim Italiener um die Ecke die letzten Plätze ergattert. Sie leerten zu der üblichen Pasta noch eine Flasche Merlot, schossen beim Tiramisu alle Kerle der Welt auf den Mond, diskutierten die immer währenden Probleme Lisas mit ihrer Mutter, Probleme, die Valerie glücklicherweise nicht haben konnte, weil ihre Mutter sich ja schon vor längerer Zeit aus dem

Leben verabschiedet hatte. Tranken einen Espresso und landeten noch einmal beim Zigarettenholen und bei Tom im Besonderen, kamen zurück auf Dreadlocks, Cannabis und ob man nicht überhaupt besser nach Gomera gehen sollte, falls Valerie erbte und verkaufte, bis Valerie das Gespräch mit dem Hinweis beendete, noch wisse sie nichts, aber eins wisse sie mit Bestimmtheit, in Augustenfleth leben würde sie nicht, Erlkönigs Land sei nicht ihr Land.

Die Nacht war so lau, wie der Abend es versprochen hatte.

Zu einer anderen Zeit hätten sie schon mit diesen beiden Typen aus dem Cabrio die Zeit genutzt, jetzt umarmten Valerie und Lisa sich, schwärmten von einem Leben ohne Abhängigkeiten, und ganz zum Schluss versicherten beide sich ihrer unverbrüchlichen Freundschaft, die nun schon seit über fünfzehn Jahren alle Anfechtungen und Wirren der Kerle und des Lebens überdauert hatte. Lisa wünschte Valerie viel Glück, versprach, die Daumen zu drücken, und bat um einen Anruf nach dem Besuch beim Notar.

Spät in der Nacht nahm Valerie ihre Reisetasche, packte außer der Handtasche von Robbie noch Kleidung und Wäsche für ein paar Tage sowie den alten Overall ein, falls sie das Grab von Robbie richten musste, auch eine Dose von ihrem Lieblingsespresso und ein Paket Cookies kamen dazu, dann zerrte sie alles wieder aus der Tasche und packte zuunterst Donna Leons letzten Krimi aus Venedig, in dem Valerie sich wie bei den früheren Bänden in erster Linie mit Commissario Brunettis Frau Paola identifizierte, hinter der sie ein Selbstporträt der Autorin vermutete. Packte alles Übrige wieder ein, verstaute ihren Laptop in seiner Tasche, denn der musste immer mit, ebenso das kleine graue Notizbuch für große Gedanken. Sie verschob das Duschen auf den Morgen, nahm Johnny Depp mit ins Bett und schlief tief und traumlos in Erwartung der Dinge, die auf sie zukommen würden, plötzlich und unerwartet.

Im ICE hatte Valerie diesmal das Glück, einer stolzen Mutter mit einem von Ingolstadt bis Kassel-Wilhelmshöhe quengelnden Baby ausgeliefert zu sein. Als die Mutter endlich das Abteil verließ, hatte Valerie gelernt, wie man Kinder wickelt, stillt und besingt, und auch, dass sie selbst nie eins haben wollte, auch nicht von Jonny Sonnenberg, das würde die Frage der Taufe auf den Wickeltisch bringen. Bis Hannover verbrachte sie die Zeit mit zwei Türken, die auf einem mitgebrachten Esbitkocher köstlichen Tee brühten und Valerie an diesem Genuss teilhaben ließen, während sie unentwegt Fotos von der Familie und von dem Rohbau der neuen Tankstelle in Izmir vor ihr ausbreiteten. Von Hannover bis Harburg erhielt sie von einem Studenten für Wirtschaft und Politik Einblick in dessen umfangreiche Bibliothek und war nun informiert, als hätte sie «Das Kapital» selbst gelesen. Am Ende der Reise spuckte die regionale Schnellbahn Valerie aus, ohne dass der Oberstudiendirektor sie entdeckt hatte.

Vor dem Bahnhof stand Enno Fitschen in Zimmermannshose und Dachdeckerschuhen neben seinem Taxi und ließ ein freudiges Erkennen in seinen Augen blitzen. Am liebsten hätte er Valerie sofort nach Augustenfleth gefahren, und auf ihren Einwand, sie hätte hier etwas zu erledigen, schloss er messerscharf, es sei wohl ein Besuch beim Notar angesagt.

«Ich fahr Sie hin», sagte Enno Fitschen, «und danach bringe ich Sie nach Augustenfleth, das wäre mir eine Ehre.»

Er würde vor der Anwaltspraxis warten, schlug er vor, während er das Taxi startete, denn er müsste sowieso nach Hause fahren, sie könnte auch bei ihm im Haus schlafen, wenn sie allein in der Kate Angst hätte.

«Warum sollte ich?»

«Es wird viel geredet, wenn der Tag lang ist.»

«Irgendwo werde ich schon einen Schlafplatz finden, notfalls bitte ich um ein Kirchenasyl.»

Enno Fitschen grinste, beeilte sich noch einmal mit dem Hinweis, ein Bett wäre jederzeit frei bei ihm, denn bei Pastor Sonnenberg in der Kirche sei es trotz dessen Namens auch im Hochsommer kühl, ja nachgerade feucht, schließlich hätte die Kirche vor gut zwanzig Jahren bis zu den Kirchenbanklehnen unter Wasser gestanden, wonach sogar die Gesangbücher unbrauchbar gewesen wären. Geschadet habe das aber nicht, könnten doch die Konfirmanden kurzfristig und die Alten lebenslang die Lieder ohnehin auswendig. Als Enno vor einer gelb gestrichenen Jugendstilvilla hielt, bestand er noch einmal darauf, Valerie wieder abzuholen. Sie nickte, um allen weiteren Diskussionen aus dem Weg zu gehen, stieg aus dem Wagen und holte Robbies braune Handtasche heraus, die sie nun unter dem Arm neben ihrer Reisetasche trug, und für einen Moment hatte sie das Gefühl, Tante Robbie auf dem Weg zum Notar zu sein.

Das Notariat war eine Sozietät mit einem Vorzimmer und strahlte den Durchschnittsgeschmack aller hier vertretenen Anwälte aus. Eine der beiden Vorzimmerdamen, dezent in Beige gekleidet, meldete Valerie sogleich telefonisch bei dem zuständigen Notar an und bat sie für einen Moment in das Besucherzimmer. Valeries Augen saugten sich fest an dem hellgelben Raum mit weißer Stuckdecke und an den Lavendelfotos aus der Provence über dem polierten Tischchen aus Rosenholz.

Der weißhaarige Notar kam jugendlich beschwingt die Treppe hinab, seine Kleidung sah so tadellos aus, als hätte er den Arbeitstag an einem Stehpult zugebracht. Er reichte Valerie die Hand und stellte sich elegant als Boll vor, während Valerie ihren Namen murmelte. Sie ließ sich in sein Geschäftszimmer führen, das dem Wartezimmer bis auf die Möbel zum Verwechseln ähnlich sah. Versprach dort Rosenholz Gediegenheit, so zeugten hier Stahl und Glas von der Sturm- und Drangzeit des Notars in den achtziger Jahren.

«Ihre Tante muss ihren Tod vorausgeahnt haben», sagte der Notar in Valeries Gedanken hinein, nachdem er sich ihrer Identität mittels Personalausweis versichert hatte, «so etwas soll es geben. Erste Vorboten wie Schwindel zum Beispiel, obwohl sie, als sie hier war, einen außerordentlich, wie soll ich sagen, kregen Eindruck machte.»

«Sie war kürzlich erst hier?», fragte Valerie erstaunt, «wann? Und was heißt krege?»

«Norddeutsch: fröhlich, munter.» Der Notar lächelte nachsichtig. «Sie hat das Testament am 15. April persönlich bei mir zur Verwahrung gegeben, ich habe dem Nachlassgericht einen Durchschlag zukommen lassen.»

«Sie wollte kurz darauf nach England reisen.»

«Das erklärt alles», sagte der Notar, «auch heute noch gelten Auslandsaufenthalte für Wenigreisende als risikoreich für Leib und Leben. Ehrlich gesagt, kann es Sie statistisch gesehen leichter vor der eigenen Haustür treffen.»

«Oder durch plötzliches Herzversagen vor der Rosenbowle im Gartenhaus», sagte Valerie.

Der Notar sah sie über den Rand seiner Brille an, wahrscheinlich hatte er Angst vor dem Tod. «Die Glückliche.»

«Ist Ihnen irgendetwas Besonderes an meiner Tante aufgefallen?»

Der Notar schüttelte nachdenklich seinen Kopf.

«Nur vielleicht eins, sie fragte mich, ob sie eine Rose versichern lassen könnte, sie nannte mir sogar den Namen, ich versprach ihr, mich diesbezüglich zu informieren. Nun, das war ja nicht mehr nötig.»

«Wie war der Name der Rose?»

Der Notar setzte seine Brille ab.

«Jaja, der Name der Rose. Ein gutes Buch, haben Sie es gelesen?»

Valerie nickte. «Wie war der Name?»

«Ich habe mir den Namen nicht gemerkt, Frau Bloom, es gab keinen Anlass dafür, ich weiß nur, sie nannte sie ‹Weiße Marschenrose›.»

«Könnte es eine wertvolle Rose gewesen sein?»

«Wahrscheinlich», sagte der Notar, «es wird heute so viel gesammelt, das müsste im Einzelfall geprüft werden.»

«Im Einzelfall», wiederholte Valerie.

«Ich werde Ihnen jetzt das Testament vorlesen, wenn Sie damit einverstanden sind», sagte der Notar.

«Ja», sagte Valerie, «ich bitte darum.»

Der Notar blickte sie an, als würde er selbst vererben. Er setzte seine Brille auf, nahm das Testament zur Hand, öffnete es feierlich, sah Valerie noch einmal über den Rand der Brille an, und sie dachte, weshalb kauft er sich keine Doppelfocus oder wie die Dinger heißen, die könnte er sich bestimmt leisten, dann nahm das Testament sie gefangen und entführte sie in die Zeit vor vier Wochen und ließ, während er las, alle Augustenflether mit Trauermienen an Robbies geöffnetem Grab vorbeidefilieren.

«Ich, Roberta Bloom, bestimme hiermit im Vollbesitz meiner geistigen Kräfte, meine Nichte Valerie Bloom, wohnhaft in München, Herzogstraße, als die alleinige Erbin meines Hauses und Grundstücks Deichstraße 26 in Augustenfleth. Die Pflege meiner Mutter Dora Bloom, geboren am 8. September 1911, soll abgesichert werden durch die Zinsen meiner 1. Lebensversicherung, gegebenenfalls soll das Kapital angegriffen werden. Die Pflege und der Erhalt des Hauses sowie des Gartens sollen abgesichert werden durch das Kapital meiner 2. Lebensversicherung. Sollte nach dem Tod meiner Mutter noch Geld übrigbleiben, soll dieses einzig und allein meiner Nichte Valerie Bloom zufallen. Das Erbe ist an zwei Bedingungen gebunden: Die von mir gesammelten Pflanzen des ‹Capitulare de Villis› müssen gepflegt und erhalten werden, desgleichen die Namensschilder, nach einem strengen Winter eventuell ausgegangene Pflanzen sollen erneuert werden. Da die Sammlung noch nicht abgeschlossen ist, soll sie weiter vervollständigt werden, dazu gibt es in den Gartenunterlagen eine Liste, die ich auch in meinem PC unter ‹Capitulare› gespeichert habe. Diese Sammlung liegt mir sehr am Herzen, sie ist mein Lebenswerk und untrennbar mit dem Erbe verbunden, sie ist Schlüssel zu allem, was gewesen ist und noch kommen mag. Paddy, mein alter roter Kater, soll auf immer und ewig seine Gnadenmäuse bekommen, sie können auch aus der Tüte oder Dose sein. Unterzeichnet, Roberta Bloom.»

Irgendwann wird eine Werbeagentur auf die Idee kommen, Dosen- oder Trockenfutter mit naturidentischem Mäusegeschmack zu kreieren, dachte Valerie.

«Wollen Sie das Erbe der Roberta Bloom mit allen Rechten und Pflichten annehmen?», fragte der Notar.

Valerie bat um nochmaliges Vorlesen und kurze Bedenkzeit danach. Der Notar nahm sich das Testament wieder vor und las noch einmal.

Valeries Gedanken machten Sprünge, als zukünftige Haus-, Katzen- und Gartenbesitzerin entzifferte sie die botanischen Namen auf den Schildern in Tante Robbies Garten und überlegte, wem sie ihr lateinisches Wörterbuch geliehen haben könnte. Sie warf blitzschnell alle spinnwebverseuchten Kräutersträuße aus der Wohnung, strich die Kate kalkweiß an, ließ Wolfi Witt im Herbst den Garten umgraben und im Frühling nach einem strengen Winter die ausgegangenen Pflanzen des «Capitulare» ersetzen, sie holte von Mortensen neue alte Rosen, schlürfte mit Lemke und seinen falschen Propheten Pharisäer und machte ihm klar, dass er nicht ihr Typ sei. Nahm mit Doc und Madame den Tee zur blauen Stunde, spürte den Geschmack von Tante Margas Croissant auf der Zunge, sie besuchte Jonny Sonnenberg Weihnachten in der vollen Kirche, danach trank sie mit ihm eine Flasche Cabernet Sauvignon und verführte ihn auf dem Teppich vor dem sturmfluterprobten Altar, und vorher bekam Paddy eine große Dose Christmas-Katty zur Besänftigung. Im Frühjahr dann lernte sie bei Grete das Imkern und was man den Bienen erzählt.

«Die Sammlung ist Schlüssel zu allem, was gewesen ist und noch kommen mag.»

Schlüssel zu allem. Tante Robbie hatte etwas herausbekommen, das würde im PC zu finden sein. Und übers Jahr würde in der Zeitung stehen, Valerie Bloom, Schriftstellerin aus München und unerschrockene Nichte der verstorbenen Roberta Bloom aus Augustenfleth, hat sich nicht vom Totenschein beirren lassen, sondern den plötzlichen und unerwarteten Tod ihrer Tante als Mord aufgeklärt. Oder so ähnlich, nur besser formuliert. Mord in Augustenfleth! Am 21. Mai vor einem Jahr.

Der Notar klopfte mit seinen Fingern auf den Tisch. Valerie landete unsanft in der Realität zwischen Stahl und Glas.

«Beigefügt», sagte der Notar, «ist ein Grundbuchauszug und ein Lageplan, Sie können hieraus die Anordnung der Grundstücke und des Hauses ersehen.»

«Grundstücke?», fragte Valerie erstaunt, «Grundstücke?»

«Wussten Sie das nicht», fragte der Notar ebenso erstaunt und sah auf den Plan, «es sind drei Beete arrondiert, jeweils von Nachbar zu Nachbar, das heißt, auf der Südseite grenzt direkt ein Hofgrundstück …»

Das gehört Wolfi Witt, dachte Valerie.

«… und auf der Nordseite sind es circa 100 Meter bis zum nächsten Eigentümer.»

Der heißt Taxi-Enno, dachte Valerie und fragte, was um Himmels willen denn Beete wären.

«Beete», sagte der Notar, «das sind in der Marsch da oben die Stücke zwischen den Gräben, gewöhnlich circa

20 Meter breit und hier …», er sah wieder auf den Plan, «150 Meter lang.»

Valerie konnte sich immer noch nichts vorstellen, als Mieterin einer Wohnung von immerhin 100 Quadratmetern war sie sich schon fast größenwahnsinnig vorgekommen, und nun sollte sie Besitzerin von drei überdimensionalen Beeten werden.

«Sie bekommen», sagte der Notar weiter, «auf dem Nachlassgericht einen Erbschein, damit können Sie alles Weitere, wie die Grundbucheintragung auf Ihren Namen, die Benachrichtigung des Finanzamtes etc. etc., veranlassen.»

Der Notar machte eine Pause und sah Valerie an.

«Wollen Sie das Erbe der Roberta Bloom mit allen Rechten und Pflichten annehmen? Sie können es auch ablehnen, dann fällt das Vermögen an die Gemeinde, bis auf die Leistungen für die Mutter.»

«Was sind außerhalb der im Testament angegebenen Punkte noch für Pflichten da?», fragte Valerie.

«Grundsteuer und andere Gemeindeabgaben», sagte der Notar, «Deichunterhaltungsverbandskosten, Strom-, Wasser- und Gasgrundgebühren, falls vorhanden.»

Paddy und das Vögelchen sahen Valerie mit großen Augen an.

«Sowie Kater Paddy und das Vögelchen», sagte Valerie.

«Tiere fallen selbstverständlich unter das Erbe», sagte der Notar

«Ja, ich will», sagte Valerie, «mit allen Pflichten und auch Rechten, ja, ich nehme das Erbe an.»

«Herzlichen Glückwunsch», sagte der Notar, machte eine bedeutungsvolle Pause und zwinkerte Valerie vertraulich zu. «Im Vertrauen gesagt, Städter sind geradezu versessen auf kleine, feuchte, romantische Katen unter Reet am Fluss, die zahlen Phantasiepreise dafür. Das Objekt werden Sie mit Kusshand los.»

«Aber sie ist tot», sagte Valerie, «wie können Sie mich beglückwünschen?»

«Hier sind die Papiere», sagte der Notar, ohne auf Valeries Einwand einzugehen, «Sie müssen nur noch unterschreiben. Den Erbschein erhalten Sie dann gegen eine Gebühr auf dem Nachlassgericht.»

Valerie verschmähte den angebotenen Stift des Notars, suchte in den Tiefen des Rucksacks eine Weile nach ihrem eigenen Füllfederhalter, und während sie unterschrieb, wusste sie, dass sie den Mord an Tante Robbie aufklären würde, durch den Schlüssel zu allem, was gewesen ist und noch kommen mag. Und dann könnte sie das Haus mit allen Rechten und Pflichten verkaufen und nach München zurückgehen, sie hätte das Kapital, von dem alle Schreiber träumten, vielleicht wäre ja auch noch etwas von der Lebensversicherung übrig, zumindest aber würde diese für das eine Jahr den Lebensunterhalt sichern.

«Ich werde selbst nach Augustenfleth ziehen», sagte Valerie. Und als sie dies gesagt hatte, erschrak sie vor diesen Worten.

Das Amtsgericht mit der Abteilung Nachlässe unter der steinernen Justitia hatten keinerlei weitere Überraschungen mehr für Valerie gebracht, die gesetzlich vorgeschriebenen Stempelvorgänge für den Erbschein sowie eine Vormerkung zur Grundbucheintragung waren vollzogen worden, und Valerie fuhr als Besitzerin einer feuchten und romantischen Immobilie am Fluss neben Enno Fitschen im Taxi nach Augustenfleth. Während Enno wieder aus dem unerschöpflichen Fundus seines lokalhistorischen Wissens plauderte, von alles verschlingenden Sturmfluten war die Rede, von geflüchteten Schweinen, die sich anno 1976 auf einem Sessel in seinem Wohnzimmer wiederfanden, und von der Bäuerin Lise, mit der Flut auf der hölzernen Grootdör abgetrieben bis ins Nachbardorf und dort verschieden. Weiter berichtete Enno von dem Zimmermann Hardekopf, welcher sein eigenes Schiff in den geborstenen Deich manövrierte, was allein nicht das Wasser aufgehalten hätte, hätten sich da nicht noch vom nahen überfluteten Kirchhof ein paar Särge mit drei Frischverstorbenen hineinverkeilt, die einige Wochen vor der verheerenden Sturmflut allesamt einem einzigen Unglück zum Opfer gefallen waren. Während Taxi-Enno Valerie grinsend ansah und dabei fast eine schwarze Katze überfahren hätte, die von links über die Straße lief, schlichen sich erste Zweifel in Valeries Gedanken, ob diese Entscheidung, Tante Robbies Kate zu übernehmen, denn nun richtig gewesen wäre, angesichts drohender Sturmfluten und weiterer Tragödien, die da auf sie lauerten. Einerseits freute Valerie sich, Jonny Sonnenberg, Lemke, den Doc und Tante Marga wiederzusehen, andererseits gab es hier keine Lisa und kein Kino, dafür aber eine Menge zu tun, besonders im Garten, der Weisheit verlangt, und Tante Robbies plötzlicher und unerwarteter Tod erheischt Aufklärung, und dies ist der einzige Grund, dachte Valerie, nach Augustenfleth zu fahren. Paddy und das Vögelchen natürlich auch.

«Den neuen Sportplatz», sagte Taxi-Enno und zeigte auf ein eingezäuntes Areal mit Aufenthaltshütte und zwei

Toren, «den neuen Sportplatz hat kürzlich unsere große Wohltäterin Madame Schwan gestiftet.»

«Wer ist Madame Schwan?», fragte Valerie irritiert.

«Die nannte Robbie so, weil sie früher mal Balletttänzerin gewesen ist.»

«Freya von Maikowsky?»

«Genau die.»

Enno Fitschen stellte den Motor ab.

«Wir sind da, Nachbarin.»

Er zeigte auf einen blanken schwarzen Wagen, der vor Robbies Kate stand. «Da sind schon die Geier.»

«Welche Geier?», fragte Valerie.

«Die Stadtleute», sagte Taxi-Enno, «die kaufen hier alles am Fluss auf und bilden ihre eigenen Kolonien, damit sie unter sich sind und das Leben auf dem Lande spielen können.»

Taxi-Enno grinste Valerie an, versprach ihr, die Geier zu verscheuchen, und verschwand hinter dem Haus, wo sie ihn gleich darauf laut flüstern hörte.

«Kaufen Sie es bloß nicht! Da ist Schwamm in den Fußböden, Pilz und Holzbock in den Balken, Salpeter von der früheren Tierhaltung in den Wänden, sehen Sie hier, die schwefligen Ausblühungen, der Schornstein marode und kurz vorm Zusammenkrachen, und …», seine Stimme wurde brüchig, «auf dem Dachboden soll noch der Kälberstrick hängen, Sie ahnen schon, was ich sagen will, nicht wahr, und nachts rufen die Käuzchen …»

Wohl wahr, dachte Valerie.

«Ich sage Ihnen, das Haus hat keine Substanz, keine, das ist mit Lehm gebaut, das können Sie mit dem Messer abreißen.»

Valerie erschrak, verstand nicht, was eine weitere Männerstimme sagte, aber dann hörte sie eine dritte Stimme, ganz lakonisch: «Abreißen und neu bauen!»

«Denkmalschutz!», sagte Taxi-Enno triumphierend, «da kommen Sie nicht mit durch!»

«Es gibt Möglichkeiten», sagte die zweite Stimme leichthin, aber die dritte Stimme war schon etwas kleinlauter: «Komm, wir finden noch etwas Besseres.»

«Mensch», sagte wieder die tiefere Stimme, «das ist hier eine Toplage, direkt hinter dem Deich, da kannst du einen Anleger bauen, das Grundstück ist erste Sahne!»

Valerie wollte gerade überlegen, was sie nun tun sollte, da kamen Taxi-Enno und zwei gut aussehende Männer, allemal sympathischer als Enno, um das Haus herum auf Valerie zu.

Taxi-Enno grinste breit: «Da kann ich Ihnen ja gleich die neue Besitzerin Frau Bloom vorstellen.»

Der Mann mit der tiefen Stimme fragte Valerie, ob das Haus zu verkaufen wäre, während der andere sich peinlich berührt etwas zurückzog.

«Ich wüsste nicht», sagte Valerie.

«Aber Frau Bloom ist doch gestorben», sagte er.

«Es ist nicht zu verkaufen», sagte Valerie, während sie in den Garten ging, «heute nicht und morgen auch nicht.»

Er überreichte ihr seine Karte.

«Falls es doch verkauft werden soll, bitte rufen Sie mich an. Ich wohne hier ganz in der Nähe», er zeigte den Deich entlang, «ich habe viele Freunde, die auch etwas hier draußen suchen. Barzahlung», er machte eine bedeutungsvolle Pause, «Barzahlung ist kein Problem.»

«Das Haus wird nicht verkauft», sagte Valerie und gab ihm die Karte zurück.

Die Männer gingen, pikiert über Valeries Ablehnung, starteten den Wagen und fuhren davon.

«Wollns hoffen», sagte Taxi-Enno grinsend, «bevor Sie an Verkauf denken, geben Sie mir Bescheid, wir müssen ja jetzt zusammenhalten.»

«Ich verkaufe Robbies Haus wirklich nicht», sagte Valerie und dachte sofort, will Taxi-Enno vielleicht Robbies Beete selber für seine Feriensiedlung kaufen? «Stimmt das etwa mit dem Haus?»

«Mein Großvater Willi hat immer gesagt», lachte Taxi-Enno, «mach dir da man keinen Kopf, Enno, hat er immer gesagt, das Haus hält aus Gewohnheit. Ich hab das alles nur gesagt, damit die Geier endlich verschwinden.»

«Danke», sagte Valerie erleichtert. Sie sah an den krummen Balken empor bis zum Reetdach, in dessen Moos Spatzen tobten. Sie zweifelte an ihrem Verstand.

«Wie viel bin ich schuldig?»

«Nichts», sagte Taxi-Enno, während er Valeries Reisetasche aus dem Kofferraum hievte, «es war mir ein Vergnügen, meine neue Nachbarin zu fahren, die hört mir wenigstens zu, wenn ich aus der Geschichte erzähle.»

«Wirklich sehr interessant», sagte Valerie.

Enno grinste erfreut und reichte Valerie seine Hand.

«Auf gute Nachbarschaft.»

Valerie schlug ein.

«Darauf trinken wir noch mal einen, Valerie», sagte er, «es gibt viel zu besprechen, wenn man Nachbar ist, wie ich schon sagte.»

«Abgemacht», sagte Valerie und schlug ein.

«Und die Schinken», sagte Taxi-Enno grinsend und zeigte auf einen alten zerzausten Apfelbaum an der Straße, «die Schinken von Lise, die hingen hier in dem Boscoop, so hoch hat das Wasser damals gestanden.»

Nachdem er Valeries aufgerissene Augen gebührend genossen hatte, stieg er in sein Taxi und fuhr davon. Valerie trug ihre Tasche bis an die Eingangstür, merkte erst jetzt, wie heiß es draußen war und wie es duftete ringsum. Sie griff links nach dem Schlüssel unter dem Reetdach, wie Wolfi Witt es ihr gezeigt hatte, da war statt des Schlüssels ein eiskalter Schauder im Rücken, der auf und ab lief. Valerie ging aufgeregt einen Schritt zurück, überlegte und griff dann rechts und hatte den Schlüssel in der Hand. Sollte Wolfi Witt etwa?, dachte Valerie und gleich darauf, nein! Wolfi Witt hätte den Schlüssel ganz bestimmt wieder an die richtige Stelle gehängt, ich werde ihn danach fragen. Und kaum hatte sie dies gedacht, hörte sie ihn hinter dem Haus und blieb abwartend stehen.

Wolfi Witt strahlte aus seinen Kräuterliköraugen und hatte seine eingezogenen Schultern für einen Moment vergessen.

«Moin, Moin, Valerie», sagte er, «herzlich willkommen in Augustenfleth.»

«Grüß dich, Wolfi», sagte Valerie.

«Was ich noch fragen wollte, hat denn alles gut geklappt?»

«Was meinst du damit?»

«Ob Robbies Haus jetzt dir gehört?»

«Ja», sagte Valerie, nicht weiter bereit, auf die Frage einzugehen.

«Das passt», sagte Wolfi Witt.

«Was passt?», fragte Valerie.

«Das ist gut so», sagte Wolfi Witt, «wenn ein Haus längere Zeit leer steht, reißt es sich selbst ab.»

Valerie sah im Geist die morschen Balken brechen, die Steine aus den Fächern bröckeln, sie dachte ganz fest an ihr Ziel und beschloss, alle Hiobsbotschaften diesem unterzuordnen. Demonstrativ öffnete sie den unverschlossenen Briefkasten, in dem sich außer Werbung nichts befand.

«Die Post ist an die Gemeinde gegangen», erklärte Wolfi Witt ungefragt, «solange die rechtlichen Dinge noch nicht geklärt waren. Aber nun ist ja alles in bester Ordnung.»

«Danke», sagte Valerie noch einmal, «bis später.»

Wolfi Witt stand noch einen Moment abwartend da und Valerie dachte, hoffentlich geht er nun, und als er nicht ging, fragte sie: «Hast du den Hausschlüssel umgehängt?»

«Nein», beteuerte Wolfi Witt sofort und hatte wieder eingezogene Schultern. «Aber ich habe im Gewächshaus gegossen!»

«Danke.»

«Nich dafür», sagte Wolfi Witt und trollte sich. Die Gartenpforte kreischte in den Angeln.

Valerie schloss die Haustür auf und stand vor einer Mauer. Die Hitze von draußen stieß mit der Kälte von innen zusammen, ein leichter Geruch von Moder hing in der Luft, bestimmt war sie voller Pilzsporen. Mit einem energischen Schritt durchbrach Valerie die Mauer, stellte ihre Taschen ab und stand unschlüssig da.

Es schien alles noch so zu sein, wie sie das Haus verlassen hatte. Tapfer sagte sie sich, dies hier ist nun dein Zuhause, es hält aus Gewohnheit, und es gehört dir ganz allein, weil Tante Robbie plötzlich und unerwartet auf den Friedhof musste.

«Herzlichen Glückwunsch», sagte Lisa, als Valerie anrief. Sie fragte: «Wann kommst du zurück?»

«Ich bleibe hier», sagte Valerie.

Es war einen Augenblick still in der Leitung, dann kam es kleinlaut heraus.

«Siggi ist nicht zurückgekommen.»

«Alles klar», sagte Valerie, «dann übernimmst du meine Wohnung?»

«Wenn das von dir aus geht?»

«Das passt», sagte Valerie.

«Wie bitte?»

«Ist in Ordnung, ich brauch sowieso nichts, ich hab hier alles.»

«Nichts? Auch nicht deinen Laptop?»

«Hab ich dabei, außerdem hat sie hier einen PC stehen, den schau ich mir mal an, und wenn der funktioniert, bin ich voll ausgerüstet.»

«Es gibt in dem Dorf da nicht mal einen Supermarkt und du hast kein Auto.»

«Ich nehme Robbies Fahrrad und notfalls Enno Fitschen.»

«Übernimm dich nicht gleich mit einem Kerl.»

«Lisa! Ich komm schon klar. Ich hab nur eine Sache im Kopf, nämlich den Mord an Tante Robbie aufzuklären, und alles andere wird sich finden.»

«Denkst du das wirklich? Dass sie ermordet wurde?»

«Ja, mehr denn je.»

Lisa seufzte. «Du hast wenigstens eine Perspektive, im Gegensatz zu mir.»

«Komm auch her.»

«Niemals. Höchstens auf Besuch. Ist das nun okay mit deiner Wohnung? Soll ich dir wirklich nichts schicken?»

«Nein. Wenn du dort bist, bin ich beruhigt. Alles andere mitzunehmen hieße Ablenkung, wie gesagt …»

«Und was ist mit deinen Büchern und den Zeitungsabonnements?»

«Die kannst du während meiner Abwesenheit lesen.»

Lisa seufzte wieder. «Hat sie dir auch Kohle vererbt?»

«Ja, das auch.»

Stille. Im Garten sangen die Vögel.

«Mir vererbt niemand etwas.»

«Lisa, glaub mir bitte, mir wäre es lieber, Tante Robbie wäre nicht tot.»

«Dann hättest du allerdings jetzt kein Ziel, aber eigentlich ist das doch nicht dein Ding, oder?»

Stille. Paddy schmuste um Valeries Beine herum.

«Lisa, es ist mein Ding! Genau das hat sie mit dem Erbe gemeint, dass ich mich kümmern soll.»

«Glaub ja nicht, dass ich nun dauernd zu dir in die Pampa komme.»

Valerie legte beruhigt den Hörer auf. Lisa würde alsbald die Wohnung mit dem nächsten Lover schmücken und beim nächsten Frust vor der Tür stehen, als sei sie rein zufällig vorbeigekommen. Und sie selbst würde zunächst in Augustenfleth bleiben, das war sie Tante Robbie, dem Garten mit der Sammlung Karls des Großen sowie Paddy und dem Vögelchen schuldig. Alles andere im Leben könnte warten. Die Welt in München, die sich ohnehin im Kreis drehte, die würde sich auch ohne sie weiter drehen, denn sie konnte hier und jetzt eine Lebenserfahrung machen, die sich sonst niemals wieder böte. An diesem Punkt der Erkenntnis angelangt, sagte Valerie sich, du bist jetzt hier in Augustenfleth, und alles Philosophieren führt ins Nichts, aus dem wir kommen und in das wir gehen werden. Statt ihre Taschen auszupacken, riss sie nun nacheinander sämtliche Fenster auf. Sie öffnete den Kühlschrank in der Küche, nahm alles heraus, was darin war, und leerte es in einen Eimer, holte die Tüten mit den Kräutertees von den Borden und warf sie hinterher, sie hörte nicht auf, bis sie alles noch oder ehedem Essbare vernichtet hatte. Sie öffnete die Tür zur Speisekammer, entdeckte eine Reihe Rotweinflaschen im Regal, die von Tante Robbies exzellentem Geschmack zeugten, es gab eine halb volle Flasche Aquavit, zwei volle Kräuterlikörflaschen, einen Rest Cognac und eine angebrochene Flasche Korn sowie viele Einmachgläser mit Kompott und Marmelade und eine Packung Kerzen auf einer Kühltruhe.

Valerie öffnete die Tür in den Garten, der ihr entgegenwucherte ohne Weg und Gestalt, in vier Wochen ohne Tante Robbies pflegende Hände war er zu einem subtropischen Dschungel gewachsen, und ein duftendes Blütenmeer umfing sie warm und zärtlich, Schmetterlinge flatterten auf.

Vor der Tür standen ein Napf und ein Teller Milch, und unter einer schwarzsamtig blühenden Rose lauerte Paddy, die schrägen Augen auf Valerie gerichtet. Er stellte seinen Schwanz steil und verschwand mit einem Satz im Dschungel. Als Valerie Paddy nachging, entdeckte sie einen Komposthaufen und kippte den Eimer aus. Wo sind überhaupt die Schilder mit den Namen der Pflanzen, die ich hüten und pflegen und sammeln soll, dachte Valerie, und fand eins, papaver orientale, unter den grünen Blättern und roten Blüten, wo es sich versteckt hatte für die Zeit des Sommers.

«Es ist so», sagte sie zu Paddy, der irgendwo raschelte, «es ist so, dass ich ziemlich durcheinander bin, verstehst du. Ich hab nämlich keine Ahnung von dem Gemüse hier, ich hab nicht mal eine Ahnung, was essbar ist und was nicht. Meinst du, ich sollte morgen früh erst mal Tante Robbie besuchen und mich bei ihr bedanken? Und ob das meine ausgesäte Schmetterlingswiese hier ist, weißt du das?»

Paddy kam mit einer erbärmlich piependen Maus im Maul aus dem Dschungel zurück und legte sie vor Valerie, schubste sie ein bisschen und nahm sie wieder ins Maul.

«Lass die Maus sofort laufen», rief Valerie, «ich kauf dir richtiges Futter.»

Paddy spuckte die Maus aus und Valerie war begeistert. Aber als die Maus davonrannte, streckte Paddy nur eine Pfote aus und schubste sie wieder vor sich her. Valerie griff nach einem Spaten, der im Garten stand, und hob die Maus auf. Sie blutete, piepte und starb. Valerie beschloss, dass die Leiche begraben werden musste. Sie schaufelte ein Loch und als sie die Maus hineinlegen wollte, war sie weg.

Paddy leckte sich das Maul.

«Okay», sagte Valerie laut zu sich, während sie versuchte, den überwachsenen Gartenweg mit den Füßen zu ertasten, «Fressen und gefressen werden, ich habe es ja so gewollt. Und dass Katzen Mäuse fressen, weiß ich auch, spätestens seit Robbies Testament.»

Auf dem weiteren Weg durch den Garten stellte sich alles quer, was da lebte, den Eindringling abzuwehren, den dieser Garten nicht brauchte, Testament hin oder her.

Duftschwaden senkten sich in langen Wellen auf und nieder, Insekten schwirrten mit winzigen, durchscheinenden Flügeln davon, Vögel zeterten aus den Büschen und Bäumen, im Kirschbaum war Party angesagt, Blumen in allen Regenbogenfarben ließen bei Berührung ihre Blütenblätter fallen, Dornen krallten sich an Valeries Kleidung fest, auf welken Blättern saßen fette braune und schwarze Schnecken, und ein Brombeergebüsch mit Vogelnest darin versperrte Valerie den Weg. Sie stellte sich auf Zehenspitzen und sah über die Brombeeren hinweg auf gewölbte, endlos lange rötlich schimmernde Wiesen, zwischen denen kaum sichtbar schmale überwucherte Gräben Ordnung herstellten. Das mussten wohl die Beete sein, deren Besitzerin Valerie nun war.

Als sie kurze Zeit später erschöpft in der Küche den Kessel aufsetzte, um mit einem Kaffee ihre Müdigkeit zu bekämpfen, als das Wasser kochte und als der mitgebrachte Kaffee tiefschwarz im Glas schwappte, fiel Valerie ein, dass sie keine Milch hatte, die sie aufschäumen könnte. Sie sah auf ihr Handgelenk und merkte jetzt erst, dass sie ihre Uhr in München vergessen hatte, ging ins Wohnzimmer und sah auf Tante Robbies alte Pendeluhr, aber die war inzwischen stehen geblieben. Auf dem Sekretär tickte allerdings ein kleiner Batteriewecker, der lachte sie an, es war zehn Minuten nach zehn. Einkaufen illusorisch, eine Tankstelle hatte Valerie in Augustenfleth nicht gesehen.

Ich muss jetzt eine Struktur in mein Leben hier bringen, dachte Valerie, während sie auf der Bank vor der Küchentür den schwarzen Kaffee trank und Cookies aß, die von Donna Leon zerbröselt worden waren. Morgen muss ich einkaufen und dann aufräumen, Zimmer für Zimmer alles raus, die Wände streichen und nur das wieder hinein, was ich wirklich darin haben will. Und während ich aufräume, fange ich schon mal an mit den Recherchen.

Valerie stand auf, ging ins Haus, nahm entschlossen einen Zettel von Tante Robbies Sekretär und schrieb sich für den Einkauf alles auf, was ihr durch den Kopf ging. Danach folgten weitere Überlegungen und Stichworte und ihre Gedanken schwirrten wild umher. Ich muss mir ein Bankkonto einrichten, ich brauche ein paar neue Klamotten, anmelden muss ich mich auch, Tante Robbies PC suchen und sehen, ob sie einen Drucker hat, und das Vögelchen besuchen sollte ich auch möglichst bald. Als Valerie den Zettel umdrehte, um auf der Rückseite weiterzuschreiben, stand dort schon etwas in Tante Robbies Handschrift. Es war das Rezept der Rosenbowle.

20 starkduftende Rosenblüten mit 125 gr. Zucker und 1 Glas Cognac und 1 Flasche Rotwein begießen und zugedeckt 24 Stunden bei 20 bis 25 Grad stehen lassen. Danach abgießen und mit Rotwein oder Sekt auffüllen. Na, dann Prost!

Gerührt las Valerie dieses Rezept, und während sie sich an ihren letzten Besuch zurückerinnerte, versank sie in einen kurzen Schlaf. Sie schrak auf, als Paddy auf ihren Schoß sprang, und wusste einen Moment lang nicht, wo sie sich befand. Sie trank den kalten Kaffee aus und mochte noch nicht schlafen gehen in diesem Haus, das nun unwiderruflich ihr gehörte.

Die Luft war so lau wie am letzten Abend mit Lisa in München. Die Mittsommernachtshelligkeit rief eine unbestimmte Sehnsucht hervor, die Valerie nicht einordnen konnte. Sie öffnete die quietschende Pforte und kletterte über den Zaun am Deich, stapfte durch das Gras nach oben, rutschte in einem Haufen Schafskötel aus und wäre fast lang hingeschlagen. Sie fing sich im letzten Moment, knickte auf dem linken Knöchel um und bedauerte sich humpelnd, so einsam und verlassen, hätte ja sein können, sie wäre mit einem gebrochenen Fuß liegen geblieben für immer und ewig, zumindest bis der Schafsbauer gekommen wäre, um seine Schäfchen zu zählen, oder die Geier, die echten, die es hier bestimmt gab in Erlkönigs Land. Als sie sich stöhnend auf die Bank am Fluss setzte, hatte die Sehnsucht einen Namen. München, Heimweh nach Lisa und den anderen, die jetzt bestimmt irgendwo in einem Straßencafé oder beim Italiener über Gott und Gomera ratschten und anschließend und ohne sie an der Isar die Sonnenwende feierten und sie nicht einmal vermissen würden.

Die Pappeln zitterten um die Wette. Maninas tanzten noch um die Bäume, setzten sich auf Valerie, schwangen sich mit dem leisesten Hauch wieder auf und flogen weiter, einen Ort zu finden, an dem sie sich niederlassen könnten für mindestens fünfzig Jahre. In Valeries Kopf tanzten Bilder, auf und ab wie der abgebrochene Ast im Wasser, in dem sich schon allerhand trockenes Kraut verfilzt hatte. Bald würde er zu einer Insel werden, eine Pappel würde sich auf ihm ansiedeln und ihre Wurzeln im Grund verankern.

Vom gegenüberliegenden Ufer wehte warmer Kuhgeruch herüber und verband sich mit Lemke, und Valerie überlegte, ob er wohl erwachsene Kinder hatte. Außer dem Seestück früher zu Hause über dem Klavier, fiel ihr ein, wusste sie nichts Persönliches von ihm.

Wäre er in diesem Moment aufgetaucht, vielleicht im Boot auf dem Fluss, wer weiß, ob Valerie ihn nicht verführt hätte, ja, ganz bestimmt hätte sie es getan, einfach um dieser Sehnsucht einen weiteren Namen zu geben, aber er kam nicht. Vielleicht sind es ja nur die Träume, die sie braucht, und nicht die Wirklichkeit, erfüllte Träume sind eine Katastrophe, aber das weiß man ja immer erst, wenn es zu spät ist.

Was dann statt Lemke im Boot kam, war eine Idee. Sie würde eine Rosenbowle ansetzen und sich mit Wolfi Witt ins Gartenhaus setzen und davon trinken. Es könnte genau so sein wie bei Robbie in ihrer letzten Stunde, und sie würde so nebenher erfahren, ohne ihn fragen zu müssen, ob er dabei gewesen wäre. Zurück im Garten, pflückte Valerie im allerletzten Licht des Abends zehn Blüten von der betäubend duftenden dunkelrotschwarzsamtigen Rose, die Wolfi Witt als die Tuscany und Freya von Maikowsky ein paar Tage später als die Toskanische bezeichnen würde, dann suchte und fand sie eine dickbauchige Kanne in der Speisekammer. Die Glasbowle aus dem Gartenhaus mochte sie nicht benutzen. Sie legte die Rosenblüten hinein und schüttete vier Esslöffel Zucker darauf, weil sie keine Waage finden konnte und eine Erinnerung hatte, ein Esslöffel voll, das wären ungefähr 30 Gramm. Sie holte sich die Flasche Cognac aus der Speisekammer, goss einen Schwenker voll, den sie im Wohnzimmer entdeckte, öffnete eine Flasche Fränkischen Dornfelder und rührte alles kräftig um. Mit dem Gefühl, etwas Sinnvolles nach diesem verwirrenden Tag getan zu haben, wickelte sie sich noch ein nasses Handtuch um ihren linken Knöchel, legte sich ins Bett, und weil sie so todmüde war, kam ihr nicht einmal mehr

Jonny in den Sinn, obwohl ihr dies noch in München mehrmals widerfahren war. Der marode Schornstein geisterte noch gemeinsam mit dem Salpeter und dem Holzbock durch ihre Gedanken, ohne nennenswerten Schaden anzurichten, und als der Kälberstrick vom Balken baumelte und Doc sagte, das sei hier in Augustenfleth gewissermaßen eine natürliche Todesursache, da schrammte sie haarscharf mit ihren Gedanken an Erlkönig vorbei. Der hätte sie trotz aller Müdigkeit nicht mehr einschlafen lassen. Unten am Fluss sang eine Drossel, aber singen die nachts, dafür ist doch die Nachtigall zuständig?

Sieben.

Der Knöchel schmerzte nicht mehr. Valerie nahm das Fahrrad, das noch da stand, wo sie es hingestellt hatte, und schob es auf die Straße. Sie fuhr an Wolfi Witt vorbei, der neben seinem Rosenbogen stand.

«Hallo, guten Morgen», sagte Valerie betont fröhlich, «darf ich dich heute Nachmittag zur Rosenbowle einladen?»

Wolfi Witt hatte ein merkwürdiges Zucken im Gesicht.

Ich bin auf der richtigen Spur, dachte Valerie aufgeregt und kam sich sofort lächerlich vor.

«Warum nicht», sagte Wolfi Witt, «ein paar Rosen blühen ja noch im Garten.»

«Blühen die nicht den ganzen Sommer?», fragte Valerie.

«Gott bewahre», sagte Wolfi Witt, «nur die Neuzüchtungen blühen den ganzen Sommer, die alten nicht.»

«Ich muss wohl noch viel lernen.»

«Robbie hat alles über die Pflanzen in ihren Computer geschrieben, das habe ich selbst gesehen. Er steht in ihrem Schlafzimmer, von da oben konnte sie genau in meinen Garten sehen, und manchmal hat sie rübergerufen, oh, Wolfi, dieses verflixte Programm, das lerne ich nie. Aber ich konnte ihr da nicht helfen.»

Am liebsten hätte Valerie gleich nachgesehen, aber zunächst war Robbie an der Reihe.

«Wann soll ich denn kommen?», fragte Wolfi Witt.

«So gegen fünf», sagte Valerie, «dann müsste die Bowle gut sein.»

«Dann grüß man Robbie von mir», rief Wolfi Witt ihr nach.

Woher weiß der, zum Teufel nochmal, wo ich hin will, dachte Valerie, und fuhr an Gretes bienenumsummtem Haus und an dem alten Mann vorbei, der immer noch Holz hackte, sie fuhr auf der Brücke über den Fluss und ein kurzes Stück die Pappelallee entlang bis zu der immergrünen Hecke mit den duftenden Blättern. Sie stellte das Fahrrad an das schmiedeeiserne Tor und ging auf den Friedhof. Auf dem abgeräumten Grab war die Erde grausilbern wie der Schlick am Fluss, und in der Mitte blühte eine weiße Rose, als hätte sie immer schon dort gestanden, und sie leuchtete in Valeries Herz mit Tausenden von Blütenblättern, die sie um sich herum fallen ließ, und sie verschwendete ihren Duft freigiebig an die umliegenden Gräber und erhellte Tante Robbies Dunkelheit.

Valerie hörte den Kuckuck, obwohl der Kuckuck nicht rief, der hatte sein Ei längst in ein fremdes Nest gelegt, aber in welches? Und sie hörte Autos heranfahren und sah schwarz gekleidete Menschen, die auf den Friedhof gingen.

«Wer hat die weiße Rose nach der Beerdigung ausgebuddelt und auf dein Grab gepflanzt, Tante Robbie?», fragte Valerie leise, «mitten im Sommer, wo doch sogar ich weiß, dass Blumen in dieser Zeit nicht umgepflanzt werden mögen? Wer hat dich hierher verpflanzt zur Rosenzeit, Tante Robbie, wo jedermann weiß, dass dies die schönste Zeit des Jahres im Garten ist, die du nicht mehr erleben durftest? Hast du vielleicht deinen Mörder erkannt im letzten Moment, als du nichts mehr ändern konntest und schon von deiner Rosenbowle getrunken hattest? Und wer hat diese bauchige Flasche geleert und die Gläser fortgenommen aus dem Gartenhaus? Was wäre gewesen, wenn ich nicht den Rosenkatalog gekauft hätte? Was hast du in der Zeit zwischen meinem Anruf und meiner Ankunft bei dir getan, und wer besuchte dich im Gartenhaus hinter den Rosen? Kommt heute schon alles heraus, wenn ich mit Wolfi Witt im Gartenhaus sitze?»

Es war ziemlich banal, was Valerie da dachte, so überflüssig, fand sie. Das Leben wäre auch ohne ihre Rückkehr weitergegangen im Dorf, auch Lemke und Jonny hätten sie wieder vergessen und sich ihren Seestücken oder Predigten zugewandt.

Valerie drehte sich um und wollte gehen, da stand auf dem Weg Jonny Sonnenberg im schwarzen Talar und sah zu ihr hinüber. Er senkte schuldbewusst seinen Kopf und sah wieder auf. In der Kirche sang leise und passend die Orgel dazu.

«Grüß Gott», sagte Valerie und hätte sich am liebsten auf die Zunge gebissen für diesen Gruß, aber Jonny schien sich zu freuen und kam mit großen Schritten und auswärts gerichteten Füßen auf Valerie zu. Valerie wollte rufen, pass auf, da stolperte er schon über eine Grabeinfassung und hätte fast vor Valerie zu Füßen gelegen, fast, denn im letzten Moment hielt ihn ein kräftiger Lebensbaum auf dem Grab von Johann Drewes sen. auf, der so noch im Tode Gutes bewirkte, wie die Särge aus Taxi-Ennos Geschichte. Als Jonny sich wieder aufrichtete, hatte Valerie ihr Lachen schon weggesteckt und stand nun als Trauernde am Grab von Tante Robbie.

«Hallo», grüßte Jonny Valerie und sah danach verlegen zu dem Grab hin, auf das er gestolpert war.

«Nimm es mir nicht übel, Johann, dass ich ohne Eintritt hier steh», sagte er und richtete seine grün gesprenkelten Augen voller unverhohlener Freude auf Valerie, die schnell ihr erneut aufsteigendes, unpassendes Lächeln verschluckte, während sie fragte: «Und was hat das mit Eintritt zu tun?»

«Johann Drewes senior war der Kinobesitzer», erklärte Jonny, «er ist vor zwei Jahren mit seiner Harley tödlich verunglückt.»

«Davon habe ich schon gehört», sagte Valerie, «er hat wohl ‹Easy Rider› gespielt.»

«Jeden Samstag», sagte Jonny, ohne zu staunen, dass Valerie richtig geraten hatte, denn Übersinnliches hatte schon von Berufs wegen einen Platz in seinem Leben.

«Wie bitte?», fragte Valerie.

«Er hatte heimlich eine Kopie von dem Film behalten und sie als gestohlen gemeldet und Samstagnacht nach der Spätvorstellung konnten einsame Seelen mit ihm zusammen auf die Reise gehen.»

«Sind Sie auch mit auf die gestohlene Reise gegangen?», fragte Valerie.

«Ein paar Mal schon», gab Jonny Sonnenberg widerstrebend zu, «wenn ich mit der Predigtvorbereitung für den Sonntag durch war, nach seinem Unfall allerdings nicht mehr.»

«Wie schade. Und jetzt ist das Kino zu?»

«Nein, Jo, ich meine, Johann Drewes junior betreibt es weiter, allerdings nicht mehr hauptberuflich wie der Alte, es gehen immer weniger Menschen ins Kino, davon könnte er nicht leben, so ist er einen Kompromiss eingegangen.»

«Wie schön», sagte Valerie, «dass es hier noch ein Kino gibt. Und was ist das für ein Kompromiss?»

«Jo arbeitet als Verkäufer im Fernsehladen», sagte er.

«Oh, ich weiß», sagte Valerie, ‹Candle in the Wind›, Rinderwahn, Verkehrsunfälle, je mehr wir wissen, desto schneller ereilt uns der Tod.»

Jonny lächelte sanft. «Jo ist nach dem Tod seines Vaters ziemlich verzweifelt gewesen, aber nun hat er sich gefangen und kommt gut zurecht.»

«Gibt es immer noch ‹Easy Rider› samstagnachts?»

«Nur an Johanns Geburtstag, manchmal auch an seinem Todestag oder auf besonderen Wunsch. Jo hat andere Vorlieben als sein Vater.»

Die Orgel, anklagend, fast wütend und so laut sie konnte.

«Oh mein Gott», sagte Jonny Sonnenberg erschrocken, «ich wollte nur sehen, ob das Grab in der nächsten Reihe auch für die heutige Beerdigung geöffnet wurde, denn genau das ist mir schon einmal passiert, da stand ich mit dem Trauerzug vor einem Grab, in dem schon die Ehefrau lag und der Witwer nun hinein sollte, und es war zu.»

Er drehte sich um und lief mit wehendem Talar auf die Kapelle zu. Diesmal verschluckte Valerie ihr Lachen nicht, sie prustete über die weiße, duftende Rose auf dem Grab von Tante Robbie hinweg und hatte eine unbändige Lust, Jonny Sonnenberg zu umarmen und, weil sie dies nicht konnte, umarmte sie die Rose und die stach tief in ihre Hände. Valerie versuchte sich zu befreien, schmerzhaft und blutig, bis es ihr gelang.

Selbst schuld, dachte Valerie, sah auf ihre zerstochenen Hände und hatte nun keinen Blick mehr für die Bäume mit dem Efeu und die alten Grabsteine voller Flechten, sie sah nicht Johann Drewes' Lebensbaum und Irinas Grab mit den blühenden Rosen, sie sah nicht mehr die anderen frischen Gräber, sie verließ schnell den Friedhof und ließ das Fahrrad an das schmiedeeiserne Tor angelehnt stehen. Ohne weiter zu überlegen, schlug sie den Weg zu Tante Margas Bäckerei ein, ging die abgetretenen Stufen hinauf und in den Laden hinein, dessen Tür weit offen stand. Tante Marga ließ ein freudiges Erkennen über ihr Gesicht ziehen und fragte sogleich: «Wie immer?» Und dann erst: «Moin!»

«Grüß Gott», sagte Valerie.

«Was ist mit deinen Händen?», fragte Tante Marga besorgt.

«Rosendornen vom Friedhof», sagte Valerie, «ich wollte dich nur fragen, wo der Doktor wohnt.»

«Eben hinter dem Fernsehladen aus dem Dorf raus, dann linker Hand an der alten Ziegelstraße steht das Amerikahaus, er hat jetzt gerade Sprechstunde.»

«Amerikahaus?», fragte Valerie erstaunt.

«Das nennen wir hier so», erklärte Tante Marga, «das hat sich mal einer aus dem Dorf gebaut, der war 1871 ausgewandert nach Colorado, und als er 1901 wiederkam, die Taschen voll Dollars, da hat er sich ein Schloss gebaut, damit alle Welt seinen Fleiß und seine Tüchtigkeit sehen konnte, er hieß von Rönn und war danach ein ehrenwerter Mann.»

«Und davor?», fragte Valerie.

«Da wird viel geredet, wenn der Tag lang ist», sagte Tante Marga, sie sagte es, als wäre vielleicht gerade das Jahr 1902. «Er soll wohl in Colorado einen auf dem Gewissen haben. Genaues weiß man nicht, da ist später nichts mehr nachgekommen.»

«Und Dr. Schlichting hat das Haus geerbt?», fragte Valerie.

«Nein», sagte Marga, «vorher war da Dr. Schramm, dreißig Jahre lang, der ist Pfingsten vor sieben Jahren eines natürlichen Todes gestorben, na ja, man kann es ihm nicht verdenken.»

«Was kann man ihm nicht verdenken?», fragte Valerie.

«Seine Frau Märy hat ihn nach achtundzwanzigjähriger Ehe verlassen», sagte Tante Marga, «als sie gegangen war, stieg er auf den Schemel unter dem Dach. Nun liegen sie beide friedlich vereint auf dem Friedhof.»

«Ich denke, sie ist weggegangen», sagte Valerie.

«Das ist sie ja auch», sagte Tante Marga, «fort aus dieser Welt. Und nun geh du man auch, aber bloß bis zum Doktor, sonst entzündet sich das noch an deinen Händen und du bekommst eine Blutvergiftung.»

Plötzlich und unerwartet, dachte Valerie, wie schnell der Tod uns ereilen kann, ging aus Tante Margas Bäckerladen in die Sonne und machte sich gemeinsam mit Dr. Schramm und seiner Frau Märy, die beide eines natürlichen Todes gestorben waren, auf den Weg in das Amerikahaus zu Dr. Schlichting.

Die von Tante Marga erwähnte Ziegelstraße war längst einer Asphaltstraße gewichen, ausgefüllt die Vertiefungen mit Asphalt, und Valerie wunderte sich nicht darüber, denn sie hatte schon gelernt, dass in Augustenfleth, und sicher nicht nur hier, Dinge und Sachverhalte aus unterschiedlichen Zeiten einträchtig nebeneinander bestehen bleiben, und nur das langjährige Leben im Dorf schaffte die Voraussetzungen dafür, alles in eine Beziehung zueinander zu setzen, das Historische und das Neue, ohne ins Schleudern zu kommen. Und die Sache mit der natürlichen Todesursache schien hier kein Befremden auszulösen.

Als Valerie vor dem Amerikahaus stand, da war es ein kleines Neuschwanstein mit Erkern und Türmen, die frech verkündeten, hier habe sich einer seinen Traum erfüllt, den er sich beim Tellerwaschen oder beim Verkauf von Limonade im Drugstore heimwehkrank ausgeschmückt hatte.

Dr. Schlichting stand auf dem schmalen Messingschild an der braunen Eichentür. Valerie öffnete die Tür mit dem Ellenbogen und ging hinein. Im großen quadratischen Flur mit schönen alten Truhen an den Seiten saß vor einem Computer eine junge Frau mit klarem Gesicht und kurzen roten Haaren, deren Spitzen lustig nach oben standen. Sie hätte auch in einem Café in München sitzen können, dachte Valerie, die eine Weile brauchte, bevor sie aus ihrer Tasche die Chipkarte hervorgezogen hatte und sie auf den Tisch legte.

«Setzen Sie sich einen Moment in den Warteraum, der Doktor kommt gleich.»

Im Warteraum hockte schon Grete, die Handtasche auf den Knien mit den Händen fest umklammert, ein schwarzes Kleid hing über ihrem dürren Körper, ein braunes Fransentuch umschlang ihre Schultern. Valerie überfiel sogleich ein stechender Geruch, der von der alten Frau ausging und den sie früher nicht bemerkt hatte.

«Grüß Gott, Grete», sagte Valerie, als sie sich auf einen braunrot gestrichenen Stuhl setzte.

«Den Sitz hat mein Vater geflochten», sagte Grete, «die Binsen sind aus dem Moor.»

«Er gefällt mir», sagte Valerie.

«Gibt nicht mehr die richtigen Binsen», sagte Grete.

An den Wänden des Wartezimmers hingen große Schwarzweißfotos aus der Umgebung, Landschaften, deren Grauwerte sich gestochen scharf voneinander absetzten. Valerie erkannte sogleich die Deichschafpostkarte von Tante Robbie, die hier als großes Foto hing. Hinter all den Weidenbäumen und Deichen, den weißen Toren und großen Fachwerkhäusern, überall könnte im nächsten Moment klammheimlich der Mörder hervortreten und nach seinem, noch im Foto versteckten Opfer Ausschau halten, wäre da nicht der schwere Metallrahmen listig vom Fotografen drum herum gebaut.

«Wird Zeit zum Lüften», sagte Grete in die Stille hinein, «mein Vater hat immer gesagt, wenn ein Haus ohne Leute ist, wird es schimmlig und reißt sich selbst ab.»

«Ich bleibe hier», sagte Valerie.

«So?», fragte Grete.

«Tante Robbie hat mir ihr Haus vererbt.»

«So ist das also!», sagte Grete.

«Genau», sagte Valerie.

«Robbie und ich gehören zusammen», sagte die alte Frau, und auf Valeries ungläubiges Gesicht hin schob sie eine Erklärung nach. «Ein Jahrgang. An unserem ersten Schultag hat mein Vater die Bienen in die Heide gebracht und hat es ihnen erzählt.»

Als Valerie sich gerade vorstellte, wie Tante Robbie und Grete als Schulfreundinnen Hand in Hand mit einer Zuckertüte durchs Dorf gegangen waren, von Bienen umschwärmt, und wie der Vater es den Bienen erzählt hatte, dass für seine kleine Tochter Grete nun der Ernst des Lebens beginnen würde, da öffnete sich eine Tür und Dr. Schlichting stand da, ein schnelles Erkennen und eine freundliche Aufforderung für Valerie im Gesicht und auf den Lippen. Valerie wurde es warm ums Herz.

«Na, das ist aber eine Überraschung! Kommen Sie herein, Frau Bloom.»

«Ich bin noch nicht dran», sagte Valerie.

«Grete hat Zeit», sagte Dr. Schlichting, «sie wartet auf die Bestrahlung.»

Dr. Schlichting schloss die Tür hinter Valerie.

«Naphthalin», sagte er.

Und als Valerie ihn verständnislos ansah, lachte er laut und herzlich.

«Mottenpulver. Es sitzt in Gretes Sonntagskleidung, ist hochtoxisch und schadet ihr. Ich kann es Grete nicht abgewöhnen, das hat schon ihr Vater benutzt, und alles, was ihr Vater getan hat, ist heilig.»

«War Grete verheiratet?», fragte Valerie.

«Ja», sagte der Doc, «aber Georg konnte ihr nichts recht machen, da hat er sich heimlich davongemacht.»

«Natürliche Todesursache?», fragte Valerie, und sofort war es ihr peinlich, aber der Doc nahm keinen Anstoß daran.

«Jawoll», sagte er, «aber der Strick war mürbe und beim zweiten Mal hat er sich einen aus Bindegarn geflochten, das ist aus Kunststoff, der hat gehalten. Genau dies hat Grete ihm nicht verzeihen können, ihr Vater hätte einen ordentlichen Strick genommen.»

Der Doc sah fragend auf Valeries Hände.

«Wollten Sie im Garten aufräumen und eine von Robbies Rosen herausreißen?», fragte er.

«Es war die weiße Rose von Robbies Grab», sagte Valerie, «sie hatte so große Dornen.»

«Rosen haben Stacheln», sagte Dr. Schlichting.

Dr. Schlichting griff in einen kleinen weißen Schrank und nahm ein Fläschchen heraus und Tupfer und eine Pinzette und bat Valerie, beide Hände auf den Behandlungstisch zu legen. Valerie hielt die Luft an und kniff die Augen zu und zählte mit, es waren schon sechs Stacheln.

«Wer hat die weiße Rose denn auf das Grab gepflanzt?», fragte Dr. Schlichting, während er den siebenten Stachel herauszog.

«Ich weiß es nicht», antwortete Valerie, ohne die Augen zu öffnen.

Und als er beim achten Stachel angelangt war, fragte er ganz leicht und nebenbei: «Dann bleiben Sie also in Augustenfleth?»

«Ja», sagte Valerie unbekümmert, sie hatte großes Vertrauen zu ihm, «ich habe mir vorgenommen, in Augustenfleth zu bleiben, es ist alles so friedlich hier, nicht so hektisch wie in der Stadt, und das Einzige, was mich traurig macht, ist der unerwartete Tod meiner Tante, wir hätten uns noch so viel zu erzählen gehabt, und ohne ihren Tod wäre ich jetzt nicht hier.»

«Nützt nichts», sagte der Doc, zog den neunten Stachel heraus und legte die Pinzette beiseite. Er rieb Valeries Hände mit einer Tinktur ab, erst brannte sie wie Höllenfeuer, dann nahm sie den Schmerz.

«Was ist das für ein Wasser?», fragte Valerie.

«Calendula-Urtinktur», erklärte der Doc.

«Hm?», sagte Valerie, weil sie diesen Namen noch nie gehört hatte.

«Ringelblumen», sagte der Doc, «die hübschen gelben und orangefarbenen mit den geringelten Samen.»

Ich muss noch viel lernen, dachte Valerie, wenn ich hier leben will.

«Verstehen Sie auch etwas von Rosen?»

«Natürlich», sagte er, «Robbie und ich, wir haben so manche Stunde über Rosen verplaudert, und wenn Sie mit dem Aufräumen fertig sind, dann besuchen Sie mich gern einmal.»

«Vielleicht werde ich nie fertig», sagte Valerie, «vielleicht lasse ich auch alles so und richte mir nur einen Raum her.»

Dr. Schlichting lächelte wissend. «Jede Wohnung trägt die Spuren ihrer Vorgänger und erzählt Geschichten, die Wege sind gezeichnet, bei jedem Betreten eines fremden Hauses spürt man den Ablauf von Gewohnheiten seiner früheren Bewohner, das geht nicht lange gut, davon muss man sich befreien.»

«Spüren Sie auch noch die Spuren aus Colorado?», fragte Valerie.

«Die nicht mehr», sagte er, «die hat mein Vorgänger schon bewältigt.»

«Wie befreit man sich von den Gewohnheiten?»

«Das werden Sie in Robbies Wohnung selbst herausbekommen müssen.»

«Und wenn ich Tante Robbie dadurch erst kennen lerne?»

«Wir leben heute. Schreiben Sie lieber schöne Geschichten.»

«Genau das werde ich tun», sagte Valerie.

«Wer hat Ihnen denn die Geschichte meines Hauses erzählt?», fragte der Doc neugierig.

Valerie lachte. «Die habe ich aus dem Auskunftsbüro an der Kirche, als ich nach dem Weg hierher fragte.»

«Tante Marga», sagte der Doc liebevoll, «ohne sie wäre Augustenfleth kälter.»

Valerie mochte den Doc sehr nach dieser Aussage, und sie nickte und dachte an den ersten Kaffee und die Croissants bei Tante Marga, die so gar nichts mit den üblichen Croissants aus Backmischungen gemeinsam haben.

Der Doc schob sich freundlich in Valeries Gedanken.

«Kommen Sie gern zum Nachsehen noch einmal vorbei. Ich gebe Ihnen ein Rezept mit für Calendula, die können Sie für jede kleine Verletzung anwenden.»

Der Doc schrieb in seiner schönen geschwungenen und sehr leserlichen Handschrift das Rezept aus und gab es Valerie.

«Bis bald.»

«Danke», sagte Valerie. «Ich besuche Sie gern einmal.»

Im Wartezimmer beugte die alte Grete sich vor.

«Mein Vater», sagte sie, «mein Vater hatte auch einmal einen Stachel im Finger, das war Pfingsten 1940, da saß ein Bienenschwarm im Rosenstock.»

«Ich würde gern etwas über die Bienen lernen», sagte Valerie.

«Wollen sehen», sagte Grete, «wollen sehen, ob sie dich mögen.»

«Gretes Honig ist super», sagte die Sprechstundenhilfe mit den lustigen Haarspitzen, und Valerie sah sie vor sich, wie sie sich Honiggel in die Haare massierte und davon träumte, als Filmstar entdeckt zu werden.

Als Valerie ihr Fahrrad vom Friedhof holte, dachte sie, was Johann Drewes junior für einen Filmgeschmack hat, werde ich wohl auch noch herausbekommen, und wenn er mir nicht gefällt, könnte ich ihn ja vielleicht entscheidend beeinflussen. Sie kaufte im Laden alles Nötige ein und erfuhr ganz nebenbei, dass eine Lieferung für Madame Schwan zusammengestellt werden sollte, aber ordentlich und nichts vergessen. Sie richtete sich auf der Sparkasse ein Konto ein und meldete sich auf der Gemeinde an, und während sie am Deich entlang zu Tante Robbies Haus fuhr, dachte sie an Tante Margas Croissant mit frischem Honig, und als die Gartenpforte sie wie üblich laut empfing und Valerie ihr Fahrrad am Haus abstellte, das nun auf sie übergegangen war, plötzlich und unerwartet, da war es ihr so, als käme sie nach Hause. Dieses Gefühl hatte sie nun schon zum zweiten Mal.

Im Schlafzimmer von Tante Robbie sah alles noch so aus, wie Valerie es verlassen hatte. Das Bett war zugedeckt und der Rosenkatalog lag auf dem Nachttisch. Unter dem schmalen Tischchen am Fenster stand in einem Karton der PC, in einem anderen Karton ein Drucker. Valerie packte beide aus und zog sich einen Stuhl heran, gedrechselt und mit Flechtwerk, bestimmt von Gretes Vater geflochten.

Valerie startete und ließ sich die vorhandenen Ordner zeigen. Es gab einen unter dem Namen *Briefe* und einen unter dem Namen *Capitulare*. Valerie sah zuerst die Briefe durch, es waren lauter belanglose, die das Haus betrafen, an das E-Werk, an eine Versicherung oder die Gemeinde, alles sehr penibel geordnet. Danach öffnete sie den Ordner *Capitulare*, aber der war leer. Angelegt, aber nichts notiert. Merkwürdig, dachte Valerie, oder war Robbie hier einfach nur faul und hat handschriftliche Notizen gemacht? Valerie sah in der Zwischenablage und im Papierkorb nach, aber nichts war zu finden. Als sie dann die Liste der zuletzt geöffneten Dokumente durchsah, war eines davon *Capitulare*, das andere ein Brief an die Gemeinde, den sie schon kannte, dazu noch ein Brief an Nele und ein Dokument mit dem Namen *DH*, das offenbar auch gelöscht worden war. Sie öffnete noch einmal den Ordner *Briefe* und suchte den Brief an Nele. Und als sie ihn fand, enthielt er nichts als eine Auflistung von Robbies alten Rosen. Vielleicht hatte sie die Dateien nur auf Diskette und nicht auf der Festplatte, überlegte Valerie, manche haben ja ein merkwürdiges Ordnungssystem. Sie sah in der Schublade des Tischchens nach, fand auch eine ungeöffnete Packung mit neuen Disketten, aber keine beschriftete. Und weil Valerie immer, wenn sie selbst nicht klarkam, erst mal um sich herum Ordnung schaffte, suchte sie nun nach einem Besen, fand aber nur einen Staubsauger, den sie nicht wollte, denn sie hasste das Geräusch von Staubsaugern. Sie entdeckte den Besen in der Speisekammer und fegte zunächst rigoros alle Spinnweben im Wohnzimmer herunter, und als die Kräutersträusse dabei mit herunterkamen und ihre trockenen Samen verstreuten, stellte Valerie sich vor, wie die Samen hier gekeimt hätten, wenn sie nicht aus München gekommen wäre. Sie hätten das Haus von innen und von außen überwuchert, und schließlich wäre daraus ein Dornröschenschloss geworden und dann wäre Johnny Depp gekommen und hätte das Haus wachgeküsst.

Während Valerie zwei Fächer in dem riesigen Schlafzimmerschrank ausräumte, der voll mit weißen Tischtüchern und Servietten mit gestickten roten DB-Monogrammen war, Dora Bloom, dachte Valerie, das Vögelchen, ich muss es morgen besuchen, während sie also ausräumte, hoffte sie, Disketten über das Capitulare zu finden, und als sie im dritten Fach Handtücher hervorholte, die vor dreißig Jahren schon aus der Mode gewesen waren, hoffte sie auch, Disketten zu finden, und während sie die Blusen und Pullover auf dem Fußboden stapelte und ein Fach Gartenbücher ausräumte, suchte sie danach. Sie las sich in einem Biogartenbuch fest und erfuhr, dass Mulch Schnecken anzieht, aber wichtig ist für die Bodengare, und sie schleppte alle, aber auch alle Möbel aus dem Schlafzimmer heraus in den Flur und in die kleine Kammer daneben, die ohnehin schon voller Möbel stand, fünfziger Jahre, und sie dachte, dafür würden sie in München ein Vermögen zahlen, aber ich finde sie trotzdem furchtbar. Zwischendrin schnupperte sie in der Küche immer mal wieder an der Rosenbowle, die verheißungsvoll duftete, und malte sich den Nachmittag mit Wolfi Witt aus, vor dem sie auch ein wenig Angst hatte. Wolfi könnte ja der Mörder sein und, falls er mitbekäme, dass ihr Verdacht auf ihn fiele, sie im Affekt erstechen oder erwürgen. Sie überlegte kurz, ob sie Lemke anrufen sollte, wollte ihn dann aber doch nicht informieren. Immer hektischer wurde sie mit dem Ausräumen, und als sie das Schlafzimmer leer geräumt hatte, waren die Spuren von Tante Robbies Leben noch heftiger als zuvor, nicht nur in den hellen Flecken auf den Tapeten, wo die Bilder gehangen hatten, die Blumenstillleben und die Schmetterlinge, naturalistisch auf Holz gemalt von einer einheimischen Künstlerin, wie Valerie später mal von Freya erfahren würde, und als sie den Flickenteppich vom ehemals gewachsten Holzfußboden nahm, der Risse und Schrunden hatte, musste Valerie an den Doc denken, der gesagt hatte, ein Haus legt die Geschichten seiner Bewohner nicht ab, niemals, und sie dachte, hätte er doch Recht und könnte ich dieses Haus zum Sprechen bringen, dann wäre alles ganz einfach. Valerie übersah dabei, dass es schon aus allen Dingen zu ihr sprach und von Tante Robbies Leben erzählte.

Die Gartenpforte kreischte und gleich darauf stand Wolfi Witt vor der Tür.

«Ich sollte morgen mal die Gartenpforte ölen», sagte Wolfi Witt.

«Eine gute Idee», sagte Valerie, «aber das mach ich schon selbst.»

«Robbie wollte längst renoviert haben, und nun machst du das.»

«Ist es denn schon fünf?», fragte Valerie und dachte, ich bin ja noch gar nicht umgezogen, ach Unsinn, für Wolfi Witt brauch ich das nicht …

«Ja», sagte Wolfi Witt, «ich dachte, wir könnten ja mal so langsam anfangen.»

«Ich komme», sagte Valerie, «du kannst dich ja schon mal ins Gartenhaus setzen.»

«Soll ich gar nichts mit anfassen?», fragte Wolfi Witt.

«Das schaff ich schon», sagte Valerie, «ich wasch mir eben die Hände und mach die Bowle fertig, und du nimmst bitte schon mal zwei Gläser mit in das Gartenhaus.»

In der Küche goss Valerie die Rosenbowle durch ein Sieb in einen sauberen Glaskrug aus Robbies unerschöpflichem Geschirrschrank und eine Flasche Mineralwasser dazu, sie wollte einen klaren Kopf behalten. Wolfi Witt saß in der Gartenlaube vor zwei Gläsern und sah ganz entspannt aus, als Valerie kam und die Bowle einschenkte.

«Zum Wohl», sagte sie und hob ihr Glas und Wolfi Witt hob auch sein Glas.

«Zum Wohl», sagte er und dann: «Auf Robbie.»

Beide tranken.

Wolfi Witt sagte: «Schmeckt gut.»

«Finde ich auch», sagte Valerie.

«Tuscany und Westerland, stimmt's?»

«Ist Westerland die orangefarbene und Tuscany die dunkelrote?», fragte Valerie.

«Genau die», sagte Wolfi Witt. Und er erklärte ihr, dass Westerland eine Neuzüchtung wäre und Tuscany vor 1864 entstanden wäre, daraufhin versank er tief in Gedanken, und es war ganz still, nur eine verirrte Biene summte durch das Gartenhaus und Wolfi Witt scheuchte sie mit einer Handbewegung hinaus.

«Nun flieg man fix nach Haus zu Grete, sonst sucht sie dich noch.»

Valerie musste lachen und Wolfi Witt griente auch. Als Valerie erneut einschenkte, lachte er immer noch.

«So ist es», sagte er, «auf einem Bein steht man nicht. Das hab ich Robbie auch gesagt und dann haben wir noch ein Glas von der Bowle getrunken.»

«Wann?», fragte Valerie aufgeregt.

«Na, an dem Todestag», sagte Wolfi Witt. «Ich stand hinterm Zaun und da rief sie, Wolfi, komm mal rüber, ich finde, die Bowle schmeckt mehr nach Rotwein und Cognac als nach Rosen. Ich bin dann rübergegangen durch die Pforte und gleich zu ihr ins Gartenhaus. Ich hab probiert und gesagt, stimmt Robbie, hab ich gesagt, das kommt davon, dass die ersten Rosen noch nicht so ein Aroma haben. Robbie fand das gar nicht gut, weil sie dich ja damit überraschen wollte, und sagte, zu dumm, dass ich kein Rosenwasser mehr hab, dann könnte ich dem Geschmack ein bisschen aufhelfen. Zu dumm, sagte ich, wirklich zu dumm, ich habe auch keins mehr.»

Nach diesem Satz sah Wolfi Witt Valerie ganz kurz an. «Und dann hab ich sie gefragt, ob du nicht längst hier sein wolltest, da sagte sie, nein, Valerie kommt einen Zug später, ich hab noch eine Stunde Zeit. Und dann hab ich gesagt, nichts für ungut, ich will noch ein bisschen was im Garten tun, wenn deine Nichte da ist, kannst du sie mir ja vorstellen, und Robbie hat gesagt, ist doch klar, Wolfi, ihr seid ja nun sechs Wochen lang Nachbarn. Und dann bin ich wieder zurückgegangen, und da hörte ich, wie ihr Telefon klingelte, und hab gerufen, Robbie, Telefon, weil sie schlecht gehört hat.»

Wolfi Witt machte eine Pause und trank mit einem tiefen Zug sein Glas leer. Valerie hoffte, dass er weiterreden würde, sie verhielt sich ganz still, und wieder war das Summen einer verirrten Biene zu hören. Valerie wollte sie nun genauso hinausscheuchen wie Wolfi Witt und sagte: «Ab mit dir zu Grete.»

«Grete», sagte Wolfi Witt, «die steht gegen Abend gern auf dem Deich, da kann sie ihr Haus und mein Haus und Robbies Haus wie von einem Berg sehen. Grete weiß alles.»

Und erzählt es den Bienen, dachte Valerie.

Weiter weg, vielleicht bei Taxi-Enno, sprang ein Rasenmäher mit lautem Getöse an. Wolfi Witt stand auf. «Dann will ich man gehen. Übrigens, Rasenmähen ist nach 19 Uhr nicht mehr erlaubt.»

«Bleib doch noch ein wenig», sagte Valerie vorsichtig, «soll ich die Rosenbowle etwa allein austrinken?»

«Es ist alles gesagt», antwortete Wolfi Witt und stand in der Tür des Gartenhauses.

«Wann hast du denn erfahren, dass Robbie tot ist?», fragte Valerie.

«Als der Doktor wegfuhr», sagte Wolfi Witt, «da hat er es mir gesagt.»

«Und wann hast du Robbie zuletzt gesehen?», fragte Valerie.

«Sagte ich doch, so eineinhalb Stunden vor deiner neuen Ankunftszeit.»

«Und ihr habt beide von der Rosenbowle getrunken?»

«Ja. Und dann bin ich gegangen. Später klingelte noch mal das Telefon.»

«Wann?»

«So zu deiner Ankunftszeit.»

«Hast du da auch gerufen, Robbie, Telefon?»

«Ja», sagte Wolfi Witt, «aber da sprang der Anrufbeantworter an, ich dachte, sie ist wohl schon zum Bahnhof.»

«Dann ist sie also in diesen zwei Stunden vor meiner Ankunft gestorben?»

«Muss wohl so sein.»

Valerie stand auf und sah Wolfi Witt in die Augen.

«Als ich Robbie fand, standen drei benutzte Gläser im Gartenhaus und die Glasbowle, halb gefüllt. Und als ich nach der Beerdigung zum ersten Mal wieder hineinging, stand da kein Glas mehr.»

«Hat wohl einer weggeräumt», sagte Wolfi Witt und wollte gehen. «Drei benutzte?», fragte er noch.

«Drei benutzte», sagte Valerie.

«Es waren drei», sagte Wolfi Witt, «eins für mich, eins für Robbie und eins für dich.»

«Aber ich habe nichts davon getrunken», sagte Valerie.

«Vielleicht hat sie noch Rosenwasser gefunden und aus einem neuen Glas probiert», sagte Wolfi Witt nachdenklich.

«Könnte das schlecht gewesen sein?»

«Nein, niemals, Rosenwasser ist Alkohol mit Aroma.»

«Wer könnte die Gläser weggeräumt haben?», fragte Valerie.

«Was weiß ich …», sagte Wolfi Witt.

«War irgendjemand hier? Man hört es doch an der Gartenpforte?»

«Ich weiß nicht, was passiert ist. Ich hab niemanden gesehen.»

Und danach ging Wolfi Witt und drehte sich noch einmal um. «Musst nicht mich, musst Grete fragen.»

«Grete?», fragte Valerie.

«Grete», sagte Wolfi Witt, «Grete hört sogar die Bienen husten. Und Gespenster sieht sie auch.»

Und dann ging er, ohne sich für die Einladung zur Bowle zu bedanken und ohne sein «Denn will ich mal» und ohne Tschüs.

Nachdenklich schenkte Valerie sich noch ein Glas von der Bowle ein und versuchte dabei ihre Gedanken zu ordnen. Wolfi Witt wusste über jenen Abend mehr, als er erzählte; was, das war ihr nicht klar, doch der Hinweis auf Grete, der war nicht zufällig gekommen. Die Gartenpforte quietschte und Valerie dachte, nie werde ich die Gartenpforte ölen, die ist ja der beste Bewegungsmelder. Im Garten verfing sich die Tuscany in Valeries Haaren, und als sie den Rosenzweig endlich herausgefriemelt hatte, hörte sie Lemkes Stimme.

«Moin, Moin. Ich freue mich, dass Sie wieder im Lande sind.»

«Hallo», sagte Valerie, «hallo», und sie wischte sich ein paar Strähnen aus dem Gesicht, die die Tuscany ihr hineingezogen hatte. «Welche Buschtrommeln haben Ihnen denn meine Ankunft verraten?»

«Moment», sagte Lemke und zog vorsichtig einen kleinen Rosenzweig aus Valeries Haaren. «Tante Marga packt alles Wissenswerte gratis in die Brötchentüte. Und da wollte ich fragen, ob Sie Lust hätten, heute Abend mit ins Kino zu kommen?»

«Was gibt es denn bei Jo?», fragte Valerie.

«Das ist bei ihm immer eine Überraschung», erklärte Lemke, «er muss ja ein ganzes Filmpaket abnehmen und meistens B-Pictures, aber manchmal ist was Ordentliches dabei, wenn auch oft schon einige Jahre alt.»

«Hm», sagte Valerie, einerseits hätte sie schon Lust auf Kino gehabt, aber nicht auf einen abgestandenen Film, andererseits war sie müde und wollte weiter nachdenken. Außerdem hatte sie Hunger und ihr Magen knurrte.

«Wir könnten natürlich danach auch essen gehen», sagte Lemke grinsend.

«Okay», sagte Valerie, «ich zieh mich nur eben mal um», und genau da fiel ihr ein, sie hatte gar nichts zum Umziehen mit. Die Spinnweben hatte sie in ihren üblichen schwarzen Stadtklamotten abgefegt.

«Warten Sie einen Moment», sagte Valerie.

Sie verschwand im Badezimmer hinter der Küche, nahm ein Handtuch, feuchtete es an und putzte damit ihr schwarzes Hemd, ihre schwarze Hose und die schwarzen Stiefel ab, das Handtuch wurde dreckig und sie stopfte es gleich in die Waschmaschine, dann zog sie ihre Sachen aus, hängte sie über den Wäscheständer aus Draht und stellte sich unter die Dusche, die natürlich nicht warm wurde, weil sie den Boiler nicht angestellt hatte. Valerie hasste kalte Duschen, sie ertrug es tapfer wegen der Spinnweben und Samen und der Schrammen und fühlte sich, als sie sich anschließend in einem riesigen Badetuch von Tante Robbie abtrocknete, richtig gut, obwohl das Tuch nach lange liegen gebliebener Wäsche roch. Als Valerie mit glänzend nassen Haaren zu Lemke in den Garten ging, sie hatte keinen Föhn bei Tante Robbie gefunden, pfiff Lemke eine Melodie, die Valerie schon oft im Radio gehört hatte, und als sie ihn danach fragte, lachte er.

«‹Der fröhliche Landmann› von Schumann», sagte er, «den musste ich als kleiner Junge auf dem Klavier spielen.»

Und dann ließ er seinen Blick über den verwilderten Garten wandern.

«Den krieg ich schon wieder hin», sagte Valerie, «ich muss nur lernen, was Unkraut ist und was nicht, aber ich glaube, Unkraut hat nicht so große Blüten wie die anderen Blumen, und eigentlich finde ich das auch ganz schön, was ich in Ordnung halten muss.»

«Muss?», fragte Lemke.

«Muss», sagte Valerie, «so steht es im Testament.»

Und während beide am Deich entlang ins Dorf gingen und der Wind Valeries Haare trocknete, berichtete sie von Tante Robbies Erbschaft und hütete sich, sich von ihrem Verdacht etwas anmerken zu lassen, und erklärte ihm, sie wolle einfach nach zwanzig Jahren Stadt das Landleben probieren. Lemke hörte aufmerksam zu, ohne sie zu unterbrechen. Auf der Brücke blieben beide stehen, und der

Fluss stand wie sie, die stille Wasseroberfläche wurde von winzigen Strudeln bewegt.

«Ich werde mich nie daran gewöhnen können, dass der Fluss mit dem Mond schwingt», sagte Valerie.

«Man muss sich nicht daran gewöhnen, es ist gut, immer mal wieder zu erfahren, wie abhängig wir von den Dingen sind, die außerhalb unserer Macht liegen, im Augenblick noch zumindest, wer weiß, wessen wir uns noch bemächtigen werden.»

«Damit wären wir wieder bei El Niño», sagte Valerie, «ich bin aber jetzt hier auf dieser Brücke in Augustenfleth und ich würde gern wissen, wohin das Wasser demnächst fließt.»

«Dafür gibt es einen Tidekalender», sagte Lemke, «oder die Reethalme am Ufer. Sehen Sie, in welche Richtung die sich jetzt neigen? Da geht das Wasser hin.»

Die Reethalme neigten sich zur Quelle und Valerie fragte Lemke, wie oft das Wasser schwappt, bis es endlich ins Meer fließen darf, wo es doch eigentlich hingehöre.

Lemke zeigte auf einen dicken Ast, der sich ganz langsam zu drehen begann.

«Er braucht ungefähr eine Woche bis zur Mündung in die Elbe, vorausgesetzt, er verhakelt sich nicht am Ufer und setzt Moos an oder überschlickt.»

Lemke sah Valerie direkt ins Gesicht.

«Sie haben sich auch verhakelt», sagte er langsam, «in den Tod Ihrer Tante, und nun hoffen Sie, dass sich irgendetwas bewegt. Warum sonst wollen Sie bleiben, doch nicht im Ernst, um irgendwelche Grenzen auszuloten, dazu sind Sie viel zu erwachsen, das macht man bis dreißig oder so. Oder irre ich mich?»

Valerie antwortete nicht. Der dicke Ast schwamm langsam davon und zerrte ein Bündel Reet hinter sich her und Valerie verfolgte ihn mit den Augen, bis er um die nächste Kurve verschwunden war.

«Ich möchte das allein herausbekommen», sagte sie klar und entschieden und ärgerte sich, dass Lemke ihr alles angesehen hatte.

«Miss Marple?», grinste Lemke.

«Ich möchte nicht mehr darüber reden», sagte sie.

«Selbstverständlich», sagte Lemke, «nur noch eins: Wenn Sie Hilfe brauchen, ich bin immer für Sie da.»

«Okay», lachte Valerie, «dreimal die Sieben und der Fährmann holt mich über den Fluss.»

Und während sie dies sagte, wusste Valerie, dass Lemke mehr wusste als sie und dass er ihr bestimmt helfen würde und könnte, einfach weil er die Leute im Dorf genau kennt, aber sie wusste auch, dass der Blick nicht mehr ungetrübt ist, wenn man täglich unter den Menschen lebt, und sie wollte sich diesen klaren Blick bewahren und, ganz ehrlich, den Erfolg auch nicht mit einem Mann teilen, wenn es denn einen Erfolg geben würde.

Verführ Babyface bitte nicht, Valerie, das verstopft die Gedanken. Schmetterlinge im Bauch lenken ab.

An das Kino, das im Clubraum der Gaststätte zur Mühle stattfand, konnte Valerie sich noch gut von früher erinnern. Es saßen ein paar junge Leute da und unterhielten sich lautstark über das heutige Fußballspiel ihres Vereins, ohne sich weiter nach Lemke und Valerie umzudrehen. In der letzten Reihe schmuste ein Pärchen. Vor dem Clubraum hatte Jo die Karten abgerissen, die Lemke bei Jos Mutter Karin an der Theke gekauft hatte, zusammen mit einer Tüte Popcorn. Jo hatte Valerie freundlich zugenickt, Karin hatte Valerie wiedererkannt und ihr ebenfalls freundlich zugenickt und Lemke zugezwinkert, was Valerie insgeheim ärgerte, aber sie ließ sich nichts anmerken, sollten die Leute denken, was sie wollten. Und Jo hatte an der Tür zum Clubraum den Titel des Films gesagt, wie er ihn jedem sagte, der hineinging: «Der einzige Zeuge.»

«Den habe ich schon vor zwanzig Jahren gesehen», sagte Valerie, «das ist doch der Film mit den Mormonen oder so?»

Und obwohl sie den Film kannte und auch schon im Fernsehen gesehen hatte, nahm er sie gefangen, es waren Amish People und nicht Mormonen, und Valerie ließ in den zwei Stunden immer wieder ihre Gedanken schweifen, denn der Film riss während der Vorführung einmal. Während Lemke ihr ab und an die Tüte Popcorn hinüberreichte und Valerie davon nahm, weil ihr Magen immer wieder verräterisch knurren wollte, suchte sie zwischen Mord und Moral im Film den einzigen Zeugen im Gartenhaus, aber außer Paddy fiel ihr niemand ein, und sie nahm sich vor, Wolfi Witt noch einmal zu fragen, was er gehört oder gesehen hätte an jenem Nachmittag, denn so, wie er jetzt stets hinter dem Gartenzaun auftauchte, so hatte er sicher auch Robbie immer aufgelauert, schon allein wegen des Kräuterlikörs. Oder war eine Biene die einzige Zeugin?

Ende. Der Vorhang aus rotem Samt rauschte an der Leinwand vorbei. Jo knipste das Licht im Clubzimmer an. Die jungen Leute gingen lautstark über den tapferen Bullen diskutierend hinaus, zerzaust erhob sich das Pärchen aus seinem Sessel und hasste das Licht wie Liebespaare seit hundert Jahren. Valerie hatte ein sentimentales Lächeln in ihrem Gesicht, und dann knurrte unpassend ihr Magen. Lemke grinste.

«Wir könnten gleich hier bei Karin essen», schlug Lemke im Flur zwischen Clubzimmer und Gastraum vor, «es ist gut und viel und immer frisch zubereitet.»

Karin, diesmal im rotgrün geblümten Kleid, legte die Speisekarte auf den Tisch mit der feinen weißen Tischdecke und den rosa Servietten drauf, die kunstvoll zu einer Muschel gefaltet waren, und fragte nach dem Getränkewunsch. Valerie wollte zunächst nur ein Radler.

«Ein Radler?», fragte Karin, «was ist das denn?»

Lemke grinste, nahm die Ablehnung seines Hilfsangebots aber auch bei den alltäglichen Dingen ernst.

«Ein Radler», erklärte Valerie, «ist ein Bier und eine Limo gemischt.»

«Ach, ein Alsterwasser meinen Sie», freute sich Karin, «das können Sie bekommen.»

Lemke bestellte ein Bier.

«Was hast du denn an frischem Fisch da?», fragte Lemke, bevor Karin davoneilen konnte.

«Frisch ist Finkenwerder Scholle mit Prinzessbohnen, frisch haben wir Matjes, der ist gerade reingekommen, es gibt Lengfisch und ... nee, der Rotbarsch ist alle, sonst alles mit Salat und Bratkartoffeln, auf Wunsch auch mit neuen Kartoffeln, aber das dauert etwas länger, Spargel wäre auch noch da mit Sauce Hollandaise, außerdem Victoria-Barsch, den verlangen die Hamburger. Aber ihr wollt bestimmt Fisch von hier.»

«Frische Stinte sind vorbei?», fragte Lemke.

«Stinte sind vorbei», sagte Karin, «die gibt es nur noch tiefgefroren.»

«Matjes mit Bratkartoffeln», sagte Valerie, «und einen kleinen Salat.»

Lemke schloss sich an und Karin sammelte die Speisekarten wieder ein.

«Ist Karin die Witwe von Johann Drewes senior?», fragte Valerie, als Alsterwasser und Bier auf dem Tisch standen.

«Genau», sagte Lemke, «du bist ja gut informiert.»

Valerie wollte sich eigentlich noch einmal ausführlich nach dem Unfall mit der Harley erkundigen, aber das Gespräch nahm eine andere Richtung, und vielleicht war hier ja auch nicht der richtige Ort dafür, dachte Valerie etwas später mit Bedauern, denn zunächst sah sie Lemke wegen des «Du» scharf in die Augen, er entschuldigte sich sogleich und hob sein Glas.

«Wir duzen uns hier alle.»

Den Spruch kenne ich, dachte Valerie, den bringen hier auch alle, hob ihr Alsterwasserglas und sagte lachend: «Ich heiße Valerie, und du?»

«Wilfried», sagte Lemke, «aber alle nennen mich Bobby wegen meiner Vergangenheit.»

Babyface ist passender, fand Valerie und freute sich, dass er dies nicht wusste, und sie sagte: «Cheers.»

Karin kam mit zwei großen Tellern mit dampfenden, duftenden Bratkartoffeln und reichlich Matjes.

«Na denn man guten Appetit.»

Mit einem freundlichen Nicken schob der Doc Freya von Maikowsky im Rollstuhl vorbei, und Valerie vermutete, sie würden sich für einen Moment zu ihnen setzen, was aber nicht geschah. Lemke sagte zunächst kein Wort zu der Begegnung, und Valerie fragte nur, ob die beiden wohl etwas miteinander hätten, was Lemke mit einem Kopfnicken bejahte, wobei er noch hinzufügte, es gäbe ja recht seltsame Beziehungen unter Menschen und diese sei eine davon.

Das Essen war fröhlich, fett und viel. Valerie hörte von Lemke, dass er gern kochte, er erfuhr von Valerie, dass sie sonst nur beim Italiener essen ginge. Sie stellten Valeries Antipathie gegen Sport im Allgemeinen und seine gegen Radfahren fest, dies waren und blieben dann leider, bedauerte Valerie, die wichtigsten Informationen des Abends bei Karin, denn die Gaststube füllte sich mit einer laut debattierenden Gruppe von Paaren mittleren Alters. Sie aßen Victoria-Barsch.

Valerie erkannte sogleich die beiden Geier wieder, würdigte sie aber keines Blickes, und nach einem köstlichen Linie im gefrorenen Glas dachte sie, nun will er mir sicher noch seine Telefonkartensammlung zeigen, aber sie hatte sich geirrt. Lemke brachte Valerie ritterlich in Robbies Haus zurück und bat um ein baldiges Wiedersehen. Sie war enttäuscht, sie hätte ihm zu gern eine Absage gegeben, einfach so, und nicht, weil sie ihn unsympathisch fand, im Gegenteil, er hatte inzwischen ungemein gewonnen. Erwartungen, dachte Valerie, als sie sich die Zähne putzte und ein großes Glas Wasser trank wegen der salzigen Bratkartoffeln, Erwartungen, dachte sie noch, als sie völlig kaputt ins Bett fiel, Erwartungen sollte ich mir abschminken, es ist besser für mich, mich von keinen Erwartungen leiten zu lassen, dann kann ich nicht enttäuscht werden.

Acht.

Am nächsten Morgen, als Valerie sich eine Lokalzeitung, Croissants, Butter und Milch besorgt hatte, stand Wolfi Witt vor der Gartenpforte und winkte fröhlich mit einem Briefumschlag, der in einer großen temperamentvollen Schrift und mit feinem Stift beschrieben war.

«Für dich von Madame Schwan, äh, Freya von Maikowsky», sagte er.

Valerie sah Wolfi Witt misstrauisch an. Wolfi Witt klärte den Sachverhalt auf.

«Ich hab ihr heute Morgen schon den Rasen gemäht», sagte er, «das mach ich einmal in der Woche.»

Wolfi beeilte sich weiter aufzuklären, allerdings zunächst nicht, was sein Wissen um Schriften, sondern was Robbie betraf.

«Robbie hat sie nicht gemocht», sagte er, und er sah dabei aus, als hätte er «nicht ausstehen» gemeint. «Robbie hat sie auch solche Briefe geschickt, das sind Einladungen zum Tee, und Robbie ist auch hingegangen, jede Woche, Wolfi, hat sie gesagt, wat mutt, dat mutt, ich will mir nicht ihren Zorn zuziehen, es ist besser, in der Höhle des Löwen Tee zu trinken, als vor ihm davonzulaufen.»

«Sehr komisch», sagte Valerie und versuchte, diese Information einzuordnen, wusste aber nicht, wo.

«Sie hat sie aber auch wiederum gemocht», erklärte

Wolfi weiter, «weil sie sich mit ihr über Pflanzen unterhalten konnte, nicht nur über Rosen wie mit mir, da kam sie nur zu mir, sondern eben auch über diese Sammlung von Karl dem Großen in ihrem Garten.»

«Du weißt etwas darüber?», fragte Valerie.

«Die Pflanzen mit den Schildern hat Karl der Große beschrieben», sagte Wolfi Witt belehrend, «aber der ist ja nun schon seit tausendzweihundert Jahren tot.»

«Ich weiß», sagte Valerie, «‹Calendulare de Villis›.»

«‹Capitulare› hat sie das genannt», verbesserte Wolfi, «‹Calendula› sind die Ringelblumen.»

«Das lerne ich nie», seufzte Valerie.

Sie zog es vor, den Brief mit ins Haus zu nehmen und erst dort zu lesen, Wolfi Witts Neugierde sollte nicht bedient werden. Valerie mochte ihn nicht, irgendetwas war an ihm, das sie ablehnte. Der Brief enthielt eine Einladung zum Tee, am Nachmittag um 17 Uhr. Er war auf feinem Papier geschrieben und versprach, obwohl es nicht im Brief stand, ein elegantes Nachmittagskleid, Darjeeling first flush und feines Gebäck, eine Kerze im Silberleuchter und gedämpfte Stimmen. Er versprach so etwas wie Kultur und er versprach, dass es ganz bestimmt viel über Tante Robbie zu erfahren geben würde, unter Frauen redete es sich leichter über Frauen und Schicksale, und dass Tante Robbie Freya nicht gemocht hatte, lag bestimmt daran, dass die sich die Finger nicht an den Rosen zerstach wie Tante Robbie, sondern Wolfi Witt als Gärtner beschäftigte.

In der Vorfreude auf diese Einladung versuchte Valerie es noch einmal, dem PC das Capitulare zu entlocken, was auch den Sinn hatte, sich vor dem weiteren Putzen zu drücken, aber er gab nichts her. So kochte Valerie sich ihren Kaffee, und sie verbrachte mit schlechtem Gewissen, weil sie auch hätte aufräumen können, den Vormittag mit der Lokalzeitung und zwei Einbrüchen in Häuser von Hamburgern, wo eine Bande es auf elektronische Geräte und Antiquitäten abgesehen hatte, einem Verkehrsunfall mit hohem Sachschaden, dessen Ursache noch unbekannt war, dem Schützenkönig des übernächsten Dorfes sowie dem Sommerfest einer Grundschule, von Freya von Maikowsky gesponsert, das in diesem Jahr nicht, wie im Jahr zuvor, ins Wasser gefallen war.

Am Nachmittag pflückte Valerie einen Blumenstrauß für Freya, der ungeahnte Dimensionen annahm, weil Valerie von allen blühenden Pflanzen einen Stängel nahm, auch von den Rosen, für die sie sich extra eine Schere aus der Küche geholt hatte. Er war bunt und prächtig, wie aus einem Gartenbuch über Sommerstauden, er hätte beim Floristen in München ohne Übertreibung fünfzig Mark gekostet und gab kurze Zeit später Anlass für viel Gesprächsstoff in der Villa der Freya von Maikowsky.

Wolfi Witt hatte Valerie den Weg zu Freya genau erklärt, über die Brücke und scharf nach links auf der anderen Seite am Deich entlang, bis rechts eine große, nun schon verblühte Kastanienallee auf einen Backsteinbau aus dem vorigen Jahrhundert zuführt, aber nicht in die vordere Tür oberhalb der Freitreppe, sondern in die hintere Tür gehen, die vordere sei stets verschlossen.

Valerie hatte Herzklopfen und konnte es nicht unterdrücken angesichts dieses großen Hauses, fast ein Schloss und auch noch rosenumrankt! Tante Robbies Kate würde zehnmal hineinpassen. Eine Freitreppe aus Sandstein mit steinernen Löwen. Den vorderen Eingang nicht nehmen, hatte Wolfi Witt gesagt. Valerie verfolgte den Lauf der Treppe und sah neugierig nach oben. In einem Rollstuhl saß Freya von Maikowsky, statt des eleganten Kleides trug sie einen zerfransten Schafwollpullover und einen Strohhut auf dem Kopf, sie saß vor der offenen Flügeltür und sah lächelnd auf Valerie hinunter.

«Kommen Sie nur hier herauf, Valerie», rief sie mit einer klaren Stimme, wie Valerie sie aus dem Theater kannte.

«Gern», rief Valerie und ging die Treppen hinauf. Sie fühlte sich unsicher und beobachtet, schob ihren Strauß nach vorn und stand vor der alten Dame, die ihr beide Hände mit den Worten: «Grüße Sie, ich freue mich, dass Sie den Weg zu mir gefunden haben» entgegenstreckte.

«Ich bedanke mich für die Einladung, Frau von Maikowsky», sagte Valerie. Freya nahm ihr den Strauß aus den Händen und vergrub ihren Kopf mit den streng nach hinten zu einem Knoten gebundenen silbernen Haaren darin.

«Rittersporn», sagte sie, «Päonien, Mohn, Eisenhut, Königin von Dänemark, Margeriten, Hosta, Iris Sibirica und sogar die Toskanische. Sie haben für mich ja fast alle Juniblumen gepflückt. Ich danke Ihnen.»

«Danken Sie Robbie», sagte Valerie bescheiden, «ich selbst hab keine Ahnung.»

«Es braucht Zeit», sagte Freya, «es braucht Zeit, sich mit ihnen anzufreunden, nur wenn sie blühen, offenbaren sie das Geheimnis ihrer Schönheit, und viele davon, wie hier die schwarze Toskanische, verschwenden nur einmal im

Jahr für wenige Wochen ihre Pracht, dann aber um so strahlender.»

Freya von Maikowsky verbarg noch einmal ihren Kopf in dem Strauß, als sie aufsah, hatte sie Tränen in den dunklen Augen.

«Ich habe Robbie sehr geschätzt», sagte sie leise, «sie war ein spröder, aber lieber und warmherziger Mensch, ich bin tief betrübt über ihren Tod, ich wünschte mir mehr als einmal, ich könnte sie ins Leben zurückrufen. Robbie fehlt mir sehr.»

Valerie tat in Gedanken sofort Abbitte, dass ihr diese Frau auf der Beerdigung so unheimlich wie aus einem Hitchcock-Film vorgekommen war, sie entschuldigte sich auch gleich für Tante Robbie mit, die nicht geahnt hatte, dass diese Frau sie mochte, aber vielleicht hatte Wolfi Witt auch Unsinn erzählt.

«Ich hätte gern mehr von meiner Tante gewusst», sagte Valerie, «überall erfahre ich von ihrer Beliebtheit bei den Menschen hier.»

Freya nickte.

«Und nun kommen Sie mit mir auf die Terrasse.»

Valerie folgte Freya, die ihren Rollstuhl mit den Händen in Bewegung setzte. Valerie sah erst jetzt, dass sie Gartenhände hatte wie Tante Robbie, schwielig und ein wenig zerstochen. Sie ging hinter ihr her durch eine Eingangsdiele, sparsam möbliert mit wenigen alten Schränken, die Valerie als Barock einschätzte, einer davon ein gut gefüllter Gewehrschrank, sie ging mit ihr durch einen großen Raum, offensichtlich ein kleiner Musiksaal, der weit offene Flügeltüren hatte. Auf der Terrasse, die einen weiten Blick in den Park ermöglichte, der im Stil englischer Gärten angelegt war, standen moderne Gartenmöbel aus Holz, der Tisch war gedeckt für vier Personen, Teller und Tassen aus Glas, eine Schale mit Gebäck und ein sauberer Pfeifenaschenbecher.

«Es ist wunderschön bei Ihnen», sagte Valerie, «ich dachte, Parks dieser Art gibt es nur in Städten.»

«Das ist die Überheblichkeit der Städter», lachte Freya, «sie denken, wir hier auf dem Land kennen keine Kultur außer der Agrikultur. Aber bitte nehmen Sie das nicht persönlich, Valerie, setzen Sie sich zu mir.»

«Sie erwarten noch mehr Gäste?», fragte Valerie.

«Etwas später», lächelte Freya, «kommen Dr. Schlichting und seine Tochter dazu. Würden Sie uns bitte den Tee einschenken und Gebäck nehmen?»

Valerie schenkte Tee in zwei Tassen, nahm den Gebäckteller, reichte ihn Freya und nahm sich selbst.

Ich werde Nele kennen lernen, die Frau mit der silberhellen Stimme, die auf Robbie wartete, obwohl ihr Vater zu mir gesagt hatte, Robbie hätte in England kein direktes Ziel gehabt.

Freya von Maikowsky sah Valerie zu, wie sie hantierte, nahm ihr Teeglas und trank einen Schluck. Valerie suchte nach Gesprächsstoff, aber sie fand nichts und war froh, dass Freya ihr das Suchen abnahm.

Freya lächelte. «Enno Fitschen haben Sie ja auch schon kennen gelernt, ich traf ihn gestern vor dem Gerichtsgebäude. Hat er Ihnen von den Sturmfluten erzählt?»

Valerie nickte.

«Sturmfluten sind sein Lieblingsthema», sagte Freya, «man könnte meinen, er sei flutoman. Wäre Enno der Gott des Wassers und des Sturms, ich glaube, er würde uns verheerende Fluten bescheren, nur um darüber seine Geschichten erzählen zu können. Ein intelligenter Mann, leider macht er nichts daraus.»

«Es ist interessant, ihm zuzuhören», sagte Valerie. «Ich mag es, wenn ein Mensch sich auf ein Thema konzentriert und versucht, so viel wie möglich darüber in Erfahrung zu bringen.»

«Damit haben Sie auch einen Teil von Robbie beschrieben», sagte Freya, «ihr Thema war das Capitulare de Villis, ein Edikt, wahrscheinlich Karls des Großen, darüber streiten sich die Wissenschaftler noch, eine Wirtschaftsordnung für die Verwalter seiner Landgüter, die vornehmlich im heutigen Frankreich lagen, daher erklärte sich auch die Erwähnung einiger Pflanzen, die eher mediterranen Charakter haben, die hier bei uns in diesem rauen atlantischen Klima nur verkümmern.»

Sie ist eine kluge Frau, dachte Valerie, sie ahnt, wovon ich nichts weiß, und zeigt es mir nicht. Ob ich sie nach den fehlenden Aufzeichnungen im PC fragen sollte?

«Ich hätte Sie eines Tages bestimmt danach gefragt», sagte Valerie, «denn genau dies hat meine Tante mir in ihrem Testament aufgetragen, mich um diese Pflanzensammlung zu kümmern, die ihr so sehr am Herzen gelegen hat. Der Tee ist übrigens vorzüglich.»

Mein Gott, Valerie, sei nicht so steif.

«Ich würde gern mehr darüber wissen, ehrlich gesagt, hab ich null Ahnung von Pflanzen, aber im Augenblick stürzt alles über mir zusammen, vielleicht, ich meine, hätten Sie vielleicht Lust, mir mehr darüber zu erzählen, in den vielen Gartenbüchern meiner Tante ist so eine Fülle von Material, dass ich gar nicht weiß, wo ich anfangen soll.»

Freya von Maikowsky sagte eine Weile nichts. Sie schien ihren Gedanken nachzuhängen, und Valerie fiel nichts ein, was sie hätte sagen können.

«Robbie hatte sich als Ziel gesetzt», sagte Freya schließlich, «diese Pflanzen, die im Capitulare namentlich aufgelistet sind, als vollständige Sammlung zu besitzen, ein schwieriges Unterfangen, denn sie hätte mindestens noch ein großes Gewächshaus gebraucht für die nicht winterharten Pflanzen, obwohl wir hier selten wirklich längere Zeit Frost haben. Unsere Wintertage sind grau und lang, da werden wir viel Zeit für Gespräche haben.»

«Nicht erst im Winter», sagte Valerie ungeduldig, «jetzt ist Sommer, und Robbies Garten explodiert vor Farben und Gerüchen. Ich kann nichts voneinander unterscheiden, und ich möchte alles wissen.»

«Es braucht Zeit, die Pflanzen zu verstehen», sagte Freya, «man darf nichts erzwingen, sie wollen erkannt werden wie eine große Leidenschaft und, wenn sie blühen, geliebt werden, und danach, wenn der Höhepunkt vorbei ist, erwarten sie weiter Aufmerksamkeit, damit sie Kraft sammeln können für die Blüte im nächsten Jahr.»

«Ich weiß, ich muss noch viel lernen», seufzte Valerie.

«Robbie hat alle Pflanzen beschrieben», sagte Freya, «sie hat sie nummeriert wie im Capitulare, Sie werden das bestimmt in ihrem PC finden, sie konnte stundenlang davor sitzen und ihre Notizen eingeben, so hat sie es mir erzählt.»

«Das muss ich mir alles mal anschauen», sagte Valerie.

«Kennen Sie sich mit einem PC aus?», fragte Freya.

«An und für sich ganz gut», sagte Valerie, «ich habe nur Tante Robbies Ordnungssystem noch nicht begriffen.»

«Sie war sehr ordentlich», sagte Freya nachdrücklich, «vielleicht nicht im Haus, aber im Garten und in ihrem PC war sie Alleinherrscherin, da ließ sie niemanden sonst zu.»

«Aha», sagte Valerie.

«Sie müssen die Pflanzen lieben», sagte Freya, «wenn Sie sie nicht lieben, finden Sie keinen Zugang.»

«Aber das ist es ja gerade, was ich will», sagte Valerie, «über die Pflanzen einen Zugang zu meiner Tante finden.»

Valerie war froh, dass das Gespräch ihr Gelegenheit gab, über ihre eigene Motivation zu sprechen, ohne sich zu verraten, obwohl sie es Freya am liebsten offen gesagt hätte, ich brauche diesen Zugang, weil ich den Mord an meiner Tante aufklären will, so schnell wie es geht, aber sie unterdrückte dieses Bedürfnis standhaft.

«Nur so werden Sie mehr über Robbie in Erfahrung bringen und das Ende ihres Lebens begreifen können als den Schlusspunkt einer langen Reihe von Verknüpfungen. Verstehen werden Sie ihren Tod nicht, weil der Tod niemals zu verstehen sein wird, es sei denn, wir flüchten uns in den Glauben.»

Valerie wollte nachdenken über das, was Freya gesagt hatte, sie stand auf und sah über die steinerne Brüstung der Terrasse in den Garten.

«Sind wieder Rehe da?», fragte Freya von Maikowsky, «Rehe sind eine Plage bei uns. Nehmen Sie bitte das Fernglas und schauen Sie nach.»

Valerie nahm das Fernglas. Über den Rasen kamen der Doktor und eine junge Frau, beide in ein eifriges Gespräch vertieft direkt auf die Terrasse und Valerie zu, die schnell das Fernglas zur Seite legte.

«Moin, Moin, Valerie Bloom», sagte der Doktor, der genauso aussah wie in seiner Praxis, «darf ich Ihnen meine Tochter vorstellen?»

«Hi», sagte die junge Frau, die Jeans und ein weites weißes Hemd trug, «ich bin Nele, und du bist bestimmt Valerie!»

Valerie nickte: «Wir kennen uns ja schon vom Telefonieren. Hallo, Nele.»

Alles war ganz einfach, viel einfacher, als Valerie sich diesen Augenblick vorgestellt hatte, seit sie wusste, dass sie heute Nele kennen lernen würde. Der Doktor begrüßte Freya mit einem Handkuss und setzte sich an den Tisch. Nele zog Valerie am Arm mit sich in den Garten.

«Du hast Robbie im Gartenhaus gefunden, nicht wahr? Mein Vater sagte es mir. War das sehr schlimm für dich?»

«Ja», sagte Valerie, «das war ein echter Schrecken, ich hatte meine Tante zehn Jahre lang nicht gesehen, und als ich mich endlich aufgerafft hatte, da war sie tot.»

«Sie wollte mich in England besuchen», sagte Nele. «Ich mache dort ein Praktikum in einer Schlossgärtnerei, für mein Gartenbaustudium, wir haben dort eine große Sammlung alter Rosen. Mein Vater sagte, sie hat nicht gelitten, was meinst du?»

Valerie wollte Nele trösten und gleichzeitig so viel fragen, aber sie wollte sie auch nicht unnötig mit ihrem Verdacht belasten.

«Ich weiß es nicht», sagte sie, «ich weiß nur, sie hat ganz friedlich ausgesehen.»

«Robbie war die liebste Freundin meiner Mutter und sie, ich meine Robbie, sie hatte so etwas wie ein Verantwortungsgefühl mir gegenüber, als wäre es ein Vermächtnis meiner Mutter gewesen, war es aber nicht, meine Mutter hat bestimmt überhaupt nicht an ihren eigenen Tod gedacht. Manchmal ist Robbie mir direkt ein bisschen auf die Nerven gegangen, sie schrieb mir regelmäßig. Ich sollte jeden Brief beantworten, aber, stell dir vor, ich hatte ja auch noch andere Sachen im Kopf, und im Grunde war ich froh, nicht mehr in Augustenfleth zu leben.»

«Dein Vater», sagte Valerie vorsichtig, «dein Vater hat mir, als Robbie gestorben war, nicht gesagt, dass sie zu dir nach England wollte, er sagte, sie hätte eine allgemeine Gartenreise geplant.»

«Ja, ja, mein Vater», sagte Nele, «mein Vater war immer eifersüchtig auf Robbie. Schon früher, als meine Mutter noch lebte. Als sie starb, war ich fünfzehn, ich erinnere mich, dass Robbie und meine Mutter früher ewig beieinander hockten und redeten. Meine Mutter wollte zum Schluss meinen Vater verlassen und mit mir nach Hamburg ziehen. Ich war damals ziemlich genervt von ihr, wie das so ist in dem Alter, und ich wollte auch nicht von meinen Freundinnen weg, allerdings wollte ich auch nicht allein bei meinem Vater leben.»

«Warum nicht?», fragte Valerie. «Ich mag ihn sehr.»

«Ich auch», sagte Nele, «aber ich dachte, dann hat der bald eine neue Frau und ich eine Stiefmutter. Darauf hatte ich keinen Bock.»

«Deine Mutter hätte ja auch wieder heiraten können, oder?»

«Darüber hab ich damals nicht nachgedacht.»

«Hatte Robbie noch einen anderen Anlass, zu dir nach England zu reisen, ich meine außer wegen der alten Rosen?»

«Ich glaube, ja. Sie sagte mir am Telefon, dass sie mit mir über eine wichtige Sache sprechen müsse, was meine Mutter betrifft.»

Valerie fiel sofort die wichtige Sache ein, die mit dem Geburtstag vor zehn Jahren zu tun hatte, aber in dem Moment winkte Freya von Maikowsky ihnen zu und rief, der Tee sei eingeschenkt, und so beschränkte Valerie sich darauf, Nele zu fragen, wieso sie denn Leonhard heiße und nicht Schlichting? Nele lachte silberhell und sagte, Leonhard sei der Mädchenname ihrer Mutter gewesen und Nele Leonhard klänge doch allemal besser als Nele Schlichting, oder?

Auf der Terrasse waren der Doc und Freya in ein Gespräch über das Okulieren von Rosen vertieft, und während der Doc liebevoll ein Kissen im Rücken von Freya zurechtrückte und ihr den Tee einschenkte, stopfte sie ihm eine Pfeife. Valerie fragte, was denn eigentlich die Bezeichnung «Alte Rosen» bedeuten würde.

«Das sind alle Rosen vor 1864», sagte Nele, «danach setzte in großem Stil die züchterische Tätigkeit ein, na ja, und das, was heute so auf dem Markt ist und die Versandkataloge mit bunten Bildern füllt.»

«Inzwischen», sagte Freya, «sind alte Rosen längst wieder gefragt, meistens aber sind es englische Neuzüchtungen, die gekauft werden, denn die blühen mehrmals im Jahr …»

«… während die echten alten Rosen nur einmal blühen», ergänzte der Doc Freyas Worte, und Nele fuhr fort: «… dafür haben sie einen Duft, den keine Neuzüchtung erreicht.»

Das Gespräch entwickelte sich dann zu einer Diskussion

über Rosen und deren genetische Manipulation und Valerie verstand nichts mehr, nur eins, die Gärtner hätten lange Zeit versucht, das Ausgangsmaterial, wie sie es nennen, in Hinsicht auf die Farbkraft und die Dauer der Blüten zu verbessern, woraus dann so langweilige Neuzüchtungen wie Schneeweißchen oder Rosenrot ohne jeden Duft entstanden wären. Heute hätten sich die Züchter zwar eines Besseren besonnen, aber manche Rosen hätten leider einen Duft, der absolut nicht zu ihrer Farbe passte.

Valerie war enttäuscht, dass sie nicht mehr ungestört mit Nele reden konnte. Nele musste es ihr angesehen haben, denn sie erbot sich, Valerie nach Hause zu bringen, aber der Doc erinnerte seine Tochter daran, dass sie alle drei ins Theater nach Hamburg fahren wollten, und Valerie stand sogleich auf, bedankte und verabschiedete sich und ging mit einem Gefühl der Leere am Deich entlang zurück. Dieses Empfinden verstärkte sich, als sie sah, dass überall in den Gärten die Menschen schwatzend und lachend beieinander saßen. Manche hatten ein kleines Feuer gemacht, der Duft von Bratwurst zog die gesamte Straße entlang, kroch über den Deich und versank im Fluss, der zum Meer unterwegs war. Ein schwarzweißes Holzboot schwamm auf den Wellen, in dem ein sich heftig küssendes Paar saß. Valerie erkannte das Mädchen mit dem Honighaar aus der Praxis des Doc und in dem Jungen Jo, den Sohn von Johann Drewes senior, der mit der Harley verunglückt war. Jo, von dem sie immer noch nicht wusste, welches sein Lieblingsfilm war, und sie hatte ein Ziehen in der Herzgegend, das sich noch verstärkte, als sie auf Robbies Haus sah, so leer und ohne Leben. Das Gras war schon feucht und im Fluss spiegelte sich zwischen auf und ab fliegenden Enten die Sonne. Grete stand auf dem Deich, sie war nicht überrascht, Valerie zu sehen.

«Moin, Moin», sagte sie.

«Moin, Moin», sagte Valerie.

So standen beide eine Weile auf dem Deich.

«Gewitterluft», sagte Grete.

«Es gibt Gewitter?»

«Das kommt mit dem Wasser.»

«Das Wasser läuft aber noch ab», sagte Valerie, denn sie sah Reethalme vorbeitreiben.

«Noch zwei Stunden», sagte Grete.

«Ob Robbies Haus einen Blitzableiter hat?»

«Brauchen wir hier nicht», sagte Grete und zeigte auf die hohen Pappeln zwischen Deich und Fluss. «Hier hat noch nie der Blitz eingeschlagen.»

Gut zu wissen, dachte Valerie.

«Sie schwärmen», sagte Grete.

«Wer?», fragte Valerie.

«Der Bien», sagte Grete. «Mein Vater hätte die Königinnen alle gefunden und herausgeschnitten.»

«Aha», sagte Valerie. «Sie schwärmen also mit einer Königin, wenn die nicht herausgeschnitten wurde.»

«So ist es», sagte Grete.

«Wann schneidest du sie denn heraus?»

«Nun nicht mehr, nun fang ich den Schwarm.»

«Darf ich zugucken?»

«Erst nach Sonnenuntergang. Robbie kam auch gern.»

«Habt ihr euch gegenseitig geholfen?»

«Wir waren Nachbarn», sagte Grete. «Du musst Robbies Hut mitbringen.»

«Welchen Hut?»

«Den Bienenhut mit dem Schleier», erklärte Grete.

Valerie fiel ein, dass sie an ihrem ersten Abend in Robbies Haus in der Rumpelkammer so einen Hut gesehen hatte, damals hatte sie nichts damit anfangen können.

«War Robbie auch Imkerin?», fragte Valerie.

«Dora war Imkerin», sagte Grete. «Dora und mein Vater gehören zusammen.»

Gretes Vater und das Vögelchen. Vielleicht haben sie miteinander gespielt, wenn alles überschwemmt war, und sich später hinter den Weiden heimlich geküsst.

Grete war fort. Valerie kroch ein Schauder unter das schwarze Hemd und sie knotete es vorm Bauch zusammen, während sie auf das Wasser sah, das schnell ablief.

In der Abstellkammer nahm Valerie den Schleierhut vom Kopf des Gartenzwergs und staubte ihn am offenen Fenster ab. Sie setzte sich den Hut auf den Kopf und besah sich im blinden Spiegel.

«Nicht schlecht», sagte sie und gleich darauf: «Ich führe schon Selbstgespräche. Ob Robbie das auch getan hat?»

Valerie zog ihren schwarzen Overall an, nahm den Hut unter den Arm und verließ die Kate. Die Gartentür ließ sie offen stehen. Wolfi Witt stand hinter seinem Rosenbogen und blickte ihr nach, aber Valerie tat so, als sähe sie ihn nicht, als sie auf den Deich ging.

Noch war die Sonne nicht am Horizont. Das Wasser lag träge wie ein stiller Teich, als würde es niemals fließen wie die Zeit. Wenn man ihnen Zeit gibt, kommen sie schon von selbst mit ihrem Wissen heraus, obwohl die Zeit hier anders fließt als in München, da wollte ein Tag manchmal nicht enden, aber hier vergeht ein Tag wie im Flug, und trotzdem braucht alles seine Zeit, fließt auf, fließt ab. Robbies Tod war der Schlusspunkt einer langen Reihe von Verknüpfungen, hatte Freya gesagt. Robbie und Irina waren Freundinnen gewesen. Der Doc war eifersüchtig auf Robbie, wollte nicht, dass sie sich um Nele kümmerte. Was hatte Robbie für einen Anlass gehabt, nach England zu fahren?

Valerie sah zu den Pappeln, die auf einmal übergangslos das große Zittern anfingen und sich zum Fluss hin verbeugten und wieder aufrichteten, die Reethalme am Ufer taten es den Pappeln nach, ein modriger Geruch wehte den Deich hinauf und die Enten flatterten kreischend unter dem Wind davon.

Aus Gretes Garten war ein seltsames Trommeln zu hören.

Grete stand unter einem Apfelbaum, den Schleierhut auf dem Kopf, und schlug rhythmisch mit einem Holzlöffel auf einen Topfdeckel ein, ohne auch nur ein einziges Mal aus dem Takt zu kommen, und ein gewaltiges Summen und Brausen erfüllte die Luft ringsum, schwoll an, verlangsamte sich, ebbte ab, und immer weiter schlug Grete die Trommel. Im Apfelbaum hing an einem Ast ein schwerer, birnenförmiger Klumpen. Grete hörte auf zu trommeln, sie paffte dicke Wolken aus einer Pfeife und stellte einen Bienenkorb so unter den Schwarm, dass die Öffnung genau unter den Bienen war. Sie nahm eine dünne Weidenrute und schnitt damit den Schwarm scharf unter dem Ast ab. Fest wie eine Traube fiel er in den Korb hinein, Grete zog sogleich einen Schleier darüber, legte ein Brett darauf und drehte den Korb um. Verlorene Bienen paffte sie aus der Pfeife an. Das Brausen der eingesperrten Bienen im Korb vermischte sich mit einem Grummeln aus der Ferne.

«Was ist das für ein Tabak?», fragte Valerie.

«Melisse», sagte Grete, «Zitronenmelisse. Die besänftigt den Bien.»

Grete ging zum Schuppen und setzte ihren Hut ab. Valerie tat das Gleiche.

«Und nun?»

«Morgen früh, wenn sie sich beruhigt haben, kommen sie in einen Kasten, und dann nehm ich den Stopfen aus dem Flugloch und sie können fliegen.»

«Und woher wissen die Bienen, dass sie jetzt hier bleiben sollen?»

«Sie haben ein Haus.»

«Wissen die Bienen wirklich alles?»

«Nur wenn ich es ihnen sage.»

«Aber du hast es ihnen ja nicht gesagt.»

«Heute Morgen schon», sagte Grete. «Du kannst ihnen alles sagen. Sie behalten es für sich.»

«Aber sie leben doch gar nicht so lange», sagte Valerie.

«Der Bien lebt immer», sagte Grete. «Er erneuert sich durch die Königin.»

«Wissen die Bienen auch, woran Robbie wirklich gestorben ist?», fragte Valerie vorsichtig.

Grete legte den Schleierhut zusammen und die Pfeife in einen Kasten mit Tabak.

«Die Bienen wissen alles.»

Valerie hätte gern noch weitergefragt, aber sie nahm dies als Aufforderung zu gehen.

«Danke, Grete», sagte sie, «ich würde gern einmal wiederkommen, um mehr über die Bienen zu erfahren.»

«Werden sehen», sagte Grete, «du bist ja anstellig. Gute Nacht.»

Grete ging zu ihrem Haus und entließ Valerie in die gute Nacht und die wuchernden Gedanken. In der Ferne war jetzt das Grummeln zu hören, ein schwaches Leuchten erhellte immer wieder den Himmel.

Grete weiß mehr als ich. Überhaupt wissen alle mehr als ich.

Nur ruhig bleiben, Valerie, du wirst schon noch alles erfahren, es braucht seine Zeit. Vielleicht solltest du dich nicht verzetteln, sondern den Hinweisen nachgehen, die ab und an auftauchen, eigentlich wäre es auch nicht schlecht, sich mit Lemke zusammenzutun, aber du hast ja diesen Anspruch, es allein zu schaffen.

In Robbies Haus war es schon dunkel, die kleinen Sprossenfenster ließen kaum noch Licht herein und geputzt werden müssen sie auch, dachte Valerie, aber erst, wenn ich frisch gestrichen habe. Sie mochte noch kein Licht einschalten, setzte sich auf den halb aufgerollten Teppich im Wohnzimmer und lauschte in die Nacht. In der Stille meinte sie das Wasser zu hören und das Summen der Bienen. Die Bienen wissen alles. Was weiß Grete? Ein gewaltiger Blitz leuchtete den Raum sekundenlang taghell aus, kurze Zeit später rollte der Donner. Die Büsche und der Apfelbaum vor dem Haus bogen sich unter dem aufkommenden Wind, und in diesem Moment begann der Regen zu prasseln. Zuerst hüpften die Tropfen auf dem Ziegelsteinweg, dann gab es nur noch einen einzigen Wasserfall, der unentwegt rauschte vor einem tiefschwarzen Himmel. Ein neuer Blitz, Valerie zählte bis zum Donner zwei Sekunden, hörte hinter dem Deich die Pappeln ächzen, dachte, hoffentlich brechen sie jetzt nicht ab, dann habe ich keinen Blitzableiter mehr. Zwei Blitze kurz hintereinander, und als sofort danach der Donner kam, rannte Valerie vom Fenster weg und duckte sich erschrocken bis auf den Teppich und zog eine Seite hoch, als wollte sie sich damit schützen. Ein neuer Blitz leuchtete das Zimmer aus und Valerie sah, dass unter dem hochgezogenen Teppich die Fußbodenbretter an einer Stelle anders vernagelt waren. Aufgeregt schaltete sie das Licht ein und suchte sich einen Hammer und einen Schraubenzieher, beides fand sie in einem Kasten in der Speisekammer. Sie hob die Bretter an, eins nach dem anderen. Unter dem Fußboden zwischen zwei Balken stand ein Blechkasten, der mit einer feinen, graugelben festen Staubschicht überzogen war, und ringsum in dem Loch war auch genau diese Schicht. Wie kann denn Staub so fest sein, fragte sich Valerie. Sie nahm den Kasten heraus und öffnete ihn mit dem Schraubenzieher, schloss die Augen, holte tief Luft, dachte an irgendetwas Höheres, das ihr jetzt helfen sollte, benannte es aber nicht. Leise sagte sie: «Bitte mach, dass da Disketten drin sind.»

Ein Blitz leuchtete den Kasten aus. Bevor der Donner das Haus überrollte, war alles dunkel. Er hat eingeschlagen, dachte Valerie und hielt den Kasten fest in den Händen. Sie ging vorsichtig in die Küche, stieß sich den Kopf an der niedrigen Tür und stellte den Kasten auf den Küchentisch, tastete sich bis in die Speisekammer, nach ihrer Erinnerung hatte sie dort Kerzen gesehen, sie zündete ihr Feuerzeug an und fand eine gelbe, die sie sogleich zum Leuchten brachte. Die Kerze duftete nach dem Abend bei Grete, und Valerie wusste nicht, warum.

Zurück am Küchentisch, leuchtete sie mit der Kerze den Kasten aus. Keine Disketten. Stattdessen ein Bündel Briefe mit einer grünen Schleife. Valerie hob das Päckchen vorsichtig heraus, es wog recht schwer in der Hand und hatte Stockflecken. Sie band die Schleife auf, nahm den obenauf liegenden Brief herunter, faltete ihn auseinander und sah auf das Datum. Er war vor fünfundzwanzig Jahren geschrieben worden. Die Schrift kam Valerie sofort bekannt vor, aber sie konnte sie im flackernden Licht der Kerze niemandem zuordnen. Erst im Blitzlicht erkannte Valerie die Schrift, die sie auf dem Rezept und dem Totenschein gesehen hatte, die Schrift vom Doc.

Meine liebe Robbie,

es fällt mir schwer, Dir, meinem liebsten Menschen über viele Jahre hinweg, diesen Brief zu schreiben. Ich weiß, ich hätte den Mut aufbringen sollen, es Dir von Angesicht zu Angesicht zu sagen, aber ich vermag es nicht, weil ich den Ausdruck von Schmerz in Deinen Augen nicht ertragen könnte. Vor zwei Monaten traf ich die Frau meines Lebens, Du kennst sie inzwischen auch durch den unglücklichen Zufall am Sonntag, und als ich Dich an jenem Tag ansah, wußte ich, daß Du es auch wußtest. Irina Leonhard ist die Frau, nach der meine Sehnsucht immer unterwegs war, auch in den letzten Jahren mit Dir, ohne daß ich es hätte benennen können. Verzeih mir, Robbie, und bleib meine Freundin, wenn Du es kannst, und werde auch ihr eine Freundin. Ich kann ohne Irina nicht mehr leben.

Dein DH.

Dein DH. DH. Wie das gelöschte Dokument. DH und Irina Leonhard. Genau so geht Leben. Und sie verlangen dann auch noch, dass man die Freundin der Geliebten wird. Und war Irina nicht auch wirklich Robbies beste Freundin später, wie Nele es gesagt hatte? Valerie sah wieder auf die Unterschrift.

Dein DH.

Valerie legte nachdenklich den Brief wieder auf das Päckchen. Fast mechanisch ging sie in die Speisekammer, tastete nach einer Flasche Rotwein, sie fand in der Küchentischschublade den Korkenzieher, öffnete die Flasche und schenkte sich ein Wasserglas voll ein, das sie in einem Zug halb leer trank. Dann sah sie sich den Brief noch einmal an. Aber was bedeutete DH? Doc? Oder Dein H.? Hatte er noch einen weiteren Namen? Hans? Hannes? Helmut?

Valerie blätterte die Briefe durch, sie waren chronologisch nach dem Datum geordnet, der erste Brief, ganz unten, fünf Jahre früher als der letzte, dieselbe Schrift, allerdings ohne Anrede und ohne Unterschrift.

All meine Sinne sind seit dieser Nacht am Fluß bei Dir, Du entkommst mir nicht mehr, nie mehr, ich schwöre es Dir, ich küsse Dich, wohin Du willst. Ich liebe Dich unendlich.

Tante Robbie und der Doc. Valerie spürte den Schmerz, den Tante Robbie empfunden haben musste nach diesen fünf Jahren Liebe.

Sie trank den Rest des Rotweins aus und blätterte die anderen Briefe durch. Es waren mindestens sechzig Stück. Wer schreibt sich heute noch Liebesbriefe? Da wird telefoniert oder eine E-Mail geschickt. Nur eine tragische Liebesgeschichte vor einem Vierteljahrhundert? Oder haben diese Briefe eine Bedeutung für Tante Robbies Tod? Und welche wäre das? Sie brachte Valerie, Robbie und den Doc näher, viel näher als der Lebende und die Tote.

Valerie nahm sich vor, die restlichen Briefe bei Tageslicht zu lesen. Sie hätte sich gern noch einmal an Robbies PC gesetzt und das Dokument DH gesucht, aber der Strom war immer noch weg. Bestimmt hat sie ihr Geheimnis gelöscht, dachte Valerie, wegen der Gefahren, die überall lauern, falls ihr etwas passieren würde auf der Reise, aber die Briefe unter dem Fußboden, die hatte sie längst vergessen. Die Kerze flackerte und ging aus. Nur ihr Duft blieb im Raum. Valerie ließ alles stehen und legte sich ins Bett, mit festem Vertrauen in die Pappeln, die den Blitz schon abhalten würden. Schlafen konnte sie nicht.

Sommer in Augustenfleth bei Tante Robbie mit Mama und Papa. Damals war sie sechs Jahre alt. Nachts die quietschende Gartenpforte. Dann kam Robbie wohl zurück vom Liebeslager am Deich in den Pusteblumen und den Gänseblümchen. Als Valerie dreizehn Jahre alt war, ging ihr Vater Zigaretten holen. Er war Tante Robbies Stiefbruder aus der ersten Ehe vom Großvater. Danach fuhren sie nicht mehr an den Deich, weil Mama Tante Robbie unterstellte, sie wüsste, wohin Papa gegangen war. Und als Mama vier Jahre später starb, war Valerie siebzehn. Da holte Tante Robbie sie, weil sie sich zuständig fühlte, als die Schwester ihres Vaters, so, wie sie sich später auch für Nele zuständig gewähnt hatte. Ist ihr das zum Verhängnis geworden? Sich verantwortlich fühlen? Aber wofür?

Um drei Uhr ging das Licht im Haus wieder an. Valerie las am Küchentisch die anderen Briefe. Sie waren fast alle nur eine halbe, manchmal eine Seite lang. Nichts war darin außer Liebe und Sehnsucht, und dieses feuchte Nichts wog schwer in Valeries Händen, denn der erste Brief enthielt schon alles, was später gesagt wurde.

Es ist so verlogen, dachte Valerie, die Liebe lügt dem Leben etwas vor, was die Liebe nicht einhalten kann, und das Leben lügt sich in die eigene Tasche, wenn es die nächste Liebe für die größte hält, jedes Mal wieder neu und irgendjemand leidet immer. Hier hat Robbie gelitten, und wer weiß, ob sie mit Irina über diesen Schmerz gesprochen hat, als Irina den Doc verlassen wollte, und wer weiß, ob Robbie sich da nicht wieder Hoffnungen gemacht hat. Und dann ist Irina gestorben. War nun der Weg zu DH frei? Hat Tante Robbie dem Doc weiter Liebesbriefe geschrieben von der Sorte, die nie abgeschickt werden, und hat sie die Briefe im PC versteckt? Hat sie deswegen nie geheiratet?

Wir alle haben sie sehr geschätzt.

Er auch? Sogar mehr als geschätzt? Hatten sie vielleicht ihre alte Beziehung nach Irinas Tod wieder aufgenommen? Aber man kann die Liebe nicht wieder auferstehen lassen, niemals, das ist auch so eine Lebenslüge, denn jede Liebe hat ihren Höhepunkt, und was danach kommt, ist nur ein schaler Aufguss.

Als sie sich so in ihre Gedanken über die Liebe verrannt hatte und sich alles im Kreis drehte, fiel Valerie zu allem Unglück auch noch Tom ein, und sie schwor sich, ihn nie wieder aufzunehmen, falls er vorbeikäme. Und als sie dann noch Lisas wechselnde Lover vor sich sah und Lisa, die immer wieder auf die Männer hereinfiel, da beschloss sie, lieber mit der Sehnsucht zu leben als mit der Liebe. Sie stellte sich Jonny Sonnenberg vor, wie er ihr seine Liebe gestand und wie sie ihn selbstlos vor dem Unglück mit ihr bewahrte, danach kuschelte sie sich mit ihm gemeinsam in ihr Kopfkissen und träumte von einer Liebesnacht am Deich.

Am Morgen legte Valerie die Briefe wieder in den Kasten unter den Fußboden und darauf den sandfarbenen Teppich, den sie bestimmt mit dem Sperrmüll entsorgen würde.

Neun. Beim Kaffee, den sie sich als Erstes aufbrühte, war sie wieder halbwegs klar. Sie wollte eine Struktur in ihre Nachforschungen bringen, es waren zu viele Informationen da, Valerie wusste nur noch nicht, wo und wie sie damit beginnen sollte, Ordnung zu schaffen, und sie beschloss, einen Plan zu machen, um nichts zu vergessen. Zuerst eine Schemazeichnung, in deren Mitte Robbie anzuordnen wäre, und um sie herum die Menschen aus dem Dorf und in welcher Beziehung sie zu Robbie gestanden hatten. Jeder würde einen Zettel mit einer eigenen Vita bekommen, diese könnte sie weiter auffüllen, wenn sich etwas an Information ergäbe. Die Verdächtigen müssten farbig gekennzeichnet werden, so könnte sie sie immer weiter einkreisen und Schlussfolgerungen ziehen. Vielleicht käme auch wieder einmal der Zufall zu Hilfe, wie mit den Briefen letzte Nacht, überhaupt entspricht die Dramaturgie des Lebens selten einem Plan, sie rennt atemlos in die Irre und schleicht sich wieder davon, sie benutzt unbekannte Abkürzungen und muss verwirrt feststellen, dass es doch der längere Weg ist, sie hüpft und springt und schlägt Purzelbäume, stürzt in Abgründe und erklimmt Gipfel, und das alles ergibt oftmals keinen Sinn, auch dies muss berücksichtigt werden bei den Recherchen. So oder so ähnlich dachte Valerie an diesem Punkt und sagte sich, wenn das alles Blödsinn ist, dann hast du durch deinen fremden Blick so viel Stoff für einen Roman über ein Dorf hinter dem Deich, dass es sich schon deswegen gelohnt haben wird, dies alles zusammenzutragen.

Fang sofort an mit dem Plan, Valerie, damit du dir klar wirst über die Beziehungen der Menschen hier, danach hast du Zeit für gründliche Recherchen. Niemand in Augustenfleth weiß, dass du Tante Robbies Tod aufklären willst, aber sei auf der Hut und überleg es dir gut, bevor du irgendjemandem verrätst, was dich antreibt.

Valerie nahm ein weißes Blatt Papier und einen Bleistift zur Hand, sie suchte sich einen Radiergummi in Robbies Sekretär, der auf der Diele stand. Beim Vorbeigehen warf sie einen Blick in das Wohnzimmer, die hellen Flecke, der abgetretene Fußboden, der halb aufgerollte Teppich über den Dielenbrettern mit dem Kasten darunter, die vielen bröckeligen Stellen an den Wänden.

Erst den Plan Valerie, danach renovierst du weiter, Ordnung auf allen Ebenen.

Valerie schrieb in ihr kleines graues Buch:
DOC = früher Liebe, dann Freundschaft (heimliche Liebe?) Aussage: Wir alle haben sie sehr geschätzt
FREYA = sagt, sie seien gute Freundinnen gewesen, spricht mit Achtung von Robbie
NELE = sagt, Robbie hat Verantwortung für mich übernommen, manchmal ist sie nervig
WOLFI WITT = undurchschaubar, hatte Zugang zum Gartenhaus, war direkt vor dem Tod bei Robbie. (Sammlermotiv?)

MORTENSEN = hatte Interesse an der weißen Rose (kommerzielles Motiv?)
TAXI-ENNO = Hansdampf in allen Gassen. Braucht Land für seine Feriensiedlung (Motiv?)
LEMKE = Sympathie für Robbie. Braucht Fall, damit ihm nicht langweilig wird. (Reicht das für Mord? Eher nicht)
GRETE = die Bienen wissen alles. Was weiß Grete?

Es kam ihr ziemlich armselig vor, was da stand. Was war so unheimlich gewesen? Dieses: plötzlich und unerwartet!? Die Sprüche der Menschen im Dorf? Anzeichen von Gewaltanwendung hatte es jedenfalls keine gegeben.

Vor der Tür hielt ein Diesel. Die Gartenpforte kreischte. Valerie drehte schnell den Zettel um und nahm den Besen in die Hand. Gleich darauf stand Taxi-Enno in der Tür.

«Moin, Moin», sagte er, «du kannst bei mir auch gleich anfangen.»

«Danke», sagte Valerie, «mir reicht es hier schon.»

«Ich möchte dich zum Grillen einladen», sagte Enno, «heute Abend. Es gibt Lammkoteletts.»

Valerie stellte sich sogleich eine lustige Runde am Feuer vor, wie sie sie in den Gärten hinter dem Deich gesehen hatte. Es konnte nur von Vorteil sein, den Leuten am Feuer zuzuhören.

«Gern», sagte sie freundlich, «wann soll ich kommen?»

«Nach der Tagesschau», sagte Enno.

«Hoffentlich gibt es nicht wieder ein Gewitter.»

«Angst?»

«Nein, ich muss mir nur Kerzen kaufen.»

«Musst Grete fragen, die macht welche aus Bienenwachs.»

Da wusste sie, woher der Duft rührte.

Enno sah auf den Teppich, den Valerie wieder über die Dielen gezogen hatte.

«Falls du einen neuen Fußboden verlegen lassen willst», sagte er, «wirst du unter den alten Dielen eine feine Staubschicht entdecken.»

«So?», sagte Valerie, als höre sie dies zum ersten Mal.

«1976», sagte Taxi-Enno und zeigte auf die Fensterbank, «1976 im Januar stand hier das Wasser nämlich so hoch. Und als es langsam versickerte, blieben die feinen Schwebstoffe liegen, wie der gesiebte Sand in den Schüsseln der Goldwäscher. Ich war damals zwölf Jahre alt und es war das schönste Erlebnis für uns Kinder, dass wir wochenlang schulfrei hatten und mit dem Boot von Haus zu Haus fahren konnten, um die Kastanien und die Weidenbäume und über die Zäune hinweg. Als der Frost kam, liefen wir Schlittschuh.»

«Das gefällt mir», sagte Valerie, «aber nur für damals, kann das heute etwa auch noch passieren?»

Taxi-Enno grinste. «Gummistiefel solltest du dir vielleicht mal holen, im Laden gibt es noch die echten, heute sind die ja aus Plastik. Dann tschüs bis nachher.»

Als Nächsten würde sie morgen Mortensen, den Gärtner, besuchen.

Valerie schlug ihren Terminkalender auf und wollte die Fahrt zu Mortensen eintragen. Aber morgen war Sonntag, und sie wollte ihn lieber bei der Arbeit sehen, also Montag, morgen könnte sie in die Kirche gehen. Und heute noch das Vögelchen besuchen. Und Farbe einkaufen. Und nach dem Grillen zu Jo gehen, um in der Spätvorstellung seinen Lieblingsfilm anzusehen.

Die Pflanzen im Garten hatte der Gewitterregen zerzaust und ihre Blüten verstreut. Einige Schilder mehr waren dadurch sichtbar geworden, sie trugen seltsame Namen. Papaver hatte seine knallroten Blütenblätter fallen lassen, papaver besaß diese merkwürdigen Kapseln, die manchmal zum Totensonntag in den Tannengestecken zu finden waren. Es gab tanacitam mit kleinen gelben Knopfblüten, simsimsibrum roch kräftig nach Pfefferminztee, und salviam hatte grausilberne wollige Blätter und hübsche blaue Blüten, an einem Stängel aufgereiht. Valerie probierte ein Blatt und spuckte es sofort wieder aus. Es schmeckte streng und bitter und es erinnerte sie an gebackene Fische bei Luigi in München. Ein Busch mit vielen kleinen hellgrünen blanken Blättern und winzigen weißen Blüten duftete betäubend nach Zitronen, er hieß melissa officinalis, dies also war der Bienentabak von Grete. Valerie beschloss sogleich, dem Vögelchen einen Strauß mitzubringen, der Zitronenduft würde ihr gewiss Freude bereiten. Zurück im Haus suchte sie sich ein großes leeres Einmachglas aus der Speisekammer. Wolfi Witt steckte, ohne dass Valerie ihn gehört hatte, seinen Kopf zur Tür herein. In den Händen hielt er eine Plastikschale.

«Meine Kühltruhe ist kaputtgegangen, könntest du das hier für mich in Robbies Truhe einfrieren?»

«Mach ich», sagte Valerie, nahm die Schale und stellte sie in die Kühltruhe, die sie bis dahin noch nie inspiziert hatte, und es war eine Menge darin, Beutel und Schalen in verschiedenen Größen.

Wolfi Witt hätte offenbar gern noch ein wenig geredet. Valerie erklärte ihm, dass sie keine Zeit hätte, was er nicht verstand. Sie klemmte das Glas zusammen mit dem

Melissenstrauß in den Fahrradkorb und fuhr durch die Gartenpforte davon. Auf der Straße standen noch runde Pfützen, das Land duftete und aus den Wiesen stiegen Dampfschwaden auf wie am Beerdigungstag von Robbie. Die älteren Deichbewohner in ihren Gärten richteten emsig die Beete mit Hacken und Harken. Valerie stellte ihr Fahrrad ab und nahm den Ziegelweg zwischen den blühenden Pflanzen zu Gretes Hofplatz. Grete kam in nassen Gummistiefeln, in der Hand einen Eimer voll Erbsenschoten, aus dem hinteren Garten. Sie nickte Valerie freundlich zu.

«Kann ich bei dir Kerzen kaufen?», fragte Valerie.

«Erst nach dem Honigschleudern.»

«Dann möchte ich Kerzen bestellen.»

«Kann Weihnachten werden.»

Valerie setzte sich wieder auf ihr Fahrrad und fuhr weiter. Kurz vor der Brücke lag eine Pappel quer über der Straße. Der alte Mann war dabei, sie durchzusägen. Valerie schob und hob ihr Fahrrad durch die Äste, die noch nass waren. Der alte Mann sah auf und nickte Valerie freundlich zu, und dabei fiel ihr ein, dass sie noch gar nicht bei Lemke gewesen war und somit auch nicht wusste, wie er lebte mit Seestück und Telefonkartensammlung. Sie nahm sich vor, ihn zu besuchen, möglichst bald.

Der Fluss schleppte Äste, Reet und Blätter zum Meer. Ein Angler stand am Ufer und rief einem anderen zu: «Das reißt dir heute alle Posen ab.»

Im Laden kaufte Valerie Joghurt, Milch und schwarze Johannisbeermarmelade, auch einen Eimer weiße Umweltfarbe gab es. Die anderen Kunden waren damit beschäftigt, Getränke für den Abend und eingeschweißte Grillwürste zu ihren Autos zu schleppen. Valerie nahm sich an der Kasse noch die Samstagszeitung, die einen großen Aufmacher über ein Busunglück am Abend zuvor brachte, Gott sei Dank nur ein paar Schwerverletzte, und im Lokalteil auf das Problem mit dem Windpark in der Nähe von Augustenfleth hinwies, was Valerie so nicht verstand, denn Windenergie, da war sie der festen Meinung, konnte nur gut sein, ohne dass man deswegen ein spezielles grünes Bewusstsein brauchte. Sie nahm sich vor, den Artikel später aufmerksam zu lesen, schon allein wegen der Information, und weil sie nun ja mitreden müsste. Bei Tante Marga erstand sie vier frische Croissants und ein halbes Schwarzbrot, und Tante Marga sagte: «Soll ich dir das nachher vorbeibringen?»

«Nicht nötig», sagte Valerie, «ich krieg das schon mit.»

«Ich komme sowieso», sagte Tante Marga, «samstags geht meine Tour am Deich entlang, so gegen sieben Uhr bin ich bei dir.»

«Jeden Samstag?», fragte Valerie.

«Jeden Samstag und jeden Mittwoch», sagte Tante Marga, «vom Laden allein kann ich nicht leben.»

«Jeden Mittwoch?», fragte Valerie.

«Jeden Mittwoch», sagte Tante Marga.

«Am Tag von Robbies Tod auch?»

«Auch an dem Tag, da habe ich die Brötchen an die Pforte gehängt, weil Robbie zum Bahnhof wollte. Und es stand auch der Wagen von unserem Doktor vor der Tür, da wollte ich nicht stören.»

Da war Robbie schon tot.

«Nett, wenn du mir die Sachen vorbeibringst», sagte Valerie.

In der Pappelallee waren die Menschen in ihren Gärten damit beschäftigt, die heruntergefallenen Äste einzusammeln. Sie schaffen ständig Ordnung in ihren Gärten. Ob sie die Ordnung auch in ihren Köpfen haben, und was haben sie überhaupt in ihren Köpfen, wenn sie hier leben? Ist der plötzliche und unerwartete Tod von Robbie Bloom schon vergessen? Worüber reden sie an den langen Juniabenden, wenn es nicht dunkel werden will?

Eine dicke rote Erdbeere, auf Holz gemalt, ließ Valerie das Wasser im Mund zusammenlaufen. Sie ging an die kleine Holzbude und kaufte eine Plastikschale voll Erdbeeren und verneinte die Frage, ob sie auch welche zum Einfrieren oder für Marmelade haben wollte, ab zehn Schälchen billiger.

Das Vögelchen saß in seinem Stuhl wie immer und hörte «Candle in the Wind», wahrscheinlich auch wie immer. Valerie nahm es liebevoll in den Arm, es wurde ihr ganz warm ums Herz, als sie spürte, dass die alte Frau sich nicht dagegen wehrte. Danach füllte Valerie das Glas mit Wasser und stellte den Melissenstrauß vor die große Nase des Vögelchens auf den Tisch, zog sich einen zweiten Stuhl heran und setzte sich dazu. Das Vögelchen roch und schnupperte, es schniefte und nieste, verbarg seinen Kopf in den Blättern und schob mit einer plötzlichen Handbewegung das Glas mit dem Strauß zurück. Es fiel vom Tisch und zerbrach auf dem Fußboden. Valerie sprang auf, suchte eilends ein Handtuch, kniete sich nieder und wischte das Wasser auf, sammelte die Scherben ein und hörte laut und deutlich, wie das Vögelchen sprach. «Apis mellifica.»

«Was hast du gesagt?», fragte Valerie aufgeregt. «Was heißt apis mellifica?»

Das Vögelchen blieb stumm.

«Meinst du melissa officinalis?», fragte Valerie.

Das Vögelchen reagierte nicht.

«Das ist melissa officinalis», sagte Valerie, «Zitronenmelisse, für dich.»

Das Vögelchen war weit weg.

Valerie nahm den Strauß und hängte ihn mit der Schleife kopfüber an die Lampe, die über dem Lehnstuhl hing, der Zitronenduft verbreitete sich im Zimmer. Valerie wünschte sich, das Vögelchen erneut zum Sprechen bringen zu können, aber es fiel ihr nichts ein. Sie suchte in ihrem Kopf nach alten Schlagern, aber sie fand keine, sie suchte nach Volksliedern, die sie in der Schule gelernt hatte, und sang «Hoch auf dem gelben Wagen», aber dann wusste sie auch nicht mehr weiter. Das Vögelchen nahm keine Notiz von ihr. Als Valerie dann noch «Das Wandern ist des Müllers Lust» sang, kam sie sich so unnütz vor wie schon lange nicht mehr, denn genau in diesem Augenblick erschien, ohne anzuklopfen, Dr. Schlichting. Er lachte Valerie freundlich an, die mitten im «Wahandern» abrupt verstummte.

«Lassen Sie sich nicht von mir stören, Dora bekommt nur ihre Spritze.»

Valerie wollte gerade hinausgehen, wegen der Würde des Vögelchens, da trug die Schwester ein Tablett herein, es roch nach Blumenkohl. Die Schwester sagte «Guten Tag, Herr Doktor, guten Tag, Frau Bloom», nickte Valerie zu, stellte das Tablett auf den Tisch und begann, sofort nachdem der Doc seine Spritze gesetzt hatte, das Vögelchen, das brav seinen Schnabel öffnete, zu füttern.

Valerie lächelte verlegen.

«Ich geh mal wieder», sagte sie, «tschüs.»

«Besuchszeit ist besser an Nachmittagen», sagte die Schwester, ohne Valerie anzusehen, und stopfte einen Löffel Kartoffelbrei in den geöffneten Schnabel.

Der Doc verließ gemeinsam mit Valerie das Zimmer, sagte, er müsse gleich zur nächsten Patientin, und hatte noch Zeit, sie freundlich anzusehen und ihr ein gutes Wochenende zu wünschen. Als Valerie draußen war, atmete sie tief ein und aus.

Jonnys Uhr am Turm schlug zwölfmal. Das Dorf war menschenleer und Valerie glaubte, aus den geöffneten Fenstern der Küchen Tellergeklapper zu hören. Sie stellte sich vor, wie alle Augustenflether jetzt vor Würstchen und Kartoffelsalat an den Tischen saßen. Vor dem Gasthaus zur Mühle standen ein paar Autos mit fremden Nummern, die Tafel draußen verkündete den letzten Spargel dieser Saison und 1 a Spargelcremesuppe, und Valerie, die sonst niemals auswärts zu Mittag aß, stellte ihr Fahrrad ab und ging hinein.

Sie setzte sich an den vierten freien Tisch, und als Karin freundlich lächelnd in einer adretten weißen Schürze über einem weiß gepunkteten Kleid und ohne jede Hast zu ihr kam, bestellte Valerie einen Teller Spargelcremesuppe.

«Gern, Valerie», sagte Karin, «möchten Sie auch etwas trinken?»

«Ein Wasser», sagte Valerie.

«Kein Radler heute?»

«Okay, dann ein Radler.»

Die anderen Gäste sprachen leise miteinander, gabelten, schnitten und kauten. Wahrscheinlich Vertreter, dachte Valerie.

Karin kam mit dem vollen Glas, in der anderen Hand hielt sie ein Buch und legte es vor Valerie auf den Tisch. «Capitularien» stand auf dem Titel.

«Das Buch hat Robbie hier vergessen», sagte sie.

«Hier?», fragte Valerie erstaunt.

«Sie kam manchmal abends auf ein Bier vorbei», erklärte Karin und ging.

Das Buch hatte hübsche Abbildungen von ebenso hübschen Gärten und viel Text zum Lesen. Ein Kapitel interessierte Valerie gleich besonders, die Namen der Pflanzen, sie schlug es auf und las sich darin fest.

Wir wollen, stand da, dass alle unsere Güter folgende Pflanzen besitzen. Dann folgte eine Liste von Pflanzen mit deutschen Namen, mit den korrekten botanischen Bezeichnungen und mit den Namen im Capitulare, wovon Valerie sofort einige erkannte, die sie heute Morgen auf den Schildern gelesen hatte. Als erste Pflanze fiel ihr Amarant auf, botanisch amaranthum blitum, im Capitulare blidas, und Valerie sah ihren Bioladen in München um die Ecke vor sich, wo es Amarant zu kaufen gab, um es im Brot zu verbacken, was sie übrigens nie getan hatte, sie konnte gar nicht backen. Und als Zweites fiel ihr auf, dass die merkwürdigen Namen im Kräutergarten von Tante Robbie Namen aus dem Capitulare waren, sie brauchte ihr lateinisches Wörterbuch gar nicht zu suchen, denn hier stand ja alles drin.

Karin kam mit der dampfenden Spargelcremesuppe auf einem Teller, einem Stück Schwarzbrot mit Butter und einem in eine Serviette eingewickelten Besteck an den Tisch und setzte sich mit einem «Guten Appetit» für einen Moment zu Valerie. Die Spargelsuppe war geschmückt mit gehackten Kräutern und in der Mitte zerfloss eine Spur Sahne.

«Ich habe mich immer gefreut, wenn Robbie kam», sagte Karin, «sie brachte mir meistens ein paar Blumen mit und meine Kräuter für die Küche, die kamen alle aus ihrem Garten, davon hatte sie im Überfluss.»

«Und woher kommen die Kräuter jetzt?», fragte Valerie, die sogleich beschlossen hatte, demnächst Blumen mitzubringen.

«Vom Großmarkt», sagte Karin, «die bringt jetzt der Gärtner.»

«Ich hab leider keine Ahnung von Kräutern», sagte Valerie.

«Was nicht ist, kann noch werden», sagte Karin, «je länger Sie hier sein werden, desto mehr werden Sie verstehen.»

«Verstehen was?», fragte Valerie.

«Alles», sagte Karin. «Vielleicht auch das, was wir nicht verstehen. Weil Sie fremd hier sind.»

Valerie aß nachdenklich die Spargelsuppe und biss mit Appetit in das Schwarzbrot. Sie schmeckte Petersilie in der Suppe, las ganz schnell in der Pflanzenliste nach und sagte laut: Petrosilium. Aber da war noch ein Geschmack, den konnte sie nicht einordnen.

Als Karin mit einem frischen Bier für einen der Vertreter vorbeikam, fragte sie: «Na, haben Sie es herausbekommen, was für Kräuter in der Suppe sind?»

«Petersilie», sagte Valerie stolz.

«Und?», fragte Karin, als sie das Bier serviert hatte.

«Ich weiß es nicht», sagte Valerie, «aber ich wüsste es gern.»

«Bärlauch», erklärte Karin, «eine Spur Bärlauch. Es gibt

hier einen kleinen Wald in der Nähe, wo man ihn finden kann, aber ich komm da nicht hin, da fehlt mir die Zeit. Robbie hatte auch Bärlauch im Garten, und einen Tag vor ihrem Tod gab sie mir ein paar Blätter für den Spargelpfannkuchen, und davon habe ich noch etwas.»

Karin ging, ein leeres Bierglas auf ihrem Tablett. Einen Tag vor Robbies Tod. Sie kann nicht herzkrank gewesen sein, sie hätte bestimmt ein Kraut dagegen gewusst, irgendwo aus dem Wald oder ihrem Garten. Valerie sah in der Pflanzenliste nach. Bärlauch, allium ursinum, uniones. Onion sind englisch Zwiebeln, kombinierte Valerie scharfsinnig, also ist das ein Zwiebelgewächs.

«An dem Tag hatte Robbie auch das Buch liegen lassen», sagte Karin im Vorübergehen, einen Arm voll leer gegessener Suppenteller und Gläser in der Hand, «ich konnte es ihr nicht mehr zurückgeben.»

Valerie überlegte, ob sie noch einen Kaffee bestellen sollte, aber sie ließ es, weil sie nicht enttäuscht werden wollte von Karin, die so vorzüglich kochen konnte, aber bestimmt keinen Kaffee. Karin kam an den Tisch.

«Möchten Sie einen Espresso?», fragte sie. «Robbie hat auch immer einen Espresso nach dem Essen getrunken.»

«Einen Espresso?», fragte Valerie überrascht, «ja, gern.»

«Ich hab mir die Maschine wegen der vielen Hamburger hier angeschafft», sagte Karin, als sie den dampfenden Espresso vor Valerie auf den Tisch stellte und eine Schale mit Würfelzucker dazu.

«Und Robbie hat ihn getrunken?», fragte Valerie ungläubig.

«Jeder Mensch sündigt mal», sagte Karin, «nur Kräutertees, das ist ja wohl auch nix.»

«War Robbie beliebt hier im Dorf?», fragte Valerie.

«Ja, sehr», antwortete Karin. «Die Menschen mochten sie alle wegen ihrer Großzügigkeit, sie ließ nie jemanden ohne einen Blumenstrauß, ein Fläschchen Kräuterlikör oder sonst etwas aus ihrem Garten gehen. Aber …», Karin rückte näher an Valerie heran und flüsterte, «sie hatte auch den Ruf einer Kräuterhexe, weil sie nicht verheiratet war, niemand konnte das so recht verstehen, dass sie danach keinen Mann mehr gefunden hat.»

«Und Sie?», fragte Valerie, «konnten Sie das verstehen?»

«Sag man du», sagte Karin, «das ist hier so bei uns.»

«Okay», sagte Valerie, «konntest du das verstehen?»

Karin stand auf und Valerie wunderte sich, doch dann kam Karin mit zwei Gläsern Schnaps zurück und setzte sich wieder an den Tisch.

«Auf dein Wohl, Valerie», sagte sie bedeutungsvoll.

«Cheers, Karin», sagte Valerie.

«Ich konnte das schon verstehen», flüsterte Karin, «sie war von den Männern enttäuscht und, na ja, du kennst das sicher, sie versprechen dir den Himmel auf Erden, und wenn du dich umdrehst, liegen sie in einem anderen Bett und versprechen das Paradies.»

Valerie nickte, das kannte sie.

«Ist dir das auch so gegangen?», fragte sie und dachte an Johann Drewes senior und das Unglück mit der Harley und Freya von Maikowsky und an den tödlichen Unfall und den Lebensbaum auf seinem Grab.

«Das ist lange her», sagte Karin, «das erzähl ich dir ein andermal.

«Und Robbie?», fragte Valerie. Sie dachte an die Briefe unter dem Fußboden.

«Robbie wohl auch», sagte Karin, «sie hatte mal einen Verlobten aus dem Dorf.»

«Ich weiß», sagte Valerie.

«Ach, du weißt es?», fragte Karin. «Sie hat nie darüber gesprochen, natürlich wusste es jeder im Dorf, aber er war wohl besessen von der Neuen, die nie bei uns heimisch geworden ist. Manche munkelten auch, das Kind wäre gar nicht von ihm gewesen, obwohl er es abgöttisch geliebt hat und immer noch liebt, und gerade, als sie nach Hamburg zurück wollte und das Kind mitnehmen, da starb sie. Die Tochter lebt jetzt in England, er finanziert sie großzügig. Sie war übrigens die beste Freundin von Robbie geworden, ich meine die Neue. Nach ihrem Tod war Robbie ganz verändert, das ist jetzt zehn Jahre her. Später freundeten sich Madame Schwan, ich meine Frau von Maikowsky, und Robbie an.»

Karin stand auf.

«Da habe ich wohl ein bisschen zu viel geredet», sagte sie entschuldigend, «manchmal geht das mit mir durch, man hat ja auch so sein Päckchen zu tragen.»

Karin stand noch unschlüssig am Tisch. «Hat es dir geschmeckt?», fragte sie.

Valerie lobte das Essen und wollte bezahlen.

«Du warst heute mein Gast», sagte Karin.

«Danke», sagte Valerie, «aber nächstes Mal bezahle ich, sonst kann ich ja nicht wiederkommen.»

«Ist klar», sagte Karin. «Dann komm man mal wieder vorbei. Ein Schwätzchen in Ehren kann niemand verwehren.»

Als Valerie am Deich entlang zurückfuhr, den Kopf voll mit Schnaps und Geschichten, da wusste sie, es gab in Augustenfleth so viel Nichtausgesprochenes, so viel Verschüttetes, wie sollte sie je dahinter kommen, was mit Robbie geschehen war?

Zu Hause packte Valerie ihren Einkauf aus, putzte die Erdbeeren, schüttete sie in eine Glasschale, kippte Joghurt drauf und setzte sich auf die Bank vor der Küchentür und aß mit Genuss, obwohl sie nach der Spargelcremesuppe keinen Hunger hatte, aber den frischen Erdbeeren hatte sie nicht widerstehen können. Zwei Wörter gingen ihr durch den Kopf, apis mellificus, und Valerie beschloss, statt jemanden, beispielsweise den Doc, zu fragen, sich von Taxi-Enno aus der Kreisstadt ein lateinisches Wörterbuch mitbringen zu lassen, um herauszubekommen, was das Vögelchen gemeint haben könnte, denn es hörte sich so verdammt lateinisch und botanisch an. Botanisch! Vielleicht in der Auflistung des Capitulare? In diesem Augenblick fiel Valerie ein, dass sie das Buch bei Karin hatte liegen lassen.

Bis zum Grillen bei Enno, für das sie im Moment überhaupt keinen Appetit hatte, beschäftigte Valerie sich mit dem Wohnzimmer und schob die Möbel beiseite. Paddy kam maunzend, legte sich rücklings auf den Teppich und verlangte gestreichelt zu werden.

Einsamkeit, dachte Valerie, während sie Paddy kraulte, einsam sein mit einem alten Kater, statt zu zweit am Meer entlangzulaufen und auch sonst all die netten Dinge zu tun, die man so zu zweit veranstalten kann, nein, das wollte sie nicht, und für einen Moment überlegte sie, wenn hier ihre Mission beendet wäre, wieder nach München zu gehen, um nicht wie Tante Robbie zu enden, der die Liebe zu dornigen Rosenbüschen vor 1864 die Liebe zu einem Menschen ersetzt hatte.

Das Telefon klingelte. Valerie schreckte auf. Sie wollte hingehen und den Hörer abnehmen, aber sie schaffte es nicht, sie hatte den Sekretär genau vor das Telefon geschoben und ehe sie ihn beiseite hatte, sprang der Anrufbeantworter an und ließ eine vertraute Stimme aus der anderen Welt in Robbies Wohnzimmer hinein.

«Hi, hier ist Lisa, Mensch, Valerie, mach mal 'ne neue Ansage, nicht immer diese tote Tante, hör zu, ich hätte ein paar Tage Zeit, soll ich kommen? Ich bin auch nicht sauer, wenn es dir nicht passt, ruf mal zurück, hier ist tolles Wetter, die Isar ist piwarm, wir grillen wieder heute Abend, und was machst du? Hast du schon den Mörder gefangen? Ciao …»

Aufgelegt.

Valerie schob und stemmte den Sekretär beiseite, er bekam Übergewicht und kippte seine Schubladen aus, Fotos fielen auf den Boden, ein kleines Album rutschte hinterher. Valerie nahm den Anrufbeantworter hoch, darunter lag die Gebrauchsanweisung, und sie löschte Robbies Stimme mit einem schlechten Gewissen, denn nun war Tante Robbie auch akustisch endgültig fort. Aber ist es nicht so, dass Energie und damit Stimmen bleiben und irgendwo umherschwirren bis ans Ende des Planeten, zumindest theoretisch?

«Moin, Moin, hier ist Valerie Bloom. Wär nett, mir eine kurze Nachricht auf das Band zu sprechen. Tschüs.»

Danach rief Valerie Lisa an. Unter ihrer eigenen alten Nummer. Es klingelte, der Anrufbeantworter meldete sich.

«Hi, hier ist Valerie, bin nicht zu Hause, ruf später an oder sag jetzt was nach dem Piep. Ciao.»

«Mensch Lisa, mach mal 'ne neue Ansage, nicht immer

diese alte Valerie, die es nicht mehr gibt, auch wenn sie noch nicht tot ist. Viel Spaß im piwarmen Wasser, vielleicht spring ich heute Abend noch in den Fluss, nach dem Grillen bei Taxi-Enno. Bis dann … ach so, ich denke, es ist im Moment besser für mich, allein zu sein, ich hab zu viel im Kopf, ich muss das erst mal klarkriegen. Den Mörder hab ich noch nicht. Ciao …»

Valerie legte auf und nahm sich die heruntergefallenen Fotos vor, die üblichen Bilder, die Menschen hinterlassen. Reisefotos aus England, der Garten in allen Jahreszeiten, Augustenfleth zu irgendeinem festlichen Anlass und ein gut aussehender junger Mann, der Valerie, genau wie die Schrift quer über dem Bild, bekannt vorkam.

Forever – dein Doc Himmelreich.

Doc Himmelreich. DH. War er das Himmelreich für sie gewesen? Wie im Himmel, also auch auf Erden. War es später zur Hölle geworden? DH. Die Hölle? Als er Robbie verlassen hatte und nur noch Irina liebte? Irgendwann würde sie mit ihm darüber sprechen, das nahm sie sich fest vor. Valerie schob entschlossen die Fotos wieder in die Schublade des Sekretärs.

Doc Himmelreich, was für ein schöner, passender Name für einen Doktor. Doc Himmelreich holt Babys, die nicht mehr an dieses Reich, das da kommen soll, glauben werden, und er begleitet die Alten auf Erden, also auch in das Himmelreich, und besonders die, die die natürliche Todesursache gewählt haben, die auf ein anderes, besseres Leben hoffen, obwohl sie wissen, dass der Pastor sie eigentlich nicht unter die Erde bringen darf, aber dann eben doch, wegen der natürlichen Todesursache. Valerie nahm sich vor, nur Interesse halber, mit Jonny Sonnenberg darüber zu sprechen, vielleicht morgen nach der Predigt, wenn die Kirche nicht voll sein würde.

Valerie kniete sich im Garten vor die Pflanzen und legte die Schilder des Capitulare frei und eine totale Verzweiflung überkam sie, weil sie Unkraut nicht von Kraut unterscheiden konnte. Sie schrieb sich die Namen der Schilder auf, die sie freigelegt hatte. Cerefolium, eine fein gefiederte weiß blühende Pflanze, die Valerie probierte und die nach Lakritze schmeckte, levisticum, ein großer, ebenfalls weiß blühender Busch, der nach Kindheit, nämlich den Suppen Tante Robbies roch, abrotanum, wieder fein gefiedert und betäubend zitronenähnlich, kaum dass sie den Busch berührte, sie fand uniones, den Bärlauch, legte ihn vom Kraut frei und hatte ein Gefühl wie beim Türken, Knoblauchgeruch strömte über alle Pflanzen hinweg, aber er hatte Blätter, die Valerie bekannt vorkamen, wie die Maiglöckchen, die Tante Robbie mit ihr zusammen in den Pfingstferien im Wald gesucht hatte. Vorsicht, sie sind giftig, hatte Robbie gesagt. Valerie sah eine hohe, aufrechte Pflanze mit tiefblauen Blüten, die aber nicht duftete wie die anderen Pflanzen, dachte, kenn ich, das ist Rittersporn, las dann das Schild, aconitum napellus, konnte nichts damit anfangen, wollte gerade ein Blatt probieren, da rief Wolfi Witt über den Zaun: «Halt, giftig! Das ist Eisenhut!»

Valerie warf erschrocken das Blatt fort, und genau in diesem Augenblick fiel ihr ein, dass Tante Robbie sie als Kind auch vor dieser Pflanze gewarnt hatte. Valerie grinste Wolfi Witt verlegen an.

«Dann werde ich wohl lieber nicht mehr probieren», sagte sie.

«Du bist gerade auf dem Giftpflanzenbeet», erklärte Wolfi Witt.

«Danke für den Tipp», sagte Valerie. «Sind die Blätter wirklich so giftig?»

«Die Blätter und Blüten auch», sagte Wolfi Witt, «aber besonders giftig ist die Wurzelknolle, die kann einen Menschen in dreißig Minuten töten.»

«Mein Gott!», fiel es Valerie nur noch ein. «Gibt es kein Gegengift?»

«Ich glaube nicht», sagte Wolfi Witt, «aber man muss den Eisenhut ja nicht essen.»

Valerie schrieb sich den Namen auf und malte einen hübschen Totenkopf hinter aconitum napellus.

«Gibt es noch mehr Giftpflanzen hier?», fragte sie.

«Ich glaube schon», sagte Wolfi Witt treuherzig, «den Fingerhut beispielsweise, da hinter dem Eisenhut, bei dem ist alles gleich giftig.»

«Digitalis purpurea», las Valerie laut. «Er sieht hübsch aus mit seinen Glocken.»

Sie schrieb auch diesen Namen auf und freute sich schon auf einen ruhigen Abend, wenn sie über all diese Pflanzen mit den tödlichen Giften in den Büchern von Tante Robbie etwas nachlesen würde, und sie dachte, das wäre doch mal interessant für einen Krimi, falls ich nicht wieder so etwas wie Eisenhut probiere und eines pflanzlichen und somit auch natürlichen Todes sterbe, und sie stellte sich Giftpfeile vor, mit Eisenhutknollensaft benetzt.

«Danke», sagte Valerie zu Wolfi Witt, «dass du mich in meiner Unwissenheit nicht hast sterben lassen.»

«Dafür nich», sagte Wolfi Witt.

«Wofür dann?», fragte Valerie, die sich an diese Formulierung nicht gewöhnen konnte, obwohl sie sie inzwischen selbst benutzte.

Wolfi Witt grinste verlegen und seine Kräuterliköraugen wurden ganz schmal.

«Dafür, dass du nicht geschimpft hast, dass ich die weiße Rose auf Robbies Grab gepflanzt habe.»

«Ach, du warst das?», fragte Valerie.

«Ich hab's doch auf der Beerdigung gesagt, als Pastor Sonnenberg das von Paddy gesagt hat und ich gesagt hab, jawoll!»

«Natürlich», sagte Valerie erleichtert, «ich hatte es völlig vergessen. Darf man Pflanzen denn im Sommer umsetzen?»

«Ich bin jeden Tag zum Friedhof gefahren», sagte Wolfi Witt, «und habe sie begossen.»

«Darauf trinken wir einen», sagte Valerie zu Wolfi Witt, der sofort begeistert nickte und plötzlich wie aus dem Boden gezaubert neben ihr stand, ohne dass die Gartenpforte gemeldet hätte, halt, hier kommt jemand.

«Wo bist du denn hergekommen?», fragte Valerie.

«Robbie und ich hatten einen Geheimgang», sagte Wolfi Witt leicht verlegen, «hinter dem Gartenhaus ist eine Pforte, da hängt das Geißblatt so drüber, dass man sie nicht erkennen kann.»

«So?», sagte Valerie und überlegte sich, wie man Geheimpforten zum Kreischen bringen konnte? Mit Sand vielleicht oder putzt man das Öl heraus?

In der Küche trank Wolfi Witt vom Kräuterlikör, sagte nach dem ersten Glas: «Auf einem Bein steht man nicht», sagte nach dem zweiten Glas: «Auf gute Nachbarschaft» und fragte nach dem dritten Glas: «Warst du schon bei Grete?»

«Ja», sagte Valerie, «wir haben einen Schwarm gefangen.»

«Ich meine», sagte Wolfi Witt nach dem vierten Glas, «ob sie was gesehen hat.»

«Was soll sie gesehen haben?», fragte Valerie.

«Ob da noch einer gewesen ist.»

«Wo soll noch einer gewesen sein?», fragte Valerie.

«Ich mein nur so», sagte Wolfi Witt, «Grete sieht nämlich alles.»

«Kannst du mir das bitte etwas genauer erklären», bat Valerie.

«Ich nicht», sagte Wolfi Witt, «ich rede nicht über andere.»

Valerie verdrehte die Augen und hätte Wolfi Witt am liebsten geschüttelt und gesagt, spuck aus, was du weißt, aber Wolfi Witt stand auf und ging leicht schwankend davon. Noch ein Glas mehr, überlegte Valerie, dann wird er rausrücken mit dem, was er weiß, ich muss einfach Geduld haben.

Bei Taxi-Enno hing schon im Vorgarten, in dem zwei beschnittene Linden mit dichtem Laub das alte Haus versteckten, Grillfeuerqualm in der Luft und wies ihr den Weg zu einem Platz hinter dem Haus, wo Enno vor einem kunstvoll aus Backsteinen gemauerten Grill stand und die Kohle hin und her schob. Weiße Plastikstapelstühle für eine große Party standen einladend um einen weißen Tisch herum, auf dem eine große Schüssel mit Salat angerichtet war.

«Hallo», sagte Valerie, «ich sehe, ich bin zu früh.»

«Ganz im Gegenteil», sagte Enno verschmitzt, «ich lege jetzt das Fleisch auf, Lammfleisch, wie versprochen.»

«Und wann kommen die anderen Gäste?», fragte Valerie.

Taxi-Enno grinste. «Die haben abgesagt.»

«Schade», sagte Valerie, «ich hätte die Nachbarn gern kennen gelernt.»

Und dann sah sie das Lachen nicht nur in Taxi-Ennos Augen und wusste, es sollte keine weiteren Gäste geben, wusste, sie musste noch viel lernen, um die Menschen hier richtig einzuordnen. Taxi-Enno fragte, was Valerie trinken wollte. Rotwein hat der bestimmt nicht, dachte Valerie und sagte Rotwein. Taxi-Enno hatte, einen feinen biologischen, davon bekäme man keine Kopfschmerzen, erklärte er und zauberte eine Flasche aus einem Korb, die er entkorkte und einen Moment stehen ließ. Der Rasen ringsum war sauber gemäht, Inseln von blühendem Gras standen dazwischen, der Platz ging über in eine Wiese mit Obstbäumen, kleine grüne Kugeln leuchteten zwischen den Zweigen und versprachen große rote Äpfel im Herbst. Enno erklärte Valerie, während er die Koteletts umdrehte, er habe das Fleisch in Rosmarin und Olivenöl eingelegt, Rosmarin und Olivenöl vom Feinsten.

«Hast du eigentlich noch einen anderen Beruf?», fragte Valerie.

«Das ist eine lange Geschichte», sagte Taxi-Enno.

Und während beide beim Essen saßen und die Lammkoteletts so würzig schmeckten, wie sie geduftet hatten, erzählte Enno, dass er hier, wo er geboren war, nicht hätte bleiben wollen, darum sei er nach Hamburg gezogen, Geschichte studieren.

Dann wäre sein Großvater gestorben und hätte ihm dieses kleine Erbe hier hinterlassen, er hätte es eigentlich nur als Ferienhaus nutzen wollen, aber dann wäre er geblieben, hätte sich exmatrikulieren lassen und das Taxifahren angefangen, um ein bisschen Geld zu verdienen, und gemerkt, es lebt sich gut so, ohne die Stadt und ohne den Leistungsstress. Seine Liebste fand das Landleben öde.

«Zigaretten holen?», fragte Valerie.

Taxi-Enno grinste. «Nein, sie wollte diskutieren.»

«Und?»

«Ich habe nicht diskutiert.»

«Gut», sagte Valerie, «es schmeckt gut.»

«Ich wollte dich etwas fragen», sagte Enno.

«Und was?»

«Ob du mir Land verkaufst?»

«Wofür?»

«Ich will Apfelbäume pflanzen.»

«Keine Feriensiedlung?»

«Wie kommst du denn darauf?»

«Ich habe es gehört.»

«Gehört», sagte Enno, «man darf nicht alles glauben, was man hört.»

«Ich glaube nicht», sagte Valerie, «ich denke mir meinen Teil.»

«Ich will alte Apfelsorten pflanzen», sagte Taxi-Enno, «die sonst verloren gehen.»

«Hast du Robbie auch nach Land gefragt?»

«Ja, sie wollte es mir verpachten. Ich wollte es allerdings lieber kaufen, schon allein wegen der Bäume, die benötigen ein paar Jahre, bis sie in Gang kommen.»

«Ist das wichtig für dich, ich meine, deine Idee mit den alten Äpfeln?»

«Alte Apfelsorten sammeln andere auch schon. Man braucht ein paar Ideen für sein Leben, manche klaut man, manche wachsen auf dem eigenen Mist, manche liegen in der Luft, einige werden von der Sturmflut angeschwemmt.»

«Die kenne ich», sagte Valerie, «aber lass uns nochmal über das Land von Robbie sprechen. Wie wichtig ist es wirklich für dich?»

Enno sah Valerie mit einer Aufmerksamkeit an, die sie bisher an ihm noch nicht beobachtet hatte. Jetzt hat er mich erwischt, dachte Valerie, ich war nicht vorsichtig genug. Enno sagte immer noch nichts.

«Ich würde es dir auch verpachten», sagte Valerie, «ich brauche es nicht, meinetwegen lebenslänglich.»

«Lebenslänglich», sagte Taxi-Enno, «lebenslänglich kriegt man nur für Mord, nicht für Land.»

«Okay», sagte Valerie, «spielen wir das Spiel weiter. Glaubst du, dass jemand für ein Stück Land morden würde?»

«Früher vielleicht», sagte Enno, «heute hat Land nur noch Wert, wenn es als Bauland ausgewiesen ist, zur Ernährung brauchen wir es nicht mehr. Wollen wir weiter spielen?»

Valeries steile Falte auf der Stirn vertiefte sich.

«Warum, meinst du, mordet man heute?»

Taxi-Enno grinste.

«Aus Gier. Alle Kriege gingen um Macht. Angst führt ebenfalls zu einer Form von Gier. Angst, jemanden zu verlieren, die Gier nach Alleinbesitz. Nenn es einfach Macht. Macht haben zu wollen ist der einzige Grund, jemanden zu töten, immer.»

Enno kaute genussvoll an seinem Lammkotelett.

Das Gespräch war in eine Richtung geraten, die Valerie nicht im Griff hatte. Über dieses Thema hätte sie lieber mit Lemke geredet.

«Man merkt, dass du dich mit Geschichte beschäftigt hast», sagte Valerie.

«Es hat mich irgendwann angekotzt», sagte Enno, «ich habe alles nur auf die Machtgier zurückgeführt. Natürlich muss man das auch differenzierter betrachten, aber ich konnte es nicht mehr.»

«Soll ich dir nun das Land verpachten?», fragte Valerie. Sie wollte zurück auf sicheres Terrain.

Enno warf den Knochen in die weiß blühenden Büsche, die Mortensen Philadelphus genannt hatte und die so betörend dufteten. Er sah Valerie kopfschüttelnd an. Valerie fühlte sich durch diesen Blick verunsichert, sie spürte immer mehr, es ging um etwas anderes als um alte Äpfel, aber sie konnte Enno nicht einschätzen.

Schließlich grinste Enno und rückte mit dem heraus, worüber Valerie noch mit niemandem reden wollte, schon gar nicht mit ihm.

«Du denkst, deine Tante ist ermordet worden», sagte er, «du hast gedacht, ich könnte es gewesen sein, weil ich das Land haben wollte, sie hätte nein gesagt, denkst du, und ich hätte sie umgebracht, weil der Tod in dem Alter natürlich aussieht. Irgend so ein Geier hätte ja die Kate kaufen können, der wäre froh gewesen, das Land loszuwerden, und ich hätte es gekauft, so hätte es sein können, denkst du. Du irrst dich aber, wenn du glaubst, es wäre so einfach gewesen, der perfekte Mord, keine Spuren.»

Enno machte eine Pause und schaute Valerie an, der es

die Sprache verschlagen hatte, denn so ähnlich war ihr Verdacht gewesen. Enno wartete nur kurz, ob Valerie etwas erwidern würde, aber sie sagte nichts.

«Du hättest die Todesursache feststellen lassen können, wenn du deinen Verdacht ausgesprochen hättest, eine Obduktion ist heute normal, aber die Diagnose vom Doc ist über jeden Zweifel erhaben. Du wirst auf den Granit beißen, den es hier nur auf dem Friedhof gibt, die Grabsteine sind daraus, du wirst dir die hübschen Zähne dran ausbeißen und deine Falte wird noch steiler werden.»

Enno grinste Valerie an. Valerie schwieg. Enno stand auf und holte sich ein Lammkotelett, er blickte fragend zu Valerie hinüber, die den Kopf schüttelte. Er biss genussvoll in das Fleisch und kaute es ab bis auf den Knochen, wobei er Valerie immer wieder grinsend ansah. Valerie biss die Zähne zusammen.

In diesem Moment musste Enno unbedingt die Geschichte von der Familientragödie erwähnen, vom Kind, welches aus Neugier die Jauchegrube erkunden wollte, von seinem Großvater, dessen Sorge um die Enkelin ihn befähigte, die Leiter abwärts in die Jauchegrube zu steigen, was er eigentlich schon seit zehn Jahren nicht mehr gekonnt hatte, und von dessen Sohn, der, obwohl kräftig von Statur, beim Versuch, seinen Vater und sein Kind zu retten, den giftigen Gasen in der Grube ebenfalls erlag.

«Die Jauchegrube als Mördergrube», sagte Valerie.

«So kann man es auch nennen», sagte Taxi-Enno und saugte das letzte Fetzchen Fleisch aus den Knochen, und Valerie dachte, du Schwein, du hast sie umgebracht.

«Hast du einen Führerschein?», fragte Enno unvermittelt.

«Schon, aber ich brauche in München keinen Wagen.»

«Er ist noch angemeldet.»

«Wer?»

«Robbies Käfer. Ich habe es dir am ersten Tag auf dem Bahnhof gesagt. Ich sollte ihn reparieren, während sie in England ist, nun gut, ich habe es gemacht, während du in München warst, ich wusste, du würdest wiederkommen und ihn vielleicht brauchen können.»

«Woher wusstest du das?», fragte Valerie.

«Ich habe Robbie zum Notar gefahren», sagte Enno.

Er ging vor bis zum großen geöffneten Tor des Hauses, erklärte, das hier sei die Grootdör, und da oben nisteten zwei Schwalbenpärchen. Er zog eine Plane von einem Auto und zeigte auf einen blanken schwarzen VW Käfer darunter, der sah aus wie frisch vom Band gelaufen, und Valerie erinnerte sich, ihn an Robbies Geburtstag vor zehn Jahren vor dem Haus gesehen, aber nicht weiter beachtet zu haben. Drei junge Schwalben zeterten über ihren Köpfen.

«Er hat noch ein geteiltes Fenster! Er ist eine absolute Rarität», sagte Enno mit Stolz in der Stimme, «seit zwölf Jahren pflege ich ihn für sie, er ist top-fit, 90 Stundenkilometer Spitze!»

«Er sieht wirklich gut aus. Könnte er zunächst hier stehen bleiben?»

«Natürlich», sagte Enno und streichelte über den Lack, «ich würde ihn doch nicht auf die Straße stellen.»

Eine Schwalbe kleckerte Kot auf den Wagen. Enno putzte den Fleck sofort mit Spucke und seinem Finger ab und polierte mit dem Taschentuch nach. Er grinste Valerie an und sie hatte das Gefühl, sofort gehen zu müssen. Enno warf die Plane wieder über den Wagen.

«Vielen Dank», sagte Valerie, «vielen Dank für den netten Abend.»

«Dafür nich», sagte Enno.

«Doch dafür», sagte Valerie, «ciao.»

Sie gähnte demonstrativ, weil ihr nichts Besseres einfiel. Enno grinste.

«Kein Problem, du weißt ja, ein Bett ist jederzeit für dich frei.»

«Kein Bedarf», sagte Valerie und tat langsam ein paar Schritte rückwärts.

«Macht nichts», sagte Enno, als hätte er soeben keine Abfuhr erhalten, «du wirst schon wiederkommen.»

Valerie drehte sich um und ging. Im Nacken spürte sie Ennos Blick. Als sie sich kurz umsah, stand er da, die Hände in den Zimmermannshosentaschen, und grinste.

«Sagte ich doch», rief er ihr nach.

Die Deichstraße war menschenleer. Robbies Haus sah verlassen aus, seit Valerie die Vorhänge und Gardinen abgenommen und die vertrockneten Blumen aus den Töpfen auf den Kompost geworfen hatte. An der Gartenpforte hing die Brötchentüte von Tante Marga. Valerie dachte, sie könnte ja noch das Buch vom Gasthaus zur Mühle holen und bei Karin etwas trinken. Hinter dem Rosenbogen stand kein Wolfi Witt, und Grete-Trompete schlief wohl schon, nachdem sie den Bienen den Verlauf des Tages erzählt hatte. Es war Samstag, die Menschen ruhten sich aus von der Woche und träumten nach dem Millionenspiel ihre Träume vom letzten Samstag weiter, vom Reichsein und vom Glücklichsein.

Unter der Brücke neigten sich die Reethalme zum Meer,

eine Flasche hatte es eilig mitzuschwimmen, um mit der nächsten Flut wieder zurückschwimmen zu können. Vielleicht liegt in der Flasche ein Zettel, auf dem mit kindlicher Schrift auf Linienpapier geschrieben steht: Der Mörder ist nicht der Taxifahrer. Wenn du wissen willst, ob es der Gärtner ist, schau auf meine Homepage, www.flaschenpost.de.

Zehn.

Den Eingang des Gasthauses schmückte eine Girlande aus Buchsbaum und silbernen Blüten, daneben hing ein Schild: Geschlossene Gesellschaft. Aus den geöffneten Fenstern war eine männliche Stimme zu hören, sie sprach über die Ehe in guten und in schlechten Tagen: «Liebes Brautpaar, und wenn ihr denkt, nun endlich in den Hafen der Ehe gelaufen zu sein, dann irrt ihr euch, die Ehe ist nicht nur ein Liegeplatz, die Ehe ist kein ruhiger Hafen, jetzt müsst ihr auslaufen, und dann gehen die Stürme erst los, und manchmal ist Flaute, und Schiffbruch droht bei der Einfahrt in fremde Häfen.»

Die Gäste grölten vor Freude.

Die Rothaarige mit den Honighaaren aus der Praxis vom Doc stand neben Valerie.

«Die Spätvorstellung hat schon angefangen», flüsterte sie.

«Okay, ich komme», sagte Valerie sofort, froh über alles, was sie davon abhalten konnte, nach Hause zu gehen. Die Rothaarige ging voraus, drehte sich um und sagte: «Ich bin Kirstin, ist das okay, Valerie?»

Ein dankbares Lächeln bügelte Valeries Stirnfalte glatt, während sie Kirstin hinterherging, die sie in den Hintereingang des Gasthauses zur Mühle zog, wo Jo in der Spätvorstellung seinen Lieblingsfilm gab, für die, die ihn sehen wollten, und für die, die einsam waren an diesem Samstag.

Sie sah mit großen Augen von der Leinwand in den Saal, in dem vielleicht zehn Leute saßen, das Liebespaar vom letzten Film, ein mittelaltes Ehepaar, ein paar Jugendliche, denen wohl der Discobus weggefahren war, noch zwei, drei Leute und Lemke, und Valerie wusste, diese großen Augen waren längst tot, dieses traurige Kind war alt geworden und hatte noch auf den letzten Fotos, bevor es starb, ausgesehen wie ein trauriges Kind, das nie erwachsen werden würde.

Valerie setzte sich zu Lemke.

«Ist das Jos Lieblingsfilm?», flüsterte sie.

«Nein», flüsterte Lemke zurück, «‹Einer kam durch› ist vorhin gerissen, so oft hat er ihn schon vorgeführt. Dies ist sein Zweitlieblingsfilm.»

Valerie wusste, dieser Zweitlieblingsfilm würde sie entführen bis zu seinem traurigen Ende, sie hatte ihn schon ein paar Mal gesehen und er nahm sie immer wieder in seinen Bann, und sie wusste, dass der große Zampano seine kleine Clownin in der Realität außerhalb der Leinwand noch Jahre überlebte, wie auch der Mörder von Tante Robbie noch irgendwo lachte und nicht ahnte, dass sie ihn finden würde. Valerie war sich gewiss, dass der große Zampano seine kleine Clownin liebte und immer lieben würde. Ist es nicht so, dass man die, die man liebt, die Liebe nicht spüren lässt, weil Liebe auch eine Schwäche ist, ja, dass man sie sogar quält, um auszuloten, wie viel auszuhalten die Liebe bereit ist, und dass man manchmal auch in der größten Liebe klammheimlich Mordgedanken hegt, selbst dann noch, wenn die eigene Liebe sich schon auf und davon gemacht hat? Und warum das alles so ist, das beantwortet auch der Film nicht, das beantwortet niemand, auch nicht

Jonnys Boss oder Lisa und Lemke schon gar nicht. Der wartete, bis auch der letzte Schlusstitel über die Leinwand geflimmert war, und dann erst holte er Valerie aus ihren Gedanken, Valerie, die zwischenzeitlich, gerade als Giulietta so bitterlich im Karren weinte, Tom und Mario verglichen, sich in den Liebesbriefen von DH an Robbie verloren hatte, und die Armseligkeit der Liebe nach dem ersten Aufruhr der Hormone verfluchte. Sie wusste es schmerzhaft, sie würde immer wieder darauf hereinfallen, auf die Geschwister Liebe und Hass, beide lassen Flügel wachsen, die im Himmel verglühen und in der Hölle verbrennen, und nichts bleibt zurück als graue Asche.

Als Valerie hinter Lemke als Letzte aus dem nun hellen Saal trat und aller Zauber zurückgespult und aufgewickelt war, drehte sie sich um, so, wie sie sich auch bei Taxi-Enno umgedreht hatte, und sie sah den Doc, wie er sich in der letzten Reihe langsam vom Sitz löste, und als er spürte, dass Valerie ihn ansah, senkte er seinen Blick, und sie ging an Lemke vorbei schnell hinaus.

«Wollen wir noch ein Bier trinken?», fragte der.

Valerie wollte. Aber der Gastraum war voll bis auf den letzten Tisch, die Hochzeitsgesellschaft hatte noch nicht aufgegeben, lärmend das Ereignis Bisdassdertodeuchscheidet zu feiern, zwei freundliche Frauen richteten das Mitternachtsbüffet, und während Karin am Tresen das vergessene Buch hervorholte, dachte Valerie an diesen traurigen Blick vom Doc.

«Wir sollten uns das hier jetzt nicht antun. Ich habe ein Bier im Kühlschrank und einen Wein im Keller», sagte Lemke.

In Valeries kurzes Zögern hinein zwinkerte Karin ihr

aufmunternd zu, mit einem schnellen Seitenblick auf Lemke. Valerie dachte, was soll das denn, findet sie den etwa passend für mich, aber es war etwas anderes in diesem Zwinkern gewesen, das Valerie nicht einordnen konnte.

Um Mitternacht bei Lemke? Dessen Behausung sich Valerie schon einige Male vorzustellen versucht hatte, das Seestück, das konservierte Schicksal, darunter eine gediegene Sitzgruppe aus schwarzem Leder, ein Biedermeiertisch mit ebensolchen Stühlen, eine perfekte Hightech-Einbauküche, chromblitzend wie der Cadillac vom Doc.

Mitternacht bei Lemke. Eine weiß gestrichene Kate direkt am Fluss, offene Fenster. Kein Garten, keine Blumen, graseingewachsen und ein paar Bäume im Mondlicht, aus denen Käuzchen riefen. Lemke öffnete die unverschlossene Tür.

«Schließt du nicht ab?», fragte Valerie.

«Wozu?», sagte Lemke, «wer hinein will, kommt auch hinein; so geht wenigstens keine Fensterscheibe zu Bruch.»

«Nur noch auf ein Glas», sagte Valerie.

Lemke zündete eine Kerze an und verließ den Raum. Valerie blieb stehen und sah sich um. Ein fast leerer Raum, der über das ganze Haus zu gehen schien. Ein breiter Schornstein in der Mitte, darunter ein eiserner Kaminofen, zwei dicke Ledersessel davor. Eine schmale Treppe nach oben, schemenhaft war so etwas wie eine Galerie zu erkennen, überwölbt von einem schrägen Dach. Ein großer Holztisch mit sechs Stühlen. Und ein schwarzer Flügel, darüber das Seestück.

Am Ende des Raums ein Tresen mit einer Küche dahinter, einfache Borde, ein Gasherd, ein Kühlschrank. Lemke kam mit einer geöffneten Flasche Rotwein und stellte sie zusammen mit zwei Gläsern vor den Kamin. Mit einem Streichholz zündete er ein Stück Zeitung an und schob es in die Feuerstelle, in der schon Kleinholz geschichtet lag. Er schenkte den Wein in die Gläser, reichte eins davon Valerie und nahm das andere.

«Herzlich willkommen, Valerie», sagte er, «ich hatte es mir schon lange gewünscht, dich einmal hier zu haben.»

Valerie ließ sich in den Sessel fallen. Lemke stand noch einen Moment, dann setzte er sich auch. Das Holz hatte Feuer gefangen, wohlige Wärme kam bei Valerie an und sie fühlte sich geborgen.

«Es gibt nur zwei Möglichkeiten», sagte Lemke in die Stille hinein, «das ist leben und leben lassen.»

«Bitte erklär mir das genauer», sagte Valerie.

«Du lebst hier und genießt es, dass du hier leben kannst, fern von der restlichen Zivilisation, dann lassen sie dich in Ruhe.»

«Und leben lassen?»

«Du mischst dich nicht ein.»

«Das ist nichts anderes.»

«Erraten. Wenn du dich einmischst, kommst du nicht wieder heraus, je mehr du weißt, desto näher …»

«… rückt der Tod.»

«Das habe ich nicht gesagt.»

«Das hat Jo gesagt, einen Tag nach Robbies Tod. Je mehr wir wissen, desto näher sind wir am Tod oder so ähnlich.»

«Jo hat den Tod seines Vater zwar verdrängt, aber nicht verkraftet. Er spricht nicht darüber. Sein Vater war an dem Abend bei Freya gewesen, es wurde behauptet, sie hätten eine Liebesbeziehung gehabt, ich habe dir, glaube ich, schon erzählt, dass sie mit Johann zusammen verunglückte, sie saßen beide auf dem Motorrad, es war stockdunkle Nacht und es regnete, Johann kam vom Deich ab, stürzte, Freya flog an einen Baum, an eine alte Weide …»

Erlkönig, dachte Valerie.

«Johann hatte nur ein paar Prellungen, Freya sitzt seitdem im Rollstuhl. Johann hat eine Geldstrafe wegen fahrlässiger Körperverletzung bekommen und sich um Freya gekümmert, weil er ein schlechtes Gewissen hatte. Karin hat alles geschluckt, auch, was da gemunkelt wurde über Johann und Freya. Ein halbes Jahr später ist Johann am helllichten Tag bei strahlendem Sonnenschein wieder mit dem Motorrad vom Deich abgekommen und tödlich verunglückt. Der Doc hat den Totenschein unterschrieben, Unglücksfall, damit Karin wenigstens die Lebensversicherung erhielt.»

«Haben der Doc und Freya etwas miteinander?», fragte Valerie.

«Kurz nach dem Tod seiner Frau vor zehn Jahren», sagte Lemke, «wurde er Freyas ständiger Begleiter. Ich glaube allerdings nicht, dass sie miteinander schlafen, nicht nur wegen des Altersunterschiedes, man sieht es den Menschen einfach an, wenn sie etwas miteinander haben, weil sie es krampfhaft zu verbergen suchen.»

Valerie ließ sich in den Nachmittag bei Doc und Freya zurückfallen, an dem so harmonisch über Rosen geplaudert wurde. Was für ein unverfängliches Thema. Während sie in Gedanken noch bei Freya auf dem Schloss war, wanderten ihre Blicke durch Lemkes Raum, nirgendwo stand etwas herum, was auf irgendeine Art von Beschäftigung hinwies, abgesehen vom Flügel.

«Was machst du, wenn du nicht Klavier spielst?»

Lemke kniff seine Augen zusammen.

«Ich sammle natürliche Todesursachen.»

«Wo sammelst du sie?»

«Im Kopf.»

«Erzählst du mir davon?»

Lemke sagte nichts weiter und Valerie spürte, er wollte auch nicht mehr reden, jedenfalls nicht heute Abend. Mal sehen, ob und wie er versucht, mich herumzukriegen, dachte sie.

«Hast du ein lateinisches Wörterbuch?»

«Ich denke schon», sagte Lemke, ohne zu fragen, warum, «möchtest du es gleich haben?»

«Am liebsten ja», sagte Valerie.

Lemke ging nach oben. Die Kerze warf seinen langen Schatten an die Wand, dann war er fort.

Valerie trank ihr Glas aus und kuschelte sich in den Sessel. So viele Geschichten ringsum, so viele Schicksale, was mochte wohl Lemke hinter sich haben, dass er hier so allein lebte? Würde er je darüber sprechen? Statt Lemke war nun ein anderer zu hören, der, den er gepfiffen hatte. Lemke spielte auf dem Flügel und Valerie dachte, kitschig ist er auch ein bisschen, das also ist seine Musik, gleich wird er sie benutzen, um mich in eine Stimmung zu versetzen, mit der er mich in sein Bett zerren kann, wie es alle anderen machen. Lemke wechselte mit einem wunderbar sanften Übergang in einen alten Beatles-Song. Michelle, ma belle … Auch er ist stehen geblieben in seiner Zeit, dachte Valerie, so, wie wir alle in unserer glücklichsten Zeit bleiben, die wir bis an unser plötzliches und unerwartetes Ende nie verlassen werden, unsere Musik bleibt, unsere

Kleidung, selbst unser Alter ordnet sich dem unter. Wo ist meine Musik geblieben, seitdem ich München verlassen habe, sie ist verloren gegangen in den Ereignissen um Tante Robbie, ich habe sie nicht einmal vermisst, es ist mir gar nicht eingefallen, sie zu vermissen, immer war etwas anderes wichtiger. Meinem vagen Ziel, den Mörder von Tante Robbie zu finden, hat sich alles untergeordnet, was vorher wichtig gewesen ist, scheinbar wichtig, ich muss aufpassen, dass ich mich nicht noch mehr verliere. Und wo mag Tom jetzt sein?

Valerie schrak auf, warf eine Decke von sich, die warm war vom nächtlichen Schlaf, irgendetwas polterte herunter. Auf dem roten Steinfußboden lag ein lateinisches Wörterbuch, in dem ein Zettel steckte, und Valerie öffnete das Buch an der Stelle. Apis mellifica.

Die Honigbiene. Die Bienen wissen alles.

Nichts als Stille rings umher.

Valerie legte die Decke ordentlich zusammengefaltet über den Sessel und das Buch dazu. Sie schlich aus der Tür hinaus. So viel Grün und so viel Morgenkühle über dem Fluss, der zum Meer strömte. Ein kleiner schwarz geteerter Kahn, der an einem Anleger lag, wurde mitgezerrt und nur vom Strick zurückgehalten. Auf dem gegenüberliegenden Ufer die zitternden Pappeln, die kamen Valerie bekannt vor, so nah bei Robbies Haus also lebte Lemke und hatte es nie gesagt, oder doch?

Valerie setzte sich in den Kahn, sie löste den Knoten und zog den nassen Strick hinein, nahm die Ruder, schob sie in die Dollen und trieb los. Sie erinnerte sich an früher, wie sie als Kinder sich hatten treiben lassen auf einem Floß, bis das Wasser kippte und sie zurückgetrieben wurden an den Ausgangspunkt ihrer Weltreise und mächtig aufpassen mussten, wieder an Land zu kommen, bevor die Strömung sie weiter trieb. Das Boot war etliche hundert Meter von den Pappeln entfernt, als Valerie das Ufer erreichte, sich mit dem Ruder im Reet festhielt und an einen Erlenbusch heranzog, an dem sie den Strick fest verknotete. Sie kletterte heraus, versank fast im Schlick und ging über die Weide auf den Deich zu.

Wolfi Witt werkelte bereits vor seinem Holzschuppen, Grete-Trompete schob eine Schubkarre in den hinteren Teil des Gartens. Bei Taxi-Enno regte sich nichts. Valerie fiel Robbies Käfer ein, den hatte sie inzwischen ganz vergessen. Später, alles zu seiner Zeit. Sie lief schnell den Deich hinunter, öffnete vorsichtig die Gartenpforte, die nur kurz quietschte, und ging ins Haus, das sie nicht verschlossen hatte, stieg die Treppe hinauf, steckte den Stecker vom PC in die Steckdose und setzte sich davor. Sie fuhr ihn hoch, ging auf «Suchen/Dateien» und gab *apis mellifica* ein. Es dauerte nur einen Moment, dann wurde ein Ordner *apis mellifica* angezeigt.

Valerie klickte zweimal und ein Dokument wurde sichtbar: *Doc Himmelreich*. Valeries Herz klopfte bis zum Hals. Sie rannte hinunter in die Küche, goss Wasser in den Schnellkocher und tat einen Löffel Kaffee in ein Glas. Aus dem Kühlschrank holte sie die Milch und goss etwas davon in einen kleinen Topf auf dem Herd. Sie ging in der Küche auf und ab und sah aus dem Fenster, mochte nicht einen Moment still stehen, bis das Wasser endlich kochte und sie den Kaffee aufgießen konnte. Sie schlug die Milch mit dem Schneebesen zu Schaum und goss sie in das Kaffeeglas, nahm das heiße Glas mit spitzen Fingern, ging vorsichtig die Treppe hinauf in Tante Robbies Zimmer und setzte sich wieder vor den PC. Noch einmal holte sie tief Luft, dann öffnete sie das Dokument. Es war ein Brief, der auf dem Bildschirm erschien, mit dem Datum von Robbies Todestag.

An DH, Augustenfleth, den 24. Mai.

Wenn Du diesen Brief mit der Post erhältst, werde ich unterwegs sein zu Nele nach England. Ich denke, Du weißt, daß ich es all die Jahre gewußt habe. Du hast mein Schweigen wie selbstverständlich hingenommen, weil Du glaubtest, ich liebe Dich noch immer. Als Irina Dich verlassen wollte, hat Dich das tief getroffen, einen Mann wie Dich verläßt man nicht, wenn einer verläßt, bist Du es. Du hättest nicht nur Irina verloren, sondern auch Nele, und das wolltest Du nicht zulassen, Du liebtest Nele ebenso abgöttisch wie Irina. Du wußtest nicht, daß ich längst von Irina alles erfahren hatte, noch bevor sie es Dir mitgeteilt hat. Irina hat mir von ihrer Angst erzählt, Du könntest ihr etwas antun, denn genau dies, sagte sie mir, hättest Du ihr bei ihrem Geständnis, daß sie einen anderen Mann liebt, angedroht. Aber Irina war blauäugig, wie ich auch. Wir konnten uns nicht vorstellen, daß Du sie umbringen würdest, Du, der tolle Doc, den alle verehren. Als Irina, nicht lange nach ihrem Entschluß, anfing zu kränkeln, schob ich das auf ihre Streßsituation. Ich schlug ihr vor, sofort zu gehen, aber sie wollte wegen Nele das Ende des Schuljahres abwarten. Diese Zeit hast Du genutzt. Irina brachte mir einen Tag vor meinem fünfzigsten Geburtstag ein Röhrchen Blut mit, das sie sich abgezapft hatte. Sie bat mich, es untersuchen zu lassen, heimlich. Ich versprach ihr, es sofort am Tag nach meinem Geburtstag zu erledigen, nicht ahnend, daß es zu spät sein würde. Nach Irinas Tod habe ich einen Teil davon analysieren lassen. Du weißt, daß ich von meinem Beruf her gute Kontakte hatte, und Du weißt auch, was gefunden wurde: Spuren von Digitalis. Ich wollte mit Dir darüber sprechen, sah Dich mit Nele auf dem Fluß in einem Boot und ich konnte es nicht. Irina war tot, warum sollte ich Nele nun auch noch den Vater nehmen, der ihr eine sichere Zukunft versprach? Ich wollte warten, bis der erste Schmerz für sie vorbei wäre, und ich weiß, das war ein großer Fehler von mir, zu schweigen, um Nele zu schonen. Ich hätte auch weiterhin alles auf sich beruhen lassen können. Irina liegt rosengeschmückt unter der Erde, und Du hast gesühnt, in dem Du Dich um Freya kümmerst, Du bist eine wichtige Institution für die Menschen hier. Freya weiß, genau wie ich, daß Du Irina getötet hast, denn Irina hat sich auch ihr anvertraut auf ihrer Suche nach Hilfe. Ich habe versucht, nach Irinas Tod mit Freya darüber zu sprechen, weil die Last für mich allein zu schwer schien, aber sie hat es lächelnd als fixe Idee abgetan. Ich weiß, sie hat Dich erpreßt und benutzt all die Jahre. Nele ist nun zu einer erwachsenen Frau geworden, sie hat ihre Ausbildung beendet, und es ist Zeit, daß ich ihr die Wahrheit sage.

Ich gebe Dir jetzt eine Chance, Dich selbst zu richten.

Wir werden die Nachricht in England erhalten, und Nele wird niemals erfahren, daß Du der Mörder ihrer Mutter bist. Weitere natürliche Todesfälle wird es dann in Augustenfleth nicht mehr geben.

Robbie.

Der Deich sah aus wie die Ansichtskarte von Tante Robbie, die der Fotograf hier gemacht haben musste, genau hier, und die Wolken gab es auch, nur die Schafe fehlten heute, die grasten und blökten auf einer anderen Weide. Irgendetwas fehlt immer, nichts ist vollkommen, auch nicht die Stille, die wird von Fliegen durchsummt. Das Wasser lief ab und gab den Schlick frei, eine immer größer werdende in der Sonne schimmernde Schicht, die nach sechs Stunden wieder zugedeckt sein würde vom auflaufenden Wasser, um nach weiteren sechs Stunden erneut trocken zu fallen, vom Mondlicht beschienen.

Das Boot von Lemke hing am Strick, das Wasser unter ihm war davongeflossen zum Meer, gleich würde er reißen und das Boot auf eine Reise den Fluss hinunter entlassen, bis es unterging in den großen Wellen der Containerschiffe und Fähren. Natürliche Todesursache würde der Doc, der für sich die natürliche Todesursache nicht gewählt hatte, in den Totenschein schreiben, mit seiner steilen großen Handschrift. Der Doc. Doc Himmelreich. Wie kommt einer zu einer solchen Vermessenheit, sich als Herr über Leben und Tod zu gebärden, bloß weil er die Mittel dafür kennt? Ist er ein Wahnsinniger?

Jonnys Glocken sagten, dass es Zeit war, sich auf den Weg zur Kirche zu machen. Valerie wollte nachdenken über all das, was sie nicht verstand. Sie sah an sich herunter, ihre schwarze Hose hatte graue Flecken vom Schlick, alles roch nach Grillfeuer und Knoblauch. Sie fand ein Taschentuch in ihrer Hosentasche, beugte sich ans Wasser, das in einer kleinen Pfütze noch oberhalb der Wasserlinie stand, putzte die Flecken weg so gut es ging, auch an den Schuhen, zog ein verlorenes Fisherman's Friend aus derselben Tasche und lief am Deich entlang zur Brücke und auf der anderen Seite wieder am Deich entlang zur Kirche.

Das Licht aus den hohen Fenstern ließ das weiße Kirchenschiff tröstlich aufleuchten, während die Orgel brauste. Jonny würde predigen für sieben Menschen, die säuberlich voneinander getrennt in den Bänken saßen und dem Ritual folgten, das ihnen vertraut und Valerie unbekannt war. Sie versuchte sich zu erinnern, wann sie das letzte Mal in einer Kirche gewesen war, ohne sie mit kunstgeschichtlichem Interesse betrachtet zu haben, es lag so lange zurück, dass es ihr nicht einfiel, wahrscheinlich aber einen Sonntag nach der Konfirmation, wozu die Konfirmanden verpflichtet gewesen waren. Alles hat seine Zeit und ein jegliches hat seine Stunde. Tante Robbie hatte zehn Jahre gewartet, bis die Zeit so weit war, dann machte sie einen Fehler. Aber welchen? Hatte der Doc den Brief im PC gelesen und die Datei gelöscht, nicht ahnend, dass Robbie ihn noch ein zweites Mal abgespeichert hatte? Genau zu der Zeit, als in der regionalen Schnellbahn der Oberstudiendirektor die Eiszeit beschwor? Hatte der Doc Gift in die Rosenbowle geschüttet und hätte es sein können, dass sie, Valerie, auch davon trank? Hatte er selbst die Gläser beseitigt und die Bowle ausgeschüttet? Hatte Wolfi Witt alles beobachtet, und steckt er mit dem Doc unter der Rasendecke, die er regelmäßig bei ihm mäht? Könnte Grete etwas gesehen haben, die ja sonst alles sieht und alles weiß? Grete. Vielleicht hat sie auf dem Deich gestanden. Oder Tante Marga? Sie hat die Brötchen gebracht. Die Zeit eingrenzen, in der es geschehen ist, versuchen, die letzten Stunden vor Robbies Tod zu rekonstruieren. Mit wem darüber reden? Zur Polizei gehen? Es gibt keine Beweise für ein Verbrechen und ein Brief im PC kann eine Fälschung sein. Wolfi Witt hat etwas zu verbergen, das ist klar. Aber warum? Mortensen fällt nun ganz raus. Taxi-Enno auch. Wolfi Witt weiß mehr, als er sagt. Auf der Hut bleiben, hatte Lemke gesagt. Mit ihm darüber sprechen? Überhaupt geht es nicht um alte Rosen, es geht um Macht, Macht über Menschen.

«Wir wollen beten», sagte Jonny Sonnenberg.

Sieben Menschen standen auf und auch Valerie erhob sich von ihrem Platz. Was hatte er gepredigt? Worüber? Welche Lieder wurden gesungen? Sollte sie ihn einweihen? Nein, zunächst wollte sie ihn da heraushalten, er trug schon schwer genug an der Last seiner siebenköpfigen Gemeinde.

Als Valerie nach dem Gesang als Letzte die Kirche verließ, umarmte die Wärme draußen sie liebevoll, und in dieser Wärme stand Jonny Sonnenberg an der Pforte und gab jedem seiner Gottesgäste die Hand zum Abschied. Er strahlte Valerie an und bedankte sich für ihren Besuch. Einen Augenblick standen beide vor dem blaurot gestrichenen Portal, eine Bachstelze hüpfte vor ihnen über die Ziegelsteine des Weges.

«Schneider Wippsteert», sagte Jonny, «hat meine Großmutter dazu gesagt.»

Die Bachstelze machte ihrem Namen Ehre. Ohne Scheu umkreiste sie die beiden, die sich viel zu sagen gehabt hätten, es aber nicht taten.

«Was würden Sie machen», fragte Valerie, «wenn Ihnen etwas zu Ohren käme, was Unrecht wäre, und nur Sie wüssten dies, natürlich bis auf den, der Unrecht getan hat.»

«Ich würde mit dem Menschen reden, der falsch gehandelt hat, und ihn davon zu überzeugen versuchen, dass er sein Unrecht zurücknehmen muss.»

«Wenn man dieses Unrecht aber nicht mehr ungeschehen machen kann?»

«Dann würde ich versuchen, ihn dazu zu bringen, Buße zu tun, eigentlich, anderen Gutes zuteil werden zu lassen.»

«Wenn er das aber schon macht?»

«Dann», sagte Jonny, «würde ich mich nicht einmischen.»

«Wenn aber die Gefahr besteht, dass er wieder Unrecht tut?»

«Zunächst würde ich ihm vertrauen.»

«Mit Gottes Hilfe?»

«Ich setze das Böse nicht voraus.»

Jonny sah Valerie von der Seite an, sah ihr dann in die Augen und sagte: «Wir sollten darüber reden.»

«Okay», sagte Valerie.

Er schloss die Kirche ab. Zusammen gingen beide auf dem Ziegelweg davon. Das Dorf hielt Mittagsruhe, aus den geöffneten Fenstern strömte Bratenduft und klapperte das Geschirr. Läuft auf, läuft ab, dazwischen Stillstand. Und manchmal kommt plötzlich und unerwartet eine Sturmflut. Auf der Brücke blieb Valerie stehen.

«Wo wohnen Sie eigentlich?»

«Im Pfarrhaus neben der Kirche.»

«Wollen Sie nicht nach Hause?»

Er hatte ein verlegenes Lächeln im Gesicht. Sein Schutzengel schob ihn ein wenig näher an Valerie heran.

«Es wartet niemand auf mich.»

«Auf mich auch nicht», sagte Valerie.

«Mich beschäftigt der Tod von Robbie Bloom auch»,

sagte Jonny Sonnenberg unvermittelt, «sie war noch nicht bereit zu sterben. Sie hat mich zwei Wochen vor ihrem Tod besucht, da war sie völlig aufgelöst, so, wie ich sie noch nie erlebt hatte in den zwei Jahren meiner Zeit hier. Sie wollte mit mir reden, ich muss dazu sagen, dass sie nie in die Kirche gekommen war, aber das ist ja auch nicht wichtig. Ich schleppe seit zehn Jahren etwas mit mir herum, sagte sie, nun muss ich es loswerden. Warum sind Sie nicht früher zu mir gekommen, fragte ich, und ich gebe zu, das war ziemlich unsensibel in diesem Augenblick, denn sie antwortete mir so ungefähr: Es gibt Geheimnisse zwischen Himmel und Erde, die sind nicht so einfach auszusprechen, die glaubte ich lange Zeit selbst behalten zu müssen, aus Gründen der Verantwortung einem jungen Menschen gegenüber. Was zählt, sind ja die Lebenden, nicht die Toten. Ich fühle mich schuldig, sagte sie weiter, dass ich so lange geschwiegen habe.»

Jonny Sonnenberg schwieg nun auch.

«Und dann?», fragte Valerie.

«Ich musste zu einer Beerdigung», sagte Jonny Sonnenberg, «deshalb sah ich auf die Uhr. Robbie Bloom hat dies falsch verstanden und brach das Gespräch ab, obwohl ich es ihr zu erklären versuchte, weshalb ich auf die Uhr gesehen hatte. Ich bot ihr an, sofort danach zu ihr zu kommen, aber sie ging nicht darauf ein. Ich nahm es mir dann jeden Tag vor, sie aufzusuchen ohne Anmeldung, aber es kam immer irgendetwas dazwischen.»

«Und Sie haben keine Ahnung, worüber Robbie sprechen wollte?»

Jonny Sonnenberg sah auf. In seinem Cadillac fuhr der Doc vorbei, er lehnte sich aus dem Fenster und grüßte mit einer Handbewegung die beiden auf der Brücke. Valerie schrak zusammen, sie grüßte nicht zurück, sie sah ihm nach, wie er davonfuhr, während die Sonne auf seinem Fahrzeug funkelte.

«Es hatte etwas mit ihm zu tun», sagte Jonny Sonnenberg, «sie wollte über ihn sprechen. Ich glaube, ich habe geantwortet, wenn es unseren Doc betrifft, mit dem können Sie alles besprechen, der hat ein Ohr für jeden.»

«Mein Gott», sagte Valerie.

«Und dann hat Robbie Bloom mir nicht mehr sagen können, was sie so stark bewegte.»

Sonntagsautos fuhren auf der Brücke vorbei, mit satten, frisch geduschten Spazierfahrern darin, Vater am Steuer, Mutter daneben, Kind und Hund auf den Rücksitzen.

«Scheißkirche», sagte Valerie wütend, «steht am Rand der bewohnbaren Welt und ist geschlossen, wenn es darauf ankommt.»

«Würde ich diesen Rand verlassen», sagte Jonny Sonnenberg ruhig, «dann hätte ich keine Möglichkeit mehr, ihn bewohnbarer zu machen.»

Er starrte sie an aus seinen hübschen Augen mit dem wirren Haarschopf darüber. Sie hätte ihn am liebsten gepackt und seinen Glauben aus ihm herausgeschüttelt, aber sie tat es nicht.

«Ehe Sie jemanden des Mordes an Ihrer Tante beschuldigen», sagte Jonny Sonnenberg, «sollten Sie sich absolut sicher sein. Nichts ist leichter, als einem Menschen eine Schuld überzustülpen, die er dann nie wieder los wird.»

So wahr mir Gott helfe, dachte Valerie, dachte an Robbie, die mit dem Pastor hatte darüber sprechen wollen, über ihr lang verheimlichtes Mitwissen um Irinas Tod.

Valerie ging über die Brücke davon. Als sie sich noch einmal umdrehte, stand Jonny Sonnenberg immer noch auf der Brücke und kein Schutzengel kreiste über ihm.

Wieder im Haus, warf Valerie sich auf ihr Bett und zerknüllte ihr Kopfkissen, sie schleuderte es an die Wand und rannte die Treppe hinunter, sie setzte Wasser auf und kochte sich einen tiefschwarzen Kaffee. Die ganze Zeit überlegte sie dabei, ob sie mit Lemke über all das Ungeheuerliche reden könnte.

Im Garten kam Paddy ihr entgegen und schmuste an ihren Beinen, und Valerie streichelte ihn, bis er schnurrte. Sie ging zum Gartenhaus, setzte sich hinein und versuchte, sich in Robbie zu versetzen, die zehn Jahre mit diesem Wissen gelebt hatte, um Nele die Unbeschwertheit zu erhalten; die zehn Jahre weiterhin mit dem Doc befreundet gewesen war, die vielleicht auch all die Zeit und nicht nur in diesen zehn Jahren ihn trotz allem weitergeliebt hatte, weil die Liebe so blödsinnig ist, sich über alles hinwegzusetzen. Bis Robbie diesem Spuk ein Ende bereiten wollte in der Hoffnung, dass Nele nun alt genug wäre, die Wahrheit zu ertragen und damit zu leben, weil sie selbst nicht mehr damit leben konnte. Vor der Reise hatte sie ein Testament gemacht, weil sie Angst hatte, der Doc könnte auch sie aus der Welt schaffen, falls Nele ihr nicht glauben und sich an ihn wenden würde. In dem Testament für Valerie hatte sie verschlüsselt zu erkennen gegeben, dass unter *Capitulare* alle Informationen zu finden waren.

Valerie verließ das Gartenhaus. Sie tauchte durch das Dickicht dahinter bis zur versteckten Pforte und öffnete sie. Hinter der Pforte stand Wolfi Witt.

«Ich wollte dich gerade besuchen», sagte er.

Valerie ließ sich auf kein Geplänkel mehr ein.

«Komm mit», sagte sie.

Gemeinsam gingen beide in Robbies Gartenhaus.

«Setz dich», befahl Valerie.

«Was ist los?», fragte Wolfi Witt und seine Augen flackerten.

«Hast du mit Robbie von der Rosenbowle getrunken?»

«Ja.»

«Was hat sie gesagt?»

«Sie schmeckt nicht genug nach Rosen.»

«Was hast du gesagt?»

«Ich hab noch Rosenwasser da.»

«Und was hat sie gesagt?»

«Sei so nett und hol es.»

«Hast du es geholt?»

«Ja.»

«Was hast du damit gemacht?»

«Ich habe es zu der Rosenbowle geschüttet.»

Wolfi Witt sah Valerie kläglich an. «Ich wollte Robbie nicht umbringen.»

«Das glaube ich dir», sagte Valerie, «wie ging es weiter?»

Wolfi Witt sah Valerie verstört an.

«Ich habe nicht mehr davon probiert», sagte er. «Robbie war nämlich ans Telefon gerufen worden, als ich gerade wieder hier war, das heißt, ich habe gesagt, Robbie, Telefon, weil sie so schlecht hörte und weil ich es gehört hatte. Sie sagte, danke, Wolfi, und ging hin. Dann habe ich das Rosenwasser hineingegossen und bin wieder rüber zu mir, weil ich Marga hupen gehört habe und Brot bei ihr bestellt hatte. Als ich auf der Straße bei Marga stand, war der Cadillac vom Doc bei Grete. Ich wollte auch gleich noch mit ihm reden, wegen meiner Medizin, aber erst hab ich noch mit Marga 'ne Runde geschnackt über alles, was so los war, auch über Robbies weite Reise und so, und als ich bei Grete war, war er bei ihr im Haus. Man geht nicht ins Haus, wenn der Doc da ist.»

Valerie hatte aufmerksam zugehört. «Hast du danach noch mit ihm wegen deiner Medizin gesprochen?»

«Danach war er weg.»

«Bist du dann noch einmal zu Robbie zurück?», fragte Valerie.

«Nee», sagte Wolfi Witt. «Ich hab dann gedacht, sie will ja gleich los zum Bahnhof. Später hat dann Enno bei ihr gehupt und ich dachte, nun fahren sie los. Und dann habe ich dich gesehen, wie du mit Enno gekommen bist, und mich gewundert, dass Robbie nicht dabei gewesen ist, aber nicht weiter darüber nachgedacht.»

«Du lügst», sagte Valerie. «Du wolltest bestimmt die Rosenbowle noch heimlich probieren.»

Wolfi Witt schniefte und sah kläglich aus.

«Jawoll», sagte er, «ich bin zurück ins Gartenhaus, als Enno schon bald hätte wiederkommen müssen, und da saß Robbie und war tot.»

«Und dann?», fragte Valerie.

«Dann bin ich hier durch die Pforte gerannt, weil ich den Diesel von Enno gehört hab, und dann hab ich dich beobachtet, wie du in den Garten ins Gartenhaus gegangen bist.»

«Warum hast du mir das nicht erzählt, als wir beide Rosenbowle getrunken haben?»

«Ich dachte, ich habe Robbie mit meinem Rosenwasser umgebracht.»

«Hast du das Rosenwasser noch?»

«Ich habe es alles ausgegossen danach, aber ich schwöre dir, es war sauber, es war nämlich von Robbie selbst angesetzt. Sie hatte es mir zu Weihnachten geschenkt.»

«Hast du auch die Rosenbowle ausgegossen und die Gläser beseitigt?»

«Ja, ich hatte Angst, dass es herauskommt mit dem Rosenwasser, aber ich schwöre dir, die Gläser habe ich nicht weggetan, nur ausgegossen.»

«Ich glaube dir», sagte Valerie. «Wann hast du es getan?»

«Nachdem ich Robbie tot im Gartenhaus gesehen habe.»

«Pass mal auf», sagte Valerie, «da stimmt wieder was nicht. Als ich kam, war in dem Bowlenglas noch was drin.»

«Ich hab Wasser und Himbeersaft reingegossen», sagte Wolfi Witt.

«Aber am Tag der Beerdigung war die Rosenbowle leer und die Gläser waren fort», sagte Valerie.

«Davon weiß ich nichts.»

Valerie glaubte ihm sofort. Nichts, keine Beweise, sie hatte nichts in der Hand.

Als hätte Wolfi Witt ihre Gedanken gelesen, sagte er unvermittelt: «Ich hab die Rosenbowle nicht weggegossen. Sie ist bei dir in der Kühltruhe. Ich hab sie aufgehoben und dir nach dem Stromausfall gebracht.»

Valerie sprang auf und schüttelte Wolfi Witt.

«Mann, sag das doch gleich, du Idiot.»

Gleich darauf ließ sie ihn los und griff seine Hand.

«Entschuldige bitte, du bist kein Idiot. Du bist sehr umsichtig gewesen und ich danke dir.»

Wolfi Witt strahlte und behielt Valeries Hand in der seinen.

«Du glaubst mir alles?»

«Ja, ich glaube dir.»

«Und nun?» Valerie ließ Wolfi Witts Hand los.

«Nun werde ich die Rosenbowle analysieren lassen, es wird wohl kein Himbeerwasser sein.»

«Die Welt ist schlecht», sagte Wolfi Witt mit einem erleichterten Seufzer, «wir müssen vorsichtig sein.»

«Du sagst es. Ich werde vorsichtig sein.»

«Darauf trinken wir jetzt einen», sagte Wolfi Witt voller Hoffnung.

«Nein», sagte Valerie, «erst, wenn wir wissen, was in der Bowle für ein Gift gewesen ist.»

«Jawoll», sagte Wolfi Witt, «wir kriegen den Bösewicht schon raus. Es soll ja Leute geben, die an ihr Land wollten.»

Er verschwand mit einem: «Na, denn will ich mal» in seinem Garten.

Valerie ging im Garten auf und ab. Sie sah sich die Schilder unter den Blumen an und dachte, wann werde ich die Zeit haben, mich um dieses Erbe zu kümmern, was wird alles noch verborgen sein hinter diesen Pflanzennamen, was wartet hier noch auf mich? Paddy wartete und maunzte. «Geh Mäuse fangen», sagte Valerie, «ich hab jetzt keine Zeit.»

Die Beete hinter Robbies Garten sahen aus wie immer. Natürlich konnte man hier nach so viel Wochen keine Spuren im Gras mehr erkennen. Aber es war ganz einfach, ungesehen an Wolfi Witt vorbei bis zu Grete zu laufen und durch eine kleine Holzpforte ihren Garten zu betreten – oder umgekehrt. Nur, wie sollte sie das je beweisen?

Der Anrufbeantworter neben dem Telefon blinkte, aber Valerie ging zunächst in die Speisekammer. In der Kühltruhe fand sie schnell den Behälter. Hier konnte der Beweis dafür verborgen sein, dass Robbie ermordet wurde, aber dafür müsste man sie wieder ausgraben aus Rönndigs Pauschalarrangement Nummer 3. Valerie wurde ganz schlecht bei dem Gedanken, sie legte den Behälter wieder zurück und hörte den Anruf ab.

«Hi, Valerie, ich bin's, Nele aus England. Ich wollte nur schnell sagen, war schön, dass ich dich kennen gelernt habe, und wenn du Lust hast, kannst du mich ja mal hier besuchen.»

Falls mich vorher nicht plötzlich und unerwartet der Tod ereilt, dachte Valerie. Anrufen wollte sie Nele jetzt nicht. Als sie durch die quietschende Gartenpforte ging und die Deichstraße hinunter sah, glaubte sie den Cadillac zu erkennen, wie er gerade Richtung Brücke fuhr, und das jagte ihr einen so heftigen Blitz in die Knochen, dass sie sich erst einen Moment an die Pforte lehnen musste, bis ihr Herz nicht mehr so stark klopfte. So schnell sie konnte, lief sie über die Straße und den Deich hinauf und war froh, als sie selbst von der Straße aus nicht mehr zu sehen war. Das Wasser war schon gekentert, es strömte zur Quelle, das Boot hatte wieder Wasser unter dem Kiel. Valerie setzte sich vorsichtig hinein, band den Strick los und ruderte auf die andere Seite. Das Boot schwankte, als Valerie hinauskletterte, und sie war froh, wieder festen Boden unter den Füßen zu haben. Sie hörte das Klavier, und als sie zur Tür hereinkam, vergaß Lemke seinen letzten Takt zu spielen.

Das Schiff auf dem Seestück über dem Flügel kämpfte noch mit den letzten blaugrauen Brechern, das Unwetter jedoch war nach Westen weitergezogen, die Sonne schien durch die Wolken und verhieß Ruhe nach dem Sturm.

Lemke stand auf, und da liefen Valerie schon die Tränen herunter. Er nahm sie tröstend in seine Arme, und genau in diesem Moment wusste sie, weshalb er sie nie angebaggert hatte. Er ging an seinen Flügel zurück, spielte energisch den letzten Takt, und während er Kaffee in seiner kleinen Espressomaschine auf dem Herd kochte und Milch für Valerie aufschäumte, berichtete sie ihm, in dem großen hellen Raum herumwandernd, alles, was sie wusste, obwohl sie es eigentlich hatte für sich behalten wollen, sie trank den heißen Kaffee, und ohne auch nur einen Moment Pause zu machen, redete sie sich nicht nur die letzten Wochen von der Seele, auch Tom erhielt seinen Platz und Jonny ebenso wie Lisa, und alle Verdächtigungen und Ängste flossen in einem Flutstrom hinaus ins Meer, bis in Erlkönigs Land Ebbe war und Valerie sich in den Sessel vor dem kalten Kamin warf und ein Calvados aus dem letzten Normandie-Urlaub von Lemke ihre Lebensgeister wieder weckte.

«An dem Tag, als Robbie starb», sagte Lemke, «wollte ich mich gerade von ihr verabschieden, ehrlich gesagt, hatte ich auch vor, die Frau kennen zu lernen, die einhüten sollte in den sechs Wochen von Robbies Abwesenheit. Ich war gleichzeitig mit dem Doc dort, der mir vor der Tür kurz und aufgeregt von dem Notruf berichtete, der ihn irgendwo im Hinterland der Deiche bei einem Patienten erreicht hatte. Mit meinem früheren Job hatte mein Kommen nichts zu tun.»

«Und ich dachte», sagte Valerie, «du wolltest mich gleich verhaften.»

Lemke lächelte kein bisschen.

«So hast du auch ausgesehen.»

«Hattest du keinen Verdacht?»

«Nein. Robbie hat sich niemandem anvertraut, sie hat das alles mit sich allein ausgemacht.»

«Sie ist sehr beliebt hier im Dorf?», fragte Valerie, und Lemke wusste sofort, wen Valerie meinte.

«Sehr. Ob es der Kindergarten ist oder die neue Mehrzweckhalle, der Jugendtreff oder das Altersheim, sie fördert alles aus ihrem nicht unbeträchtlichen Vermögen.»

«Und er?», fragte Valerie.

«Er ist hier über jeden Zweifel erhaben.»

«Ein perfekt funktionierendes Dorf.»

«So könnte man es beschreiben.»

«Warum hast du mit mir nicht darüber gesprochen, du wusstest doch, dass ich nicht an Robbies Tod durch Herzversagen glaubte?»

«Alles hat seine Zeit und ein jegliches hat seine Stunde.»

Valerie stand auf. Sie ging wieder in dem Raum umher und dachte daran, wie in Robbies Haus, das sie immer noch so nannte, die Möbel auf der Diele standen, die Wände nicht gestrichen waren, der Garten verwilderte, und dass sie mit diesem Erbe eine Verpflichtung übernommen hatte, die sie sich bewusst auferlegte.

«Was sollen wir tun?»

«Ich habe noch frühere Kontakte», schlug Lemke vor, ohne diese weiter zu erklären, «dann geht es schneller mit dem Ergebnis der Analyse.»

Valerie bestand darauf, zu Fuß und allein am Deich entlang durch Augustenfleth zu gehen, obwohl Lemke ihr vorschlug, sie zurückzubringen. Sie wollte niemanden besuchen, sie wollte einfach nur den Ort erleben, heute am späten Sonntagnachmittag, dieses Dorf, das jetzt so friedlich seinen Mittagsschlaf hielt, diese heile Welt, die ihr so archaisch vorgekommen war aus ihrer großstädtischen Wahrnehmung heraus, wo Grete-Trompete den Bienen alles erzählte.

Als Valerie sich schon von Lemkes Haus entfernt hatte, hörte sie ihn auf dem Flügel spielen.

Auf dem schmalen Parkplatz neben der Gartenpforte stand sauber gewaschen der Käfer. Der Schlüssel steckte und auf dem Sitz lag ein Zettel von Enno.

Könnte sein, dass du es brauchen kannst.

Könnte sein. Hier kann man ein Auto mit dem Schlüssel stehen lassen, ohne dass es geklaut wird, dachte Valerie, aber das Leben wird einem gestohlen, wenn man den Rhythmus stört, in dem das Leben der anderen schwingt, auflaufend und ablaufend, dazwischen Kenterwasser und Stillstand, sich stetig wiederholend durch das Kreisen von Erde und Mond. Und wer die Kreise stört, hat keine Daseinsberechtigung mehr.

Valerie beschloss, den Tag über die Runden zu bringen, indem sie ihren Overall anzog und den Eimer mit der weißen Farbe, umweltfreundliches Produkt, stand auf dem Etikett, gänzlich aufbrauchte. Sie strich die Wohnzimmerwände und die Decke mit einem dicken Quast, die blauen Balken verschonte sie allerdings, und als sie den Holzfußboden schrubbte, passte sie auf, dass kein Wasser in die Liebesgeschichte gelangen konnte, die sollte dort unten ruhen, bis irgendeine spätere Sturmflut sie für immer auslöschen würde.

Paddy spielte bei dieser Aktion den Beleidigten, nicht nur, dass das grüne Sofa ihm schon zu lange in der Diele stand, auch die Nässe und den Geruch mochte er nicht. Aus Protest schleppte er einen toten Singvogel herein und schleifte ihn über das feuchte Holz, auch Paddy war ein Gewohnheitstier wie die Menschen. Wolfi Witt war dabei, die welken Rosenblüten abzuschneiden, als Valerie durch die geheime Pforte zu ihm kam und ihn um das leere Fläschchen Rosenwasser bat. Wolfi Witt erschrak, es wären nur noch ein paar Tropfen, aber Valerie beruhigte ihn. Wahrscheinlich wäre es nichts als Rosenwasser.

In der folgenden Nacht konnte Valerie nicht schlafen. Hellwach schob sie Rosenwasser und Rosenbowle hin und her, verbannte das sympathische Gesicht vom Doc in die letzte Ecke ihrer Gedanken, was nicht half, er zwängte sich durch jeden Spalt, sie konnte nicht denken, ohne an ihn zu denken, selbst als sie versuchte, ihn gegen Toms Gesicht auszutauschen, gelang es ihr nicht, bis sie aufstand, sich an den Küchentisch setzte und einen kurzen Brief an Nele schrieb, in dem sie ihren Besuch in England ankündigte. Sie steckte den Brief in einen Umschlag und schrieb Neles Adresse darauf, die sich in Robbies Telefonbuch befand.

Lemke holte früh am nächsten Morgen die eingefrorene Rosenbowle und das Rosenwasserfläschchen ab. Er sah richtig ordentlich aus, hatte seine üblichen schwarzen Hosen und den nichtfarbenen Pullover gegen etwas Ähnliches ausgetauscht.

«Heute Abend werden wir das Ergebnis haben», sagte Lemke.

Der Tag des Wartens wurde lang. Valerie verbot sich alle weiteren Spekulationen, sie schaffte es, die Möbel wieder einzuräumen, allerdings nur das grüne Sofa und den Holztisch mit den Binsenstühlen, ferner den Sekretär. Der Raum strahlte jetzt Klarheit aus, nichts erinnerte mehr an Robbie, obwohl es ihre Möbel waren. Bei Valerie stellte sich ein schlechtes Gewissen ein, das sie sofort wieder beiseite schob. Auch Robbie hatte den Raum für sich hergerichtet, nachdem Dora davongeflogen war.

Beim Kaffee um die späte Mittagszeit legte der Postbote die Werbezeitung auf den Tisch, dazu einen Brief von Lisa und vom Gericht, er hob den Brief an Nele hoch und fragte, ob er ihn frankieren solle, so hätte er das mit Robbies Post auch immer gemacht.

Robbies Post? «Wann haben Sie denn zuletzt einen Brief von Robbie mitgenommen?»

«Das war», sagte der Postbote, «genau an dem Tag, als sie starb. Solche Tage merkt man sich.»

«Wissen Sie noch, an wen der adressiert war?», fragte Valerie.

Der Postbote zögerte kurz: «An den Doc.»

«An den Doc?»

«Ja, sie war nicht in der Küche, und der Brief lag da, wo immer die Briefe liegen, ich weiß das noch, weil ich fast über ihre gepackte Reisetasche gestolpert wäre, und ich hatte gedacht, nimm den man mit, vielleicht triffst du den Doc ja unterwegs, dann kannst du die Briefmarke ablösen und ihr wiedergeben.»

«Haben Sie ihn getroffen?»

«Ja», sagte der Postbote, «gleich bei Grete hab ich ihm den Brief gegeben.»

Valerie starrte den Postboten an und atmete tief ein.

«Denn man tschüs», sagte der Postbote.

So einfach ist das mit dem Leben und dem Tod.

Der Doc hatte den Brief einen Tag früher erhalten, als er sollte. Er hat die Zeit genutzt, Tante Robbie vor ihrer Reise zu Nele nach England umzubringen, er hat keine Skrupel gehabt, sie, seine frühere Liebe, zu töten, kaltblütig aus dem Weg geschafft die beiden Frauen, um sich die Liebe Neles zu erhalten.

Als Lemke am späten Abend zurückkehrte, hatte Valerie Wolfi Witt beauftragt, den Garten vom Unkraut zu befreien, was er mit Freuden sogleich begonnen hatte. Aus den Früchten des Gewächshauses hatte sie eine Gemüsepfanne zubereitet und Reis gekocht, alles mit den ihr bekannten Kräutern fein geschnitten bestreut, und als Lemke kam, schnupperte er erfreut, obwohl das für Valeries wenig überraschende Ergebnis der Analyse ihm an der Nasenspitze anzusehen war.

«Digitalis in hoher Konzentration», sagte er, «ein starkes Herzgift.»

«Und das Rosenwasser?»

«Ebenfalls. Noch stärker.»

«Nein!»

«Doch!»

Valerie wollte sofort aufspringen und Wolfi Witt zur Rede stellen.

«Warte», sagte Lemke, «lass uns erst essen, bitte.»

«Ich kann nicht», sagte Valerie.

«Davon wird Robbie nicht wieder lebendig.»

Lemke packte eine kleine Espressomaschine aus, genau wie seine eigene, er stellte zwei Flaschen Barolo auf den Tisch und öffnete sie.

«Ein bisschen durchgeschüttelt», sagte er entschuldigend, «genau wie wir jetzt.»

Die Gemüsepfanne schmeckte so köstlich, wie sie aussah, sie erinnerte Valerie an den ersten Abend hier, nur war sie jetzt nicht mehr allein mit ihrer Trauer um die unbekannte Tante, hier saß ein Freund, der auch Robbies Freund gewesen war, der jetzt mit ihr die Wut teilen konnte, die für die Trauer keinen Platz mehr ließ.

Der Freund kochte die Espressokanne aus und füllte Wasser und Kaffee ein. Und erst, als der Kaffee getrunken war, kam Lemke wieder auf die Rosenbowle zu sprechen.

«Nun frag Wolfi Witt, woher er das Rosenwasser hat», sagte er.

Wolfi Witt schuftete noch im Garten. Er hätte schon sieben Schubkarren voll Kraut auf den Kompost gefahren, berichtete er, da würden die Regenwürmer und Schnecken sich freuen.

«Hast du mir nicht erzählt, das Rosenwasser hätte Robbie selbst angesetzt?», fragte Valerie.

Wolfi Witt zog ein blühendes Kraut aus dem Boden.

«Borretsch», sagte er, «Borretsch schmeckt gut, aber überwuchert alles.»

«Woher hattest du das Rosenwasser?», fragte Valerie.

«Ich hab sie nicht unter der Erde haben wollen», sagte Wolfi Witt, «ich nicht, bestimmt nicht.»

«Woher?»

Wolfi Witt wandte sich ab und sagte es den Pflanzen des Capitulare.

«Vom Doc. Er kam von Grete zu Fuß hinter den Gärten längs, das tun viele. Als ich ihm gesagt hab, bei Robbie gibt es eine feine Rosenbowle zu Ehren von Valerie, da hat er gesagt, das weiß er, das hat Robbie ihm gestern beim Tee mit Freya erzählt, er will auch gerade hin und sie probieren. Da hab ich gesagt, nehmen Sie das Rosenwasser mal mit, Doktor, dann brauch ich nicht mehr rüber.

Nachher, als ich Robbie dann gefunden hab, da hab ich das Fläschchen wieder mitgenommen, da war aber auch nicht mehr drin als die paar Tropfen, die ich dir mitgegeben habe.»

Wolfi Witts Gesicht hatte den ängstlichen Ausdruck einer Maus, von Paddy gejagt. Valerie sah ihm scharf in die Augen.

«Das ist jetzt deine dritte Version des Ganzen», sagte sie wütend, «schwöre es, dass es die reine Wahrheit ist jetzt, und nichts als die Wahrheit.»

Wolfi Witt hob seine Hand und schwor es.

«So wahr mir Gott helfe.»

«Was kriegst du für deine Arbeit?», fragte Valerie.

«Nichts», sagte Wolfi Witt, «ich tu es alles für Robbie.»

«Danke», sagte Valerie.

«Dafür nich», sagte Wolfi Witt und ging aufrecht davon, drehte sich noch einmal um und sagte, «denk an den Borretsch, der schmeckt gut, aber überwuchert alles», bevor er durch die geheime Gartenpforte verschwand.

Bei der zweiten Flasche Barolo im frisch gestrichenen Zimmer besprachen Valerie und Lemke, gemeinsam auf dem grünen Sofa sitzend, wie sie weiter vorgehen würden, denn Valerie bezog Lemke jetzt so selbstverständlich ein, als hätte sie nie den Vorsatz gehabt, den Mord allein aufzuklären.

«Wir könnten», sagte Valerie, «das gefundene Material samt meinen Recherchen und der Analyse des Rosenwassers der Polizei übergeben. Und die wird den Mörder von

Irina und Robbie einer gerechten Strafe überführen, und Nele wird mit der Schuld ihres Vaters leben müssen.»

«All das würde Augustenfleth in ein Chaos stürzen», sagte Lemke, «nicht nur, was die medizinische Versorgung betrifft, auch du würdest hier nicht mehr leben wollen.»

«Ich könnte ja auch», sagte Valerie, «alle Aufzeichnungen löschen und friedlich in Robbies Kate mit allen Rechten und Pflichten leben, und Nele bliebe von allem verschont.»

«Du würdest immer an Robbies Ermordung denken», sagte Lemke, «das Chaos in deinem Kopf wäre damit programmiert, und du hättest Angst vor dem Doc.»

«Es gibt aber nur die zwei Möglichkeiten», sagte Valerie.

«Es gibt immer noch eine dritte», sagte Lemke, «man muss sie nur finden.»

«Er bekäme ein schönes Begräbnis Pauschalarrangement Nummer 3 und Kaffee und Kuchen bei Karin», sagte Valerie, «und Johnny Depp würde eine feine Totenpredigt halten.»

«Willst du ihn aus Hollywood einfliegen lassen?», fragte Lemke.

Valerie lachte, zum ersten Mal wieder, seit sie den letzten Brief von Robbie gelesen hatte.

«Das ist mein Geheimnis», sagte sie.

«Und wie nennst du mich?», fragte Lemke.

«Das ist auch mein Geheimnis», sagte sie, «das erzähle ich dir später einmal.»

Lemke kniff seine Augen zusammen und bat, allein wegen seiner Neugierde, um sofortige Aufklärung, aber Valerie tat ihm den Gefallen nicht. Lemke sagte daraufhin, er sei müde, er würde sein Auto stehen lassen und zu Fuß nach Hause gehen, Katz und Igel sowie seinen Führerschein wollte er wegen der Flasche Barolo nicht aufs Spiel setzen.

«Und Menschen?», fragte Valerie.

«Menschen gehen montagabends nicht am Deich spazieren», sagte Lemke.

«Ob sie wohl auch nachdenken darüber, was in Augustenfleth im Lauf der Jahre geschehen ist?»

«Sie nehmen es hin», sagte Lemke, «und irgendwann wird es bei Enno zur Geschichte, die er unwissenden Städtern erzählt, damit sie sich gruseln.»

«Ich will nicht, dass es Geschichte wird», sagte Valerie.

Valerie und Lemke hatten dann beim Espresso aus der neuen Kanne noch einstimmig beschlossen, Robbies Fehler nicht zu wiederholen und die dritte Möglichkeit nicht in Betracht zu ziehen. Valerie hatte vorgeschlagen, alles, was sie wusste, aufzuschreiben und eine Kopie bei einem Notar zu hinterlegen.

Lemke ging leicht schwankend davon und Valerie wusste, zu Hause würde er sich erst an den Flügel und dann in den Sessel vor sein Kaminfeuer setzen und nachdenken.

Spät in der Nacht hatte Valerie Besuch von Jonny Sonnenberg, den sie in die Wüste schickte. Auch Doc Himmelreich und Lemke fielen nach den neuesten Erkenntnissen aus, obwohl die beiden ja, wie Sie wissen, zwischenzeitlich von Valerie einige Male in Erwägung gezogen worden waren. Früh am Morgen stand Tom vor der Tür, eine Schachtel Zigaretten in den Händen. «Ich rauche schon lange nicht mehr», sagte er verlegen.

Ich schrieb eine Woche lang an dem Bericht. Ich sicherte und speicherte auf Diskette. Während der Drucker arbeitete, war ich auf den Deich gegangen. Das Wasser stand still, selbst die Pappeln bewegten nicht ihre sonst so zitternden Blätter. Der Mond hatte einen dichten weichen Umhang angelegt und einen feinen Schleier übergezogen, der Schlick am Ufer schimmerte matt. Jonnys Kirchturmuhr schlug eine Viertelstunde vor Mitternacht. Der Baumstumpf, auf dem ich saß, wurde langsam feucht und das nasse Gras durchweichte meine Schuhe. Die Reethalme neigten sich noch zur Quelle hin, gleich würde das Wasser ablaufen und den silberglänzenden Schlick freigeben, aber nur sechs Stunden lang, den Schlick, der das Dorf überzogen hatte, würde ich aufdecken, bevor neue Schichten sich auf ihm ablagern konnten.

«Kommt Ostwind», sagte Grete, «der Mond hat einen Hof.»

Sie drehte sich um und stapfte den Deich hinunter.

Morgen werde ich zur Polizei gehen. Ich werde sagen: Guten Tag, ich bin Valerie Bloom, ich habe eine Anzeige zu machen. Der Polizist wird fragen: Geht es um einen Diebstahl? Nein, werde ich antworten, es geht um einen, nein, zwei Morde. Der Polizist wird seine Augen aufreißen, mich kurz von oben bis unten mustern und einen Bogen in seine Maschine spannen, falls sie hier noch nicht auf EDV umgestellt haben. Zunächst brauche ich Ihre Personalien, wird er sagen. Er wird sie aufnehmen und mich fragend anblicken. Und während ich bei ihm sitze, werde ich ins Stottern kommen. Nach den ersten Sätzen werde ich ihm das

Manuskript auf den Tisch legen und sagen: Lesen Sie einfach selbst. Ich werde schnell gehen und sagen, morgen komme ich wieder, weil ich es nicht ertragen kann, wenn jemand in meiner Gegenwart etwas von mir Geschriebenes liest, ich erwarte dann ständig ein zustimmendes Nicken oder sonst irgendeine Art von Reaktion, also werde ich lieber gehen. Der Polizist wird zu lesen beginnen. Falls er sich zwischendurch die Beine vertreten oder einen Kaffee aus der Maschine holen möchte, kann es ungefähr fünf bis sechs Stunden dauern, bis er alles durchgelesen hat. Ich werde also nach Hause fahren auf dem schwarzen Fahrrad, auf den Deich gehen und das Kentern des Wassers abwarten. Ich werde mir vorstellen, wie es auch kommen könnte, bevor der Arm des Gesetzes eingreift, mir auf dem Deich wünschen, Doc Himmelreich und Madame Schwan würden ihren eigenen Gesetzen gehorchen.

In der blauen Stunde einander beim Tee gegenübersitzen, wie jeden Nachmittag, beide ahnend, dass mein Aufenthalt hier ihn kurz über lang enttarnen würde als Mörder und sie als Mitwisserin. Er würde ihr mit jenen sanften Bewegungen, die ich so an ihm liebe, den Tee einschenken, zuvor mit Digitalis versetzt, und sie hätte seine Pfeife schon gestopft, sorgfältig mit irgendeinem Gift aus dem Garten gemischt; vielleicht Aconitum, dem Blauen Eisenhut.

Vor der Kälte der Nacht flüchtete ich ins Haus zurück. Ich legte Holz in den Ofen und zündete es an.

Ich wollte sofort, endlich befreit von Fuerteventura und Augustenfleth, mit einer neuen Geschichte beginnen, in der zwei von der jeweiligen Schuld des anderen wissen, ohne es auszusprechen, sich gleichzeitig umbringen und im letzten Moment ihres irdischen Lebens einander in ihrer Ebenbürtigkeit erkennen.

Als ich an Robbies PC saß und mir einen Dateinamen ausdachte, wie ich es immer vor dem Schreiben zu machen pflege, ich schrieb also *aconitum napellus*, erschien die Frage «Soll die bereits existierende Datei aconitum napellus ersetzt werden?». Ich öffnete die Datei, und da stand unter der Überschrift «Eisenhuts Töchter» ein einziger Satz.

Martha und Meta, die Schwestern aus Augustenfleth, wurden beide mit einem Auszug aus Eisenhut vergiftet, nachweisbar im Sud ihrer Muschelmahlzeit, deren Analyse mir vorliegt.

Ich entlasse Sie nun aus meinem Bericht, hoffend, Sie werden sich nicht davon abhalten lassen, in Erlkönigs Land zu reisen, wo die Bäume vor dem ewigen Nordwestwind buckeln und der Fluss alle sechs Stunden zurück zur Quelle fließt.

– ENDE –

B 13/2

Foto: Lukas Beck

Wolf Haas

«Wolf Haas schreibt die komischsten und geistreichsten Kriminalromane.» Die Welt

Brenners erste Fälle
Auferstehung der Toten
Der Knochenmann
3-499-23705-9

Auferstehung der Toten
Roman
«Ein erstaunliches Debüt. Vielleicht der beste deutschsprachige Kriminalroman des Jahres.» (FAZ) Ausgezeichnet mit dem Deutschen Krimi-Preis 1997.
3-499-22831-9

Der Knochenmann
Roman. 3-499-22832-7

Komm, süßer Tod
Roman
Ausgezeichnet mit dem Deutschen Krimi-Preis 1999. 3-499-22814-9

Silentium!
Roman
Ausgezeichnet mit dem Deutschen Krimi-Preis 2000. 3-499-22830-0

Ausgebremst
Der Roman zur Formel 1
3-499-22868-8

Wie die Tiere
Roman
Der beste Freund des Hundes ist der Pensionist – und das Kleinkind sein natürlicher Feind ... «So wunderbar, dass wir beim Finale weinen müssten, hätten wir nicht schon alle Tränen vorher beim Lachen verbraucht.» (Die Zeit)

3-499-23331-2

Weitere Informationen in der Rowohlt Revue oder unter www.rororo.de

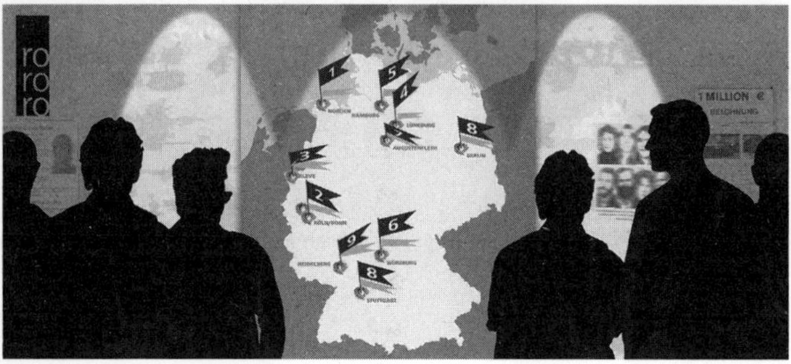

B 80/1

Tatort Deutschland:

9 Regionen, 9 Kommissare, 9 spektakuläre Verbrechen – quer durch die Republik für nur 6,– €

Mord mit Qualität:
Made in Germany

Begeben Sie sich auf eine aufregende, deutschlandweite Tatortbesichtigung – von der Hauptstadt Berlin (Felix Huby) bis in die tiefste Provinz der Lüneburger Heide (Petra Oelker), von der traditionsreichen Residenzstadt Würzburg (Roman Rausch) bis ins scheinbare Touristenidyll Heidelberg (Carlo Schäfer). So unterschiedlich die Regionen, so verschieden auch die Ermittler und ihre Fälle. Was allen Büchern jedoch gemeinsam ist: Psychologisch dicht und raffiniert bieten sie spannende Unterhaltung, die unter die Haut geht.

Petra Hammesfahr
Das letzte Opfer
3-499-23718-0

Roman Rausch
Tiepolos Fehler
3-499-23726-1

Carlo Schäfer
Im falschen Licht
3-499-23723-7

Petra Oelker
Der Klosterwald
3-499-23720-2

Leenders/Bay/Leenders
Augenzeugen
3-499-23719-9

Elke Loewe
Die Rosenbowle
3-499-23722-9

Felix Huby
Bienzle im Reich des Paten
3-499-23725-3

Renate Kampmann
Die Macht der Bilder
3-499-23721-0

Sandra Lüpkes
Fischer, wie tief ist das Wasser?
3-499-23724-5

Weitere Informationen in der Rowohlt Revue oder unter www.rororo.de